Corpo de
Tigre
Alma de **Fênix**

Fabio Toledo

Corpo de **Tigre**

Alma de **Fênix**

Copyright© 2014 por Brasport Livros e Multimídia Ltda.
Todos os direitos reservados. Nenhuma parte deste livro poderá ser reproduzida, sob qualquer meio, especialmente em fotocópia (xerox), sem a permissão, por escrito, da Editora.

Editor: Sergio Martins de Oliveira
Diretora: Rosa Maria Oliveira de Queiroz
Gerente de Produção Editorial: Marina dos Anjos Martins de Oliveira
Revisão: Maria Helena A. M. de Oliveira
Editoração Eletrônica: SBNigri Artes e Textos Ltda.
Capa: Trama Criações

Técnica e muita atenção foram empregadas na produção deste livro. Porém, erros de digitação e/ou impressão podem ocorrer. Qualquer dúvida, inclusive de conceito, solicitamos enviar mensagem para editorial@brasport.com.br, para que nossa equipe, juntamente com o autor, possa esclarecer. A Brasport e o(s) autor(es) não assumem qualquer responsabilidade por eventuais danos ou perdas a pessoas ou bens, originados do uso deste livro.

T649c

Toledo, Fabio

Corpo de Tigre, Alma de Fênix / Fabio Toledo – Rio de Janeiro: Brasport, 2014.

ISBN: 978-85-7452-692-8

1. Romance Brasileiro I. Título

CDD: 869.93

Ficha catalográfica elaborada por bibliotecário – CRB7 6355

BRASPORT Livros e Multimídia Ltda.
Rua Pardal Mallet, 23 – Tijuca
20270-280 Rio de Janeiro-RJ
Tels. Fax: (21) 2568.1415/2568.1507
e-mails: marketing@brasport.com.br
          vendas@brasport.com.br
          editorial@brasport.com.br

site: **www.brasport.com.br**

Filial SP
Av. Paulista, 807 – conj. 915
01311-100 – São Paulo-SP
Tel. Fax (11): 3287.1752
e-mail: filialsp@brasport.com.br

Dedico este livro primeiramente a Deus e a seus Anjos de Luz. Dedico-o ainda a meus pais, Henrique e Iara Toledo. Devo a vocês tudo o que tenho e sou. Vós sois meus eternos mentores e os verdadeiros autores desta obra, pois este livro reflete tudo o que sempre me ensinaram ao longo da vida.

Dedico este livro também a meus eternos e preciosos amores, minha esposa e meus filhos, Erica, Gabriel e Sophie Toledo. Dedico-o ainda aos demais membros de minha família, em especial a minhas irmãs e minha sobrinha Soraia, Vanessa e Manuela Toledo, minhas tias Regina Teixeira e Cleusa Oliveira, meus avós de coração, Licério e Celi Andrade, e a meus sogros e cunhados Batista, Selma, Rodrigo e Fabiana Silva.

Agradecimentos

Este livro é fruto de muito trabalho e dedicação.

Agradeço a todos os que me ajudaram nessa tarefa, em especial a minha família, a Ney Suassuna e Ricardo Zimmer, por terem me dado a honra de escrever o prefácio desse livro, pela amizade e pelos sábios ensinamentos.

Agradeço ainda a Raquel e demais membros da família Suassuna, e a Mariza Bozzetto pela amizade, confiança e suporte. Agradeço ainda a todos os colaboradores da Brasport que participaram desta obra, especialmente Rosa Queiroz, Sergio Martins e Marina Oliveira, pelo apoio e confiança.

Prefácio Técnico

Quando eu era um menino lá na minha Paraíba, ouvi um ancião dizer para os netos: "o Diabo não é sabido porque é Diabo, e sim porque é velho"

O objetivo dele era fazer com que os jovens respeitassem e ouvissem os mais velhos.

Hoje, já na casa dos setenta, hora em que a experiência é muito importante, eu concordo e discordo da sentença.

Como homem já vivido, vi inúmeras famílias com filhos educados da mesma forma, frequentando a mesma escola e os mesmos lugares, porém uns tiveram sucesso e outros mais. Muitas pessoas se perguntam: qual a diferença? Destino? Oportunidades? O que causa o diferencial?

Eu respondo:
- ✓ A capacidade de ter iniciativas.
- ✓ A criatividade dos que venceram.
- ✓ A capacidade de análise.

O empreendedorismo e a perseverança dos que querem atingir seus objetivos, a lei da capacidade de propor e até ter que construir oportunidades de modo que gere a diferença para os outros, mas gerando em si a capacidade de prever, planejar, implantar, coordenar, administrar e fiscalizar planos e projetos de grandes sucessos.

E essas inúmeras qualidades podem ser desenvolvidas através de estudos, treinamentos e escolhas, que são eternas. Isso sim faz a diferença!

E foi isso que o nosso autor Fabio Toledo fez, levando sua formação intelectual em todos os níveis, construindo sua carreira com estes passos citados, e eu, como uma pessoa que acompanha sua carreira de perto, posso afirmar que esta é uma carreira de sucesso. E além do sucesso obtido, o nosso autor continua nos surpreendendo com seus maravilhosos trabalhos, de fácil compreensão e aprendizado.

Por fim, posso afirmar que este livro será um sucesso e um marco no aprendizado do protagonismo, do empreendedorismo e da inovação. Sei que todos os que lerem irão gostar e verão como este livro contribuirá para o seu "autossucesso"!

Aproveitem!!!

Ney Suassuna

Empresário, escritor, pintor, presidente do Anglo-Americano Escolas Integradas, professor da Universidade Federal do Rio de Janeiro (UFRJ), presidente da Associação Comercial e Industrial da Barra da Tijuca, ex-senador e ex-ministro da Integração

Prefácio Literário

"Quando uma criatura humana desperta para um grande sonho e sobre ele lança toda a sua coragem e força que emerge de sua alma, o universo conspira a seu favor", já dizia Johann Goethe. Assim, todo destino conspira para que possamos saborear respostas, ao menos aquelas que esperamos que façam parte da nossa realidade ou estilo de vida.

No romance de Fabio Toledo, aqui nessas páginas, mergulha-se num universo extremamente elaborado, onde realidades em contrastes revelam espectros e sabores da vida, com um tempero mágico e empolgante. Seus personagens arquitetam seus próprios destinos estampados numa realidade dinâmica e ao mesmo tempo dramática, já que o passado de cada um desses caríssimos revelam rumos, caminhos, histórias e laços em que transitam seguidores de si mesmos, capazes de emergir de um mergulho profundo das profundezas da alma, prontos para recomeçar um novo desafio, feito fênix.

O curioso corpo de tigre e alma de fênix compõe graciosamente o milenar conceito judaico da árvore da vida. A vida que nos move, que nos atrai e nos escraviza em nós mesmos. Essa vida que transborda nos personagens do romance de Fabio questiona os desafios por que cada ser humano passa em sua trajetória. Longe do pecado, do bem e do mal, a grande lição vem do sentido real que estamos vivendo no mundo de hoje, onde a tecnologia comanda diretrizes e os caminhos. Mas não se pode fugir do mais importante dogma, que é a busca por realizações. E nesses encontros e viagens que mais revelam a utopia de cada personagem ao mesmo tempo parece que nunca se está feliz e, sim, que se quer ser feliz a qualquer preço ou ao menos encontrar a felicidade. A angústia que prevalece na saga humana constante de estar sempre em busca de algo que parece estar longe reflete no acordo que cada um tem com o outro, quando estes são pontes para atravessar rios, riachos, lagos...

As viagens à China, ao Rio de Janeiro, a Faxinal do Soturno (cidade da Quarta Colônia, encravada no coração do Rio Grande do Sul, berço da imigração italiana), são cenários que vão levando o leitor a um destino.

Mas que destino é esse que Fabio revela como sentido para a nossa vida, despertando o emblema interior do tigre que temos dentro de nós, prontos a enfrentar os desafios e toda e qualquer ameaça, nem que para isso demos a vida? Afinal, o ataque feroz de um tigre é sempre o tudo ou o nada, porém a alma da fênix, essa que nunca morre, é o que move nossa existência, sempre pronta a trilhar novos rumos e enfrentar os nossos medos. Para o autor dessa memorável obra literária o que vale a pena é nunca ter medo do seu destino e desenvolver cada potencialidade e talento que se tem.

Em um mundo moderno, onde somos basicamente comandados por máquinas e o efeito lógico da tecnologia é o estandarte da nova ordem mundial, o que tem que ser explícito é a força de cada um, a astúcia do tigre dominando sem medos o rumo de sua vida, nem que para isso tenha que se enfrentar um exército. E a guerra interior de cada "visionário-protagonista estratégico e inovador é essencial aos vencedores", conclama o autor.

Nesse diálogo e nessa busca, onde afirma-se que o mundo precisa de homens estratégicos com visão de tigre, corpo de tigre e força de tigre, parece ser uma das soluções para tantos desafios que temos que enfrentar em cada etapa de nossa vida. Na trama, onde os sentimentos também afloram e o amor de dois personagens diverga como sombra da essência humana, busca-se dividir o tempo com as nuances da vida de cada um. O que de fato vale a pena? O que de fato eu quero para minha vida? O que de fato eu irei encontrar logo que passar o rio, o oceano, ou cruzar a montanha? Nada é mais claro do que as respostas tão bem bordadas pelo autor, que, no jogo armado das intempéries da existência, dialoga com o lúdico e a simplicidade de caráter de seus personagens, que querem apenas ser felizes e vencer nessa vida.

Longe dos arquétipos ditos sonhos de consumo ou dos contos de fadas, a vida passa pela trama do autor como uma grande usina que impulsiona energia – e é essa energia que move os interesses e a visão de cada um, na busca de suas realizações. Queremos ser felizes, queremos o sucesso, queremos conquistar bens materiais e queremos tudo. Porém, é a ordem do tempo que manipula a distância do passado, revelando um futuro dinâmico, realista e que surpreende a cada dia. É nesse rumo que a história do livro de Fabio mergulha e traça uma rota de encontros e revelações surpreendentes. Tudo se pode conquistar e tudo se pode ter, desde que saibamos estar atentos, feito o olho do felino tigre e, com a fênix interior, estarmos certos de que podemos renascer a cada mudança do jogo.

A lucidez é o barco que flutua a ordem dos que sabem ter perseverança. E nada será como antes quando esse novo mundo, que tanto queremos, se descortina. Homens e mulheres tão comuns, e ao mesmo tempo tão diferentes, desdobram em suas luas minguantes a sabedoria do desejo e de flutuar no berço da esperança. Podemos ter um amanhã muito melhor que hoje, mas teremos que conquistá-lo e vencer grandes batalhas. Essa é a grande verdade que o autor nos revela, e ao mesmo tempo nos tranquiliza, fazendo com que toda coragem interior do tigre seja como as asas da fênix, que das cinzas refaz o destino.

Então nada de culpas ou síndrome de qualquer coisa... os rótulos que são apregoados não construirão esse mundo novo que se almeja! Por isso, se você encontrar uma formiga, um tigre, um advogado, ou um mendigo, saiba que em todas essas naturezas existe um universo. Quando nessa história o autor nos transporta para uma viagem, o que confrontamos são os universos diferentes de cada um. Um sonho de um não é o mesmo sonho de outro, mas podemos participar do sonho de cada um e assim partilhar e contribuir com nosso esforço e suor. Não podemos viver na clausura e despertar em nós o egoísmo de afirmar que na solidão vamos edificar uma torre de Babel. Nunca foi assim e nunca será! E isso está explícito no trajeto que a trama vai revelando e arquitetando; o sentido do vencer, do vencedor, do conquistar com astúcia e habilidade do tigre, a força divina que cada ser possui.

Sofremos todos da nostalgia e da utopia de um mundo melhor, mas é a esperança, que, feita tempero, nos alimenta e faz com que possamos ousar e vencer todos os nossos desafios. São esses vencedores que o autor quer revelar e trazer ao mundo, como os grandes navegadores do século XXI. Navegadores que, com seus instrumentos tecnológicos, farão do nosso tempo um lugar dinâmico e de fato inovador. Seja em uma grande capital ou em uma cidade pequena no interior do Rio Grande do Sul, onde for, é aos homens visionários e protagonistas que o mundo vai desafiar as conquistas.

Nada é mais estridente que o colapso do medo. Por isso, nas teorias explícitas do autor, que no seu passado ousou e soube refazer-se feito fênix, driblou o medo e com toda a coragem do tigre trouxe respostas, numa sequência de cenas, feito um longa-metragem, a história vai infiltrando em cada plateia o sentido do vencer sem medos, conquistar os sonhos de cada um com alegria e poder partilhar a magia da existência e de tudo que está aí para nos servir.

Nada será como antes depois do último capítulo deste livro, até porque a viagem que você, leitor, fará é uma das melhores que pode haver.

Embarque com a alma e o coração lavados, pois degustar cada capítulo dessa tão singela obra é descobrir que, com um pouco de astúcia, podemos vencer qualquer desafio.

Ricardo Zimmer

Gaúcho de Dona Francisca, RS, Diretor de cinema, roteirista e escritor. Dentre outros feitos, adaptou para o cinema a obra de Moacyr Scliar, "O Exército de um Homem Só". Ele desenvolve o projeto Cinema Independente do Brasil, onde as produções audiovisuais encontram novas linguagens.

O Autor

Fabio Toledo é empresário, consultor e professor de pós graduação. Executivo internacional com mais de vinte anos de experiência, foi Superintendente de Tecnologia e Inovação (CTO) em uma grande concessionária de energia elétrica nacional, coordenador executivo de renomados programas de pesquisa e desenvolvimento e membro de conselho de administração de empresa. Foi ainda executivo expatriado na França e na Inglaterra por mais de quatro anos e participou também de missões internacionais em dezenas de países. Executivo premiado internacionalmente, depositou diversas patentes, publicou múltiplos artigos, palestrou, debateu e presidiu diversas sessões em renomados congressos e concedeu dezenas de entrevistas para a imprensa internacional. Autor de livros publicados no Brasil e no exterior, possui sólida formação internacional, que inclui múltiplos MBAs.

Sumário

Introdução 1
1. O primeiro passo para recomeçar 7
2. O despertar rumo ao sucesso 25
3. A vida ensina se estivermos dispostos a aprender 33
4. Estratégia é essencial aos vencedores 45
5. O despertar do tigre 57
6. Tirando proveito dos sinais, da dor e das oportunidades que a vida oferece 73
7. Elaborando o planejamento estratégico pessoal 89
8. O reencontro de Maurício e Chun 103
9. Do planejamento estratégico pessoal ao planejamento estratégico empresarial 113
   9.1. Gestão estratégica e marketing pessoal 117
   9.2. Atenção à sua imagem 118
   9.3. A importância do *networking* 121
   9.4. A importância da comunicação 125
   9.5. Aprendendo a argumentar e a negociar 133
   9.6. Assumindo as rédeas de seu autodesenvolvimento 137
10. Aprendendo a gerir suas finanças, carreira e negócios 139
    10.1. Quanto você vale? 140
    10.2. Qual é o meu perfil pessoal e profissional? 149
    10.3. Qual é o perfil dos meus clientes? 151
11. Exercendo a criatividade e descobrindo um nicho de negócio 155
12. A reaproximação da família 167

- 13. Aprendendo a inovar 173
  - 13.1. Somos predestinados a inovar, desde os primórdios 175
  - 13.2. Por que inovar? 178
  - 13.3. Integrando a inovação ao nosso dia a dia 180
  - 13.4. Inovando estrategicamente – transformando ideias em realidade 182
  - 13.5. Mãos à obra: a perfeição vem da prática 190
- 14. Despertando e desenvolvendo o protagonista, o líder e o empreendedor que há em você 193
  - 14.1. Proatividade estratégica 196
  - 14.2. Perseverança, responsabilidade, raciocínio lógico e analítico e resiliência 197
  - 14.3. Fé, autoestima e autodesenvolvimento 201
  - 14.4. Liderança vencedora 202
  - 14.5. Empreendedorismo 206
- 15. O vencedor em mim 209
- O Réveillon 217
- Epílogo 225
- Bibliografia 227
  - Livros 227
  - Notas de aula 229
  - Artigos da internet 230

Introdução

Um anúncio de bordo informava que os preparativos para a decolagem estavam em andamento e que o avião partiria em aproximadamente trinta minutos. Estávamos há dois dias do réveillon de 2013, que passaríamos na China. A comissária aproveitava o ensejo para desejar um feliz ano novo para todos. Passaríamos a virada do ano na cidade de Shenzhen, mais especificamente em um parque de entretenimento chamado "Window of the World"[1]. Trata-se de um lindo parque onde encontram-se miniaturas de diversas maravilhas arquitetônicas do mundo, tais como a Torre Eiffel, a antiga cidade de Atenas, as torres de Pisa e de Londres, pirâmides e esfinges. Enfim, um lindo local por onde tantas vezes passei viajando a negócios, sem sequer prestar atenção. Além do mais, ficava pertinho de nosso hotel e poderíamos ir e voltar a pé, dada a proximidade e os baixíssimos índices de violência no local.

Quantas vezes abri mão de passar o réveillon com minha família. Minha irmã mais nova, Camila, ainda estava em Gramado, no Natal Luz, com minha mãe Judith e meu pai Ângelo. Eles passarão o ano novo lá. Na verdade, passam todo ano. Como prefiro Gramado no inverno, sempre fiz de tudo para dispensar esse compromisso familiar e aventureiro que mais parece ser de guloseimas que outra coisa, afinal uma cidade com atmosfera de aldeia de conto de fadas não fazia muito meu estilo... mas me interessavam os chocolates de Gramado, que, mesmo não sendo Páscoa, têm um sabor indescritível. O fato é que precisava me reaproximar de minha família. Precisava conhecê-los de novo. Por isso passei o Natal em Gramado com meus pais e irmãs. Engraçado que já estive na cidade diversas vezes, inclusive no Natal, ainda que a contragosto. Mas, dessa vez, foi diferente. Acho que captei a magia do Natal, emocionei-me com o coral das crianças, assisti ao show das águas dançantes e fui até a casa do Papai Noel. Pela primeira vez senti a felicidade das pessoas e de minha família,

---
[1] Janela do mundo, em português.

consegui me conectar à atmosfera local. Estava feliz! Isso pode parecer simplório para muitos, mas, para mim, era uma vitória, vide meu pragmatismo e insensibilidade usuais. Agora sigo para o réveillon com minha esposa Clara e minha filha Estella e pretendo gozar de outra experiência similar. Não há como recuperar o tempo perdido, mas sempre há tempo de construir um futuro melhor e ser feliz.

E aqui estou eu, a bordo deste avião, viajando para a China. Um lugar que, de um tempo para cá, me instigava, repleto de dialetos e tradições. Procurava entender as particularidades de cada etnia. Mergulhei na relação entre os Han e os Uigures, bem como nas origens dos conflitos entre eles. Até especulei sobre o império dos Uigures, maior colônia dos filhos do sol da antiga Lemúria. Teria a Lemúria realmente existido concomitantemente com Atlântida? Buscava no passado a história das diversas etnias locais para desvendar suas culturas e como elas se refletem na China moderna. Registros mais antigos dizem que nos tempos mais distantes a China foi governada durante dezoito mil anos por uma raça de reis divinos – de acordo com o manuscrito Tchi, um fascinante paralelo com revelações semelhantes a respeito da Índia, do Japão, do Egito, e da Grécia, feitas no "Ramaiana", no Kojiki, na história de Meneton e na Teogonia de Hesíodo... tudo isso me encantava. Essa China tão antiga, tão cheia de histórias milenares envoltas de personagens que povoam minha aguçada imaginação, em todos meus dias, minhas horas e meu tempo. E pensar que, até uns anos atrás, tudo isso teria passado despercebido por mim... para ser franco, jamais teria me dado ao trabalho de pesquisar a respeito. Não importava quantas vezes por lá passasse, seria apenas para tratar de negócios, nada além... afinal, qual seria a importância de tentar entender o local, as pessoas, sua cultura? Nossa, como mudei...

Shenzhen está localizada na província de Guandong, bem ao sul do país, ao norte de Hong Kong. Shenzhen tem um marco histórico moderno, sendo a primeira cidade chinesa a abrigar uma zona econômica especial do governo chinês em 1979. Isso transformou radicalmente esta bela cidade, fazendo sua população crescer exponencialmente. Hoje, Shenzhen figura como um dos principais centros financeiros da China.

Shenzhen me encantava ainda mais por ser uma cidade recém-criada, tipo Brasília. A modernidade é evidente e ainda fica pertinho de Hong Kong. Nada como fazer compras nessas cidades, tamanha a variedade, além dos preços assessíveis – ainda que uma boa análise seja necessária para fugir das "réplicas" de marcas originais... em minhas viagens a negócios, só fiz comprar; nunca havia me atentado para a cidade, sua arquitetura moderna, suas paisagens. E agora, com minha família, por certo seria diferente, inesquecível.

Sentado em minha poltrona no avião, vislumbrava o rostinho delicado de Estella, agora já com quase dezoito anos, e de Clara, que dormiam nos assentos ao lado, exaustas de tanto fazer compras no aeroporto. Mal se acomodaram em seus assentos com os cintos de segurança e já haviam pego no merecido sono. Olhava para minha filha e pensava... como minha "pequena" cresceu... o tempo passou e não notei... quantas e quantas vezes deixei de aproveitar esses momentos por estar deveras ocupado alimentando meu egocentrismo, em meu mundo de negócios. Afinal, eu era o Ricardo Grecco, diretor técnico de uma das maiores multinacionais de tecnologia da informação do mundo, responsável pelos desenvolvimentos da empresa no Brasil e na América Latina. Eu me achava todo poderoso e insubstituível... ledo engano...

O ex-eu mais parecia um cometa em ebulição no universo do que um próprio humano, sem tempo para mais nada àquela altura da minha vida profissional. Até me recordo da última vez em que havia colocado os pés na areia da praia até decidir mudar minha vida... pasme, há cinco meses (o que para um carioca é uma afronta)... mas depois que assumi a ideia de revolucionar a minha vida, a vida de pessoas e de empresas, até avalio o convite do meu vizinho para fazer o Caminho de Santiago de Compostella. Não; o ex-eu, em carne e osso, de barba feita e com seu terno Armani, jamais avaliaria tal proposta nem estaria em pleno voo rumo à China a lazer, atravessando o planeta e sobrevivendo a mais de 24 horas de voo apenas para se divertir e curtir a família.

De volta à realidade, aproveitava o sono de minha família para observar atentamente o ambiente em que eu estava inserido, o avião. Engraçado, pensava eu, tantas e tantas vezes estive aqui e nunca prestei atenção, ainda que alguns procedimentos pudessem impactar minha própria segurança em casos de emergência. E olha que, de tanto que costumava viajar a negócios pelo mundo, poderia dizer que morava mais no avião do que em terra firme. Ainda mais intrigante é o fato de, apesar de ter colecionado milhões de milhas no cartão de fidelidade dessa companhia aérea, era a primeira vez que estava aqui para uma viagem de lazer.

E imaginar que tantas vezes inventei as mais diversas desculpas, para adiá-la, ainda que inconscientemente. As desculpas me pareciam tão reais que até me convenci de que eram verdade, e nunca me dei ao direito de gozar do dinheiro que ganhei pelo árduo trabalho que sempre executei. A verdade é que ganhava dinheiro pelo dinheiro e até guardava, sem saber direito para o quê. A ganância nos cega e chega pouco a pouco, de maneira imperceptível, e, quando nos damos conta, ganhar dinheiro e poder se torna a razão principal de nossa vida. Como meus valores mudaram... não que agora abomine o dinheiro, mas agora ganhar dinheiro é apenas o meio, e não mais o fim. O meio necessário para curtir a vida com minha família, amigos e ajudar pessoas. Finalmente entendi que o dinheiro é apenas mais um recurso deste mundo, dentre tantos outros, para ser utilizado em prol do que realmente importa, dos verdadeiros tesouros, até então imperceptíveis para mim. Engraçado quantas coisas se passavam ao meu redor sem eu me dar conta. Via apenas com os olhos, quando tenho tantos outros sentidos em meu corpo, à minha inteira disposição. Que bom que decidi mudar... Decidi enxergar o mundo de maneira diferente.

Estava tão concentrado em meus pensamentos que quase não notei um homem alto, magro, grisalho e de notórios olhos verdes que desabotoava o paletó de seu terno na minha frente, provavelmente para não amarrotá-lo e para que pudesse viajar mais confortavelmente. Seria apenas mais um executivo rumo à China, mas, para mim, o gesto trazia lembranças significativas e coincidentes com minha reflexão segundos antes. Ele me fez lembrar do quanto tudo poderia ser diferente, ou melhor, completamente diferente, não fosse a oportunidade de ter conhecido meu amigo e eterno mestre Maurício Giordano, de maneira tão improvável, na Região dos Lagos, no Rio de Janeiro, anos atrás. Convivi com ele em Faxinal do Soturno, um lugarejo de imigração italiana no coração do Rio Grande do Sul. Como aprendi naquele lugar...

Sem que me desse conta, como Maurício me ensinou, notei que já havia analisado detalhadamente cada procedimento realizado pela tripulação de bordo no avião e pensei em como eles poderiam ser inovados. Busquei aprender e entender as razões por trás de cada ação. Transferi cada procedimento para a realidade dos negócios de meus clientes e para a minha vida cotidiana imaginando como poderia aprimorá-los com aquele aprendizado e vice-versa. Agora isso fazia parte de minha essência. Sabia que, por mais que os negócios fossem complementarmente diferentes, sempre havia aspectos comuns entre eles. Por isso, deveria sempre vivenciar cada momento de minha vida – afinal, sempre estive nos lugares, mas raramente os percebia. Analisei cada pessoa que entrou no avião... tentava imaginar sua história de vida, sua profissão, seus anseios e angústias, enfim, tentava perceber o verdadeiro ser humano por trás das máscaras que muitos usam no dia a dia. O que elas estariam sentindo naquele momento? Medo? Ansiedade? E o mais importante: o que será que estaria corroendo as suas almas? Aqueles pensamentos mais íntimos, como os de culpa, arrependimento, sonhos e da eterna busca pela felicidade que idealizamos. Ainda mais agora, que estávamos a poucos dias de 2014, quando todos deveriam recomeçar. O nome réveillon é uma derivação do verbo francês *réveiller*, que significa "despertar". A palavra surgiu no século XVII para identificar jantares longos e chiques que passavam da meia-noite na França, às vésperas de datas importantes. Tropicalizado, no Brasil, simboliza a virada do ano. Era, portanto, tempo de refletir, mudar, rever valores – ao menos é o que se prega. Quantos de nós põem em prática as mudanças almejadas? Será que aquelas pessoas a bordo o estavam fazendo? Eu o fiz! Será que sabiam o significado da palavra réveillon ou seriam daquelas tantas pessoas que apenas repetem coisas rotineiramente, sem nem saber o porquê, tal como já fui?

Eu ria comigo mesmo vendo como agora eu percebia as pessoas e os detalhes do ambiente automaticamente, sem sacrifício algum e sem nem me dar conta... agora eu sentia a verdadeira essência da inovação, do protagonismo e do empreendedorismo correndo em minhas veias. Enfim eu conseguia me conectar e perceber o ambiente com detalhes! Em outras palavras, eu era capaz de inovar, pois só inovam aqueles que são capazes de perceber detalhes.

Inexplicavelmente, aquela lembrança me remeteu ao Natal de 2002 e a um filme que assisti. Minha esposa, Clara e eu estávamos em nossa casa, na Barra da Tijuca, no Rio 50 graus, nessa época apocalíptica de verão cada vez mais quente e preocupante para os defensores da natureza ou aqueles que creem que o tal aquecimento global está colocando em xeque a vida na terra.

Clara me fez abdicar da praia para assistir ao filme "Matrix" na TV, afinal sua continuação estrearia no ano seguinte no cinema e ela gostaria de assistir a meu lado. Eu tentava a todo custo dar uma desculpa para não fazê-lo, mas o fato de seu lançamento ter sido em 1999 e até o momento eu não ter cumprido a promessa de assisti-lo com ela foi um argumento forte o suficiente para me convencer a sentar no sofá, ainda que meu pragmatismo me fizesse me odiar por tal feito. Naquela premiada trilogia, Thomas A. Anderson, apelidado de Neo, interpretado pelo ator Keanu Reeves, podia se conectar à Matrix, aquele ambiente ilusório que interligava o meio ambiente e os seres humanos que nele habitavam, a um gigantesco sistema computacional. O fato é: por mais que na época eu achasse absurdo, agora corroboro um pouco da lógica do filme, pois compreendi o valor de me conectar ao ambiente e às pessoas nele inseridas. Isso é essencial por diversas razões. Por exemplo, como inovaríamos sem entender as reais necessidades das pessoas, principalmente as não ditas? Será que uma inovação pode ser aplicada em qualquer ambiente? Seria ela bem recebida em um ambiente hostil, ou este deveria ser preparado?

Sentia-me como Jake Sully, interpretado por Sam Worthington, no também premiado filme "Avatar". Ex-fuzileiro paraplégico que inicialmente segue para Pandora em busca de capital para pagar por uma operação que o curaria da paralisia, ao conviver e entender os valores dos Na'vi, nativos humanoides locais, e ao se conectar ao planeta, percebe que sua paralisia ia além da física. Quando finalmente consegue se conectar à Árvore da Vida e à essência do planeta e dos seres que nele habitam, consegue enxergar o mundo por outro ângulo e percebe tudo aquilo que antes lhe era insignificante.

Quem diria que eu, um executivo internacional renomado e pragmático, estaria falando de filmes de ficção científica e, o pior, aprendendo com eles... por insistência da Clara, sempre fui obrigado a assistir muitos filmes, de inúmeros gêneros, mas nunca procurei entender sua essência. Agora, a cada filme que lembrava ou assistia, conseguia entender e tirar algo de bom para minha vida pessoal e profissional. Filmes são apenas exemplos. Dá para tirar lições importantes de cada ação de nossa vida, por mais simples que ela seja, como plantar flores em um jardim. Para tal, precisamos estar lá de verdade, vivenciar, perceber...

Ouço o aviso do comandante para apertar os cintos. As comissárias fazem as demonstrações de segurança e os últimos preparativos para a decolagem. Ao meu redor, quase todos dormem.

Eu, por outro lado, decolo rumo às minhas memórias, onde guardo os aprendizados que mudaram minha vida graças a Maurício e Chun.

Jamais poderia imaginar o quanto a história daquele empresário e daquela garota de programa mudaria minha própria história e me faria rumar para o verdadeiro sucesso pessoal e profissional.

1. O primeiro passo para recomeçar

Nem acredito que chegamos! *Uhuuu, será maravilhoso!!!*, exclamaram Clara e Estella. Foram seis horas de viagem da Barra da Tijuca a Búzios e ambas vibravam de alegria. Eu sorria entre os dentes, para não transparecer o quanto estava irritado por fazer aquele passeio e pelas horas que passei no engarrafamento. Para elas, estar em Búzios valia qualquer sacrifício.

Armação dos Búzios, ou apenas Búzios, é um município da Região dos Lagos, no estado do Rio de Janeiro, localizado a cerca de 170 quilômetros da capital. É uma bela península com mais de vinte praias belíssimas, algumas com águas quentes e outras geladas. Tem até praia para quem quer ficar nuzinho, como veio ao mundo, como os naturistas gostam. Enfim, praias lindas e para todo gosto, tais como Ferradura, Geribá e Tartaruga. Além das praias, Búzios é famosa pela visita da atriz francesa Brigitte Bardot, em 1964. Ela foi tão importante para o desenvolvimento da região que tem uma estátua sua lá, uma orla própria – a Orla Bardot – e várias ruas e estabelecimentos mencionando seu nome. Alguns consideram Búzios a Saint-Tropez brasileira. A cidade é visitada periodicamente por turistas do mundo inteiro, mas nos feriados, especificamente no carnaval, como diria a Estella, o local "bomba" porque é "irado" e tem uma "vibe" muito louca! Por incrível que pareça, esse conjunto de palavras sem sentido é um elogio ao local e explica o porquê de ser único.

Apesar de estar em um local paradisíaco, o barulho das pessoas festejando era irritante para os meus ouvidos. Adicionalmente, o cheiro da maresia era incessante e insuportável. Era sexta-feira, véspera do carnaval de 2013. Estávamos em nossa casa de praia em Búzios, como fazíamos todo ano. Eu ainda tinha que descarregar o carro, pois as duas princesas se esqueceram desse pequeno detalhe e, como sempre, sobrava para o escravo aqui. Minhas discussões com Clara eram frequentes. Não aguentava esse jeito desligado dela, isso me irritava ao extremo. Mas decidi não explodir dessa vez. No fundo, sabia que o problema era comigo. Não me importava com Clara, mas não queria estragar a felicidade da Estella, que sempre fora minha razão de viver. Já tinha tão pouco tempo com ela... não seria justo estragar tudo.

A empresa em que trabalhava ia mal das pernas, só eu já havia demitido mais de duzentos colaboradores em janeiro... o clima estava tenso, discussões faziam parte da rotina da empresa por causa da queda nas vendas no Brasil e, em uma dessas discussões com o idiota do presidente, decidi pedir demissão. Com o meu currículo, sabia que emprego não faltaria. Na verdade, com poucos minutos de demitido já havia recebido duas propostas de emprego, felizmente. Não aguentava mais, só que, no fundo, amava aquela empresa e não queria ter saído assim. Na verdade, me dei conta que só tinha a empresa, era uma das minhas principais razões de existir. Nos anos em que lá estive, me entreguei de corpo e alma a ela e esqueci da família, dos amigos e de mim... sentia um vazio... como se tivessem tirado uma parte de meu corpo.

Minha irritação era tamanha que não conseguia sequer admitir a felicidade lá fora. É horrível admitir, mas isso estava me incomodando. Será que não respeitavam minha irritação? Não podiam se calar e parar de cantar aquelas músicas idiotas cada vez mais altas? Não sei o que era pior: se o cheiro da maresia ou do churrasco do meu vizinho. Na verdade ele queimava a carne, não fazia churrasco. Tomara que não ouse me chamar para comer lá dessa vez para que eu não tenha que fingir que aquela carne dura, de tão passada, estava descendo bem...

— Velho... ô velho... – era Estella interrompendo meus pensamentos. Não tinha direito nem de pensar enquanto carregava as malas para dentro! Fora isso, eu adorava, para não dizer o oposto, aquele termo: "velho". Em plena crise dos quarenta, aquilo soava avassalador a meus ouvidos. Fazia-me lembrar que o tempo passou e não vivi. Mas me fingi de simpático e fui saber o que era. Ela queria que eu fosse à Rua das Pedras buscar hidratante. Claro que não era um hidratante qualquer, mas um específico, feito naturalmente, que só vendia na loja tal, na Rua das Pedras. Afinal, minha filha não poderia viver sem esse item tão importante por uma noite sequer!

Já passava da meia-noite, mas tudo fica aberto na Rua das Pedras. Neste *point* o movimento começa cedo e se estende por toda a madrugada. Lá se concentram restaurantes, bares e lojas de luxo que contam com clientes brasileiros e estrangeiros sedentos por entretenimento. Eu, no entanto, só pensava que o trânsito local estava cada vez pior e, mesmo a poucos quilômetros, gastaria quase meia hora para chegar – além do mais, teria que estacionar o carro. Mas como negar algo à minha filha, já que a minha culpa por estar sempre ausente me corroía?

Após muito trânsito e irritação, lá cheguei. Após percorrer ruas lotadas, finalmente achei a tal loja. Comprado o "bendito" hidratante, resolvi me sentar para comer um crepe. Não há crepe igual no Rio de Janeiro como naquela creperia. Já que estava lá, saborearia um delicioso crepe de camarão com catupiry e outro de banana com chocolate, de sobremesa.

Após eterna espera, consegui uma mesa. O lugar tem filas constantes dada a alta demanda dos clientes, principalmente em plena véspera de carnaval. Na verdade, como estava sozinho, compartilhei uma mesa com um grupo de desconhecidos que lá estavam e tiveram a gentileza de aceitar minha companhia. Normalmente eu não faria isso, mas queria muito meu merecido crepe e essa me pareceu a única alternativa viável.

Dentre meus companheiros de mesa, uma pessoa se destacava. Era Maurício. Não sei exatamente o porquê, mas seus olhos chamavam atenção. Não apenas pelo fato de serem verdes, mas por passarem firmeza, convicção e também um certo encantamento que se traduzia em credibilidade. Não sei explicar... pareceriam os olhos de um tigre a conquistar sua caça. A presa é enfeitiçada de tal forma pelo tigre que às vezes nem se move e já é abatida. Sempre amei esse animal... ele é imponente, desbravador, guerreiro e corajoso! Parte em busca de sua conquista! Mamãe, ao querer me motivar quando me sentia abatido por algo, sempre dizia: *olhos de tigre, meu filho, você é capaz! Vá e vença, pois confio em você!* E eu me sentia o homem mais forte do mundo! Enfim, o fato é que o jeito de olhar daquele homem me intrigava.

De fala mansa, aquele homem, alto e quarentão, me transmitia segurança nas palavras. Talvez por isso eu tenha resolvido abrir a minha vida a um estranho. Falei da situação na empresa, que me demiti, da minha situação familiar cada vez mais instável... ele me escutava atentamente, como se eu fosse a pessoa mais importante do mundo. Isso me fazia falar mais e mais...

Maurício emitia um ou outro comentário, mas claramente estava escutando e não apenas ouvindo. Sempre achei que essas palavras fossem sinônimas, mas futuramente aprenderia com Maurício que não são. Quando você presta atenção em uma coisa, você está escutando, ou seja, o assunto é analisado por seu cérebro, ao passo que ouvir é apenas usufruir passivamente do seu sentido de audição, ou seja, as palavras "entram por um ouvido e saem pelo outro", como diz o dito popular. Escutar exige ouvidos apurados, capazes de sentir, de perceber, de se conectar ao outro e ao ambiente e captar não apenas as palavras, mas aquilo que está por trás delas e raramente é dito. Ou seja, é um talento essencial para inovar, cada vez mais raro no mundo de hoje, onde cada um está preocupado com o seu próprio umbigo, sem saber que são justamente os estímulos que recebem do próximo e do ambiente que o tornarão uma pessoa diferenciada.

Dentre os comentários que ele emitiu, lembro que um em especial me irritou muito. Estava contando que a crise na empresa se deu porque ela não inovava o suficiente quando ele me interrompeu e perguntou: *você se refere a você mesmo, suponho?!*

Sem perceber, indiretamente estava de fato me referindo a mim mesmo. Afinal, a empresa não tinha vida, seus colaboradores sim – e eu era um dos dirigentes daquela organização. Ainda tomado pelo espanto da audácia daquele sujeito, escutei de seus lábios a afirmação categórica de que eu era um mero coadjuvante e que eu precisava admitir a verdade para mim mesmo, pois só dessa forma eu me libertaria para seguir rumo ao sucesso. Aquilo me enrubesceu a face... foi um soco na boca do estômago! Quem esse idiota pensava que era? O Dalai Lama? Quando eu ia explodir, como se lesse meus pensamentos, ele me perguntou:

— Estás irritado com o que ouviu ou consigo mesmo?

Mesmo com raiva, refleti por alguns segundos e notei que, no fundo, ele estava certo. Engraçado como a resposta da maioria das coisas está dentro de nós mesmos. Lembrei-me do tempo em que frequentava a Igreja Católica. Era um mero expectador, nunca me engajei, mas lembrei de uma frase específica, atribuída a Jesus Cristo, provavelmente o homem mais sábio que a Terra já conheceu. Segundo o evangelho de João, ele disse: "a verdade vos libertará" (Jo 7, 16). Acredito piamente que a verdade está dentro de nós mesmos. Duro, porém, é admitir! Sempre fui obrigado a ir à missa pelos meus pais. Católicos praticantes, não me deixavam faltar um domingo sequer. Líamos a Bíblia com frequência em casa, mas jamais havia prestado a devida atenção ou trazido os ensinamentos para o dia a dia. Sempre me confessava com o padre e achava isso ridículo, pois as pessoas voltavam a pecar. O padre era um mero instrumento. Eu precisava confessar a verdade a mim mesmo para que eu pudesse me libertar e recomeçar. Por mais difícil que fosse admitir, eu não havia sido um protagonista. A verdade era que Maurício foi capaz, em poucos minutos, de fazer meu cérebro, estagnado pela rotina, voltar a raciocinar...

De fato, era minha obrigação alinhar a cultura da empresa às necessidades do mercado e prover educação às pessoas que garantissem constante inovação e engajamento. Mas é mais fácil agir como criança e culpar os outros ou até eventos fantasmagóricos. Pensando nisso, lembrei-me de quando Estella era pequena e ouvi o barulho de um copo quebrando. Ela disse: *papai, o copo caiu* – belo tempo em que não me chamava de velho ainda. A frase soa como se uma força oculta tivesse pego o copo e o derrubado no chão. Ela deveria ter dito: "papai, eu derrubei o copo". Na época apenas sorri e pensei como é difícil para uma criança admitir a culpa por um feito... e hoje, eu, barbado, fazia a mesma coisa involuntariamente. Agia como um mero espectador.

Notei que Maurício sorria e eu quis saber por quê. Ele disse que eu o lembrava alguém: ele mesmo, anos antes. Disse ainda que ele mudou radicalmente seus valores após ter conversado com uma acompanhante de luxo em um voo para a China e resolveu recomeçar sua vida. Confesso que não resisti e dei uma gargalhada... como poderia uma prostituta ensinar lição a alguém? Fui interrompido por seu olhar sério e centrado, que me fez calar prontamente e ouvir. *Ricardo, dizia ele, nessa vida tudo e todos nos fazem aprender lições valiosas. Basta estarmos atentos e conectados o suficiente para perceber. O egocentrismo nos faz pessoas e profissionais medíocres, pois nos dá a convicção de que temos todas as respostas, quando na verdade sempre precisamos de nosso próximo e do ambiente onde estamos inseridos. São os diversos estímulos que recebemos dos outros e do ambiente que nos fazem refletir e, ao trazê-los para nossa realidade, achar respostas para nossa vida.*

Inovar de verdade e continuamente, dizia ele, é como se estivéssemos no que tecnicamente chamamos de um constante brainstorming. Eu sabia bem o que era um *brainstorming*, tinha sólida formação profissional. A meu ver, o *brainstorming*, que poderia ser traduzido para o português como "tempestade de ideias", é uma atividade que estimula a criatividade em equipe, realizada geralmente em grupo. Coloca-se um assunto em pauta, tal como um novo produto a ser desenvolvido ou uma maneira de aumentar a produtividade, e diversas pessoas dão ideias com um objetivo comum. Por mais absurdas que possam parecer, nenhuma ideia deve ser descartada. Depois, o grupo, em conjunto com o moderador responsável pela atividade, depura as diversas ideias e chega a um denominador comum que inove o estado da arte e atenda à questão inicial. A ideia é aperfeiçoada até que esteja madura o suficiente para entrar em prática. Conheço o assunto e sei que o *brainstorming* precisa ser realizado coletivamente – e mais que isso: com todas as pessoas focando em um mesmo assunto. Agora vem esse camarada me dizer que podemos fazer um *brainstorming* de forma individual? Apenas com o objetivo de desmoralizá-lo diante de meu vasto conhecimento em relação ao assunto, decidi deixar que prosseguisse, mas solicitei que, dado meu pragmatismo, me desse um exemplo concreto.

Maurício me disse então que prestou consultoria para uma empresa de sucos. O diretor de estratégia da empresa buscava uma maneira de alavancar as vendas do seu produto. Já havia feito diversos *workshops* internos, que incluíam *brainstormings* com a presença de renomados consultores externos, e traçado diversas diretrizes, mas nenhuma obteve êxito. Após analisar o processo, Maurício notou que a principal causa da falta de êxito era o fato de as pessoas estarem se limitando a inovar dentro do ambiente de opções conhecidas. Tais opções se resumiam a estratégias bem-sucedidas realizadas por outras empresas do mesmo segmento. No fundo, no fundo, os exercícios de *brainstorming* que estavam realizando mais soavam como um exercício de *benchmarking*.

O *benchmarking* é um método eficaz de gestão que, em linhas gerais, serve para comparar produtos, serviços, processos e indicadores com outras empresas. Esse exercício se torna limitado se só compararmos empresas do mesmo segmento quando, na verdade, as melhores práticas poderiam ser obtidas através de empresas de outros segmentos também. Mais do que isso, poderiam ser obtidas por eventos externos, de forma despretensiosa, que nada têm a ver com o mundo corporativo, como em uma conversa com uma criança, por exemplo. No caso específico, apesar de o *benchmarking* ajudar, até certo ponto, a empresa a inovar em relação ao que faz hoje em dia, não necessariamente a faz inovar perante o mercado onde está inserida; afinal, como as melhores práticas estão sendo obtidas de outro, conclui-se que já estejam sendo praticadas. No *brainstorming*, precisamos "sair da caixinha", sair dos padrões, da obviedade – precisamos de novos parâmetros de captação de ideias para verdadeiramente inovar.

Outra coisa que Maurício constatou foi que as pessoas não estavam abertas e engajadas no processo de inovação. O clima também não era bom. O chefe participava da ação e não necessariamente estava disposto a receber uma ideia de seu colaborador, pois, erradamente, se sentiria incompetente por isso. Infelizmente, essa estranha pretensão dos chefes se acharem na obrigação de saber tudo é mais comum do que se imagina e impede que a inovação aconteça. Além do mais, apesar do exercício de *brainstorming* estar sendo conduzido com seriedade, ele cessava no trabalho.

Quase interrompi o raciocínio de Maurício nesse momento, pois pensei: *já não basta trabalhar todo dia até quase dez horas da noite? O que ele quer? Que trabalhemos durante o sono?* Pior é que, na verdade, o que ele queria dizer era quase isso...

Maurício prosseguiu e disse que o processo de inovação continuava mesmo após o *brainstorming*, pois os diversos assuntos e ideias discutidos, caso nos engajássemos de fato, eram incubados involuntariamente em nossos cérebros e, ao relaxarmos, seja dormindo ou durante o lazer, enquanto vivenciamos coisas que não têm nada a ver com o assunto discutido, nosso cérebro continuava a busca por soluções. Ele me confidenciou, inclusive, que dormia com seu bloco de notas ao lado da cama, pois era comum ter ideias de madrugada, anotar e voltar a dormir.

Maurício disse que estava em um hotel fazenda, sentado em uma cadeira, assistindo uma pessoa plantando mudas em um jardim, quando teve um *insight*. Eu definiria a palavra *insight* como uma intuição direcionada. Aquela sensação que temos quando, de repente, achamos a solução para um problema, ou parte dela. Ele ocorre justamente porque inconscientemente nosso cérebro está trabalhando em busca da solução.

No hotel fazenda Maurício observou que as mudas eram plantadas bem separadas e ficou intrigado com isso. Perguntou então ao jardineiro, que humildemente respondeu que assim eram plantadas porque, ao crescer, iam "enchendo" o jardim. Mostrou então um jardim totalmente preenchido com as mesmas plantas e que havia sido plantado de forma similar meses antes. Imediatamente Maurício teve um *insight*, transferindo o aprendizado ao negócio de seu cliente...

Diferentemente da estratégia de venda que estavam tentando, focando em um estado do Brasil e apenas após ter alta penetração de mercado seguir para outro estado, deveriam tentar "plantar suas mudas" em diversos estados brasileiros ao mesmo tempo. Após crescerem, as "mudas" iriam se "fechando" através do boca a boca – por exemplo, se o suco tivesse aceitação local – e formariam um belo "jardim". Mas como fazer isso sem aumentar o custo de vendas? Aliando-se a um parceiro, talvez... era a hora de maturar a ideia, antes de colocá-la em prática.

Resolveram então associar a venda de sucos a um produto completamente diferente: pães. Fizeram uma campanha publicitária em diversos estados simultaneamente associando o ato de beber seu suco ao ato de comer pão. Distribuíram os sucos em diversas padarias e espalharam cartazes. Após intenso trabalho, a estratégia se mostrou um sucesso e as "mudas" povoaram cada vez mais o "jardim", pois cada vez mais padarias pediam seu suco. Por consequência, além de elevar as vendas, a estratégia permitiu a solidificação da marca no cenário nacional.

Convencido de que se tratava apenas de mera coincidência, pedi outro exemplo a Maurício, mas agora ligado ao meu negócio específico. Observei-o olhando o ambiente e, mais fixamente, seu crepe. Ele então disse:

— Sabe essa cobertura de mel no meu crepe? Ela me faz imaginar uma solução estratégica para o seu negócio que, se tivesse sido colocada em prática há alguns meses, talvez pudesse tê-lo salvo. Vamos imaginar como esse mel foi retirado da colmeia. Você deve saber algo sobre mel, nem que seja lembrar daquele desenho animado do Zé Colmeia, o urso que sempre queria mel e muitas vezes tomava ferroadas das abelhas ao tentar pegá-lo. Como disse, de uns anos para cá observo atentamente tudo o que vejo, buscando aprender mais e mais, ainda que tais coisas não se conectem aos meus negócios ou à minha vida pessoal. Não me aprofundo no processo na maioria das vezes, mas sempre procuro entender sua essência, a lógica atrás das ações. Assim foi quando observei o processo de retirada do mel em um hotel fazenda onde me hospedei. Observando e aprendendo coisas diferentes o tempo todo, é como se eu criasse um megabanco de dados. Quando necessito de uma ideia, o acesso, inconscientemente, em busca de sinergias.

Maurício enfatizou ainda que, para poder perceber as sinergias, tanto no caso do plantio quanto no das abelhas, é necessário estar conectado ao ambiente onde estamos inseridos. Em outras palavras, é necessário perceber os detalhes dos ambientes e de nossas vivências. Quem não atenta a detalhes jamais perceberá sinergias, jamais inovará!

Além disso, a curiosidade é a melhor amiga das pessoas inovadoras. Sem curiosidade, não há como inovar. Sem ela o mundo não teria sequer se desenvolvido. Se o homem pré-histórico não tivesse tido curiosidade e a coragem de experimentar, jamais teria evoluído. Não saberia o que comer, não teria "descoberto" o fogo, e por aí vai. Sem curiosidade, não maximizamos nosso potencial de identificar sinergias, pois limitamos nosso potencial de viver novas experiência, Maurício completou.

Confesso que diversas vezes ouvi a palavra sinergia, mas nunca a compreendi em sua essência. Por isso indaguei o que seria a Maurício. Ele disse que poderíamos definir a palavra sinergia, aplicada à inovação, como a combinação de elementos distintos que resultam em algo maior que a somatória das partes.

— Para simplificar, como diz aquela música interpretada pela banda Roupa Nova, "O Sal da Terra"[2]: "um mais um é sempre mais que dois". Em outras palavras, quando combinamos uma ideia, uma ação, um processo ou qualquer elemento a outro, podemos gerar um terceiro elemento ou diversos outros. Muitas ideias podem surgir quando trazemos elementos externos e os inserimos na "equação" do problema que queremos resolver. Isso é muito útil, inclusive quando lidamos com problemas complexos de resolver. Você deve estar estranhando o fato de eu ter citado uma música, mas quero demonstrar que há sinergias a serem aproveitadas nas coisas mais simples e diversas.

Ele continuou:

— Agora, voltemos às abelhas. Além do que aprendi lá, fiz pesquisas na internet. Afinal, o protagonista não se contenta com uma resposta, ele cria suas próprias opiniões a partir da compreensão do processo através dos diversos estímulos que recebe, seja através de um bate-papo, de pesquisa aplicada ou de qualquer outra forma. Por exemplo, lembro que, na minha pesquisa na internet, verifiquei que as abelhas são agressivas quando se retira o mel da colmeia porque, como qualquer pai ou mãe, elas se empenham em defender sua família contra ameaças externas. Assim sendo, por possuírem um ferrão como mecanismo de defesa, atacam o agressor injetando-lhe veneno. Para reduzir sua agressividade, o apicultor geralmente utiliza vestimentas apropriadas, de cores claras (geralmente brancas), pois as abelhas são sensíveis a cores escuras, o que provoca um ataque. Adicionalmente, ainda que hoje existam técnicas mais modernas, é comum o uso de um fumigador para injetar fumaça no local e reduzir a agressividade das abelhas. Ao contrário do que muitas pessoas pensam, a fumaça não deixa as abelhas tontas. Na verdade, isso cria uma falsa sensação de incêndio na colmeia e elas passam a agir sob uma espécie de plano de contingência. Elas engolem todo o mel possível para a eventualidade de terem que deixar a colmeia e executam ações para garantir a segurança de suas larvas, afastando-se assim do apicultor, que pode trabalhar no

---

[2] Canção de autoria de Beto Guedes e Ronaldo Bastos.

local com tranquilidade. Além disso, como estão cheias de mel, elas têm dificuldade de ferroar o apicultor. Veja como é importante entender a lógica das coisas...

"Notamos, portanto, que, para o apicultor conseguir atingir o seu objetivo final é necessário que ele desvie o foco das abelhas. Pelo que você me contou, um dos motivos pelo qual sua empresa "quebrou" foi a cópia de diversos módulos de seu novo produto (software) por terceiros. Ainda que tenham sido patenteadas, as cópias foram tantas que as ações legais cabíveis seriam inviáveis financeiramente.

Talvez, no lugar da estratégia de publicidade adotada pela empresa, de divulgar o software completo, pré-lançamento, para atrair a atenção dos clientes, a empresa devesse ter divulgado apenas alguns módulos básicos, com funcionalidades limitadas. Isso possivelmente teria gerado a ação desejada nos clientes e teria convencido seus concorrentes de que as funcionalidades demonstradas seriam as únicas de seu produto final. Ao ser lançado, os módulos adicionais fariam o produto tão diferente do divulgado anteriormente, dadas as funcionalidades adicionais desenvolvidas, que as cópias feitas por seus concorrentes jamais competiriam com o produto de sua empresa. Ainda que ele fosse copiado futuramente, daria tempo de seu software ter se estabelecido como referência no mercado e de um novo produto ser lançado, em um eterno ciclo de inovação, como se exige de empresas do segmento de tecnologia da informação."

Ainda boquiaberto com a ideia que Maurício teve em apenas alguns segundos, e já convencido da necessidade de perceber o ambiente o tempo todo e de inovar sempre, me concentrei ainda mais em suas explicações. *É importante, portanto, observar o ambiente onde estamos, nos conectar a ele e perceber o que se passa,* tornou a dizer Maurício. *Ter uma escuta ativa contínua através de todos os nossos sentidos, inclusive o sexto.*

— Voltando ao assunto inovação, uma outra forma importante de alimentarmos constantemente nosso banco de dados criativo é interagir com as pessoas.

Ao ouvir isso de Maurício me assustei. Sempre fui reservado. Evitava ao máximo o contato com as pessoas. *Você faz produtos para as pessoas e para desenvolvê-los precisa de pessoas,* tornou a dizer Maurício, interrompendo meus pensamentos, *logo, precisa entender de pessoas, não acha? Precisa entender tudo sobre elas, como elas vivem, onde moram, sua realidade econômica, financeira, social. Por exemplo, você sabe quantos filhos têm seus funcionários?*

Os problemas por que estão passando? Onde vivem? Um ótimo funcionário de repente se torna improdutivo. Não poderia ser por um problema familiar, por exemplo? E a realidade de seus clientes, você domina? Já estava louco com aquela sequência de perguntas retóricas... ai se Maurício soubesse o quanto as detestava... mas já admitia que ele estava certo na teoria. Sabia, no entanto, que na prática eu jamais o faria. Ledo engano. Distraído em meus próprios pensamentos, não vi Maurício atrair uma cliente do local a nossa mesa. A conversa estava boa e nem havia notado que seus amigos já haviam se despedido e partido minutos antes.

— Ricardo, essa é a Rita... Rita, Ricardo... – de minha boca mal saiu um "prazer"... – Sabia que ela tem uma filha na idade da sua? Ela é empresária também, tem uma franquia de loja de perfumes aqui em Búzios. E passou a me contar a vida da tal Rita. *Como poderia ele já saber isso em tão pouco tempo? Que intrometido louco*, pensei.

Em poucos minutos a mesa estava cheia de amigas da Rita. Quase enfartei quando me dei conta de que uma amiga da Rita estava abaixando as calças em plena creperia... perante todos... mal acreditava no que via. Maurício viu que ela tinha um piercing no umbigo e uma tatuagem, parcialmente aparente na região. Então perguntou do que era a tatuagem e ela respondeu se tratar de uma borboleta. Subitamente, ele perguntou:

— Posso ver?

E ela:

— Claro que sim... – e abaixa um pouco sua calça, chegando a mostrar um pouco de sua calcinha. Maurício tinha um papo tão envolvente e extrovertido, diferente do Maurício que falava comigo minutos atrás, que fez a menina literalmente abaixar a calça. Não fosse isso já "muito louco", como diria a Estella, ele ainda diz:

— O Ricardo não viu direito; mostre a ele novamente, por favor? – e ela torna a baixar... na sequência, foi um festival de pessoas mostrando tatuagens. O único chocado era eu, pelo visto. Em uns trinta minutos de conversa, Maurício sabia da vida "inteira" de nossas novas colegas, que insistiam por encontrá-lo na praia de Geribá no dia seguinte.

Quando partiram, vendo minha cara de espanto e incredulidade com o que vivenciei, Maurício explicou:

— Precisamos ser como camaleões, que se adaptam ao ambiente. Você pode até pensar o contrário, Ricardo, mas sou tímido por natureza. No entanto, como sei da importância de interagir, aperfeiçoo esse lado extrovertido a cada dia. É um ciclo de constante evolução. Quanto mais interajo, mais aprendo e mais expando minha rede de relacionamentos. Tenho colegas e amigos em todo lugar, para quando precisar, e vice-versa. Além disso, sempre faço algo diferenciado, ou seja, sempre deixo minha marca. Por menor que seja o contato que tenho, raramente sou esquecido por alguém. A borboletinha foi um marco, não? –divertia-se Maurício com meu embaraço – Fora isso, sabe aquela tensão de começo de reunião? Se a reunião for feita sob esse clima dificilmente terminará bem. É preciso quebrar o gelo com uma piada, ou o que couber, de acordo com o momento e o ambiente em que estamos. Procuro conhecer as pessoas, entender suas reais necessidades, sua história de vida, suas filosofias de vida e a lógica por trás de sua personalidade. No contato com pessoas, Ricardo, é preciso ver o filme delas e não apenas uma foto.

— Não entendi – repliquei.

— O ditado da primeira impressão é importante, pois aquela imagem é marcante. No entanto, ela não define aquele ser humano. É apenas uma foto de um momento e reflete seu estado de espírito. Se estava triste, feliz, cansado etc. O que realmente define aquela pessoa é a sua história, o filme de sua vida, tudo aquilo que ela viveu para chegar até aqui e como reagiu a cada estímulo que a vida lhe ofereceu. Adoro aquela frase que, apesar de alguns divergirem da autoria, é atribuída à famosa pensadora Clarisse Lispector:

> *Antes de julgar a minha vida ou o meu caráter... calce os meus sapatos e percorra o caminho que eu percorri, viva as minhas tristezas, as minhas dúvidas e as minhas alegrias. Percorra os anos que eu percorri, tropece onde eu tropecei e levante-se assim como eu fiz. E então, só aí poderás julgar. Cada um tem a sua própria história. Não compare a sua vida com a dos outros. Você não sabe como foi o caminho que eles tiveram que trilhar na vida.*

— Aprenda, portanto, a entender a história de vida das pessoas antes de pressupor qualquer coisa a respeito delas – e, mais que isso, aprenda com suas vitórias e tropeços. Além de alimentar seu banco de dados apenas analisando a vida das pessoas, você será capaz de se colocar em seu lugar e desenvolver sua empatia. Eu definiria empatia como a capacidade de se colocar no lugar de outra pessoa e entendê-la emocionalmente. Como ser empático sem saber o filme da pessoa? Um momento apenas não é suficiente! É preciso se identificar com ela, sentir o que e como ela sente, aprender o que e como ela aprende, desejar o que e como ela deseja...

— Mas para isso é necessário ter aptidão – prontamente indaguei na defensiva.

— Não, Ricardo. Como disse uma frase atribuída a Jesus: "é preciso amar o próximo como a ti mesmo!"

Nossa, que tapa na cara levei com essa expressão! Realmente não me importava com ninguém além de mim, me sentia a menor das pessoas... Lembrei-me de uma frase de Martin Luther King que eu sabia de cor, mas cujo profundo significado eu nunca tinha entendido: "aprendemos a voar como os pássaros, e a nadar como os peixes, mas não aprendemos a simples arte de vivermos juntos como irmãos".

Maurício então continuou:

— Ricardo, só se ganha quando o ganho é coletivo. Apenas as reações ganha-ganha são sustentáveis. A vida é feita de trocas. Seu colaborador recebe um salário, por exemplo, mas não espera apenas isso de você. Espera não ser tratado apenas como o número de sua matrícula, por exemplo. Ele quer aprender, quer evoluir, e os que não querem desejam que um dia alguém lhes desperte a vontade de querer. Eu sei que é complexo, exige inclusive pessoas especializadas para lidar com o assunto. Por isso profissionais que lidam com a mente dos seres humanos estão em voga, tais como psicólogos e terapeutas. Não estou sugerindo que se torne um, mas que entenda um pouco dessas áreas e, mais importante, que se importe e demonstre às pessoas que se importa com elas. Quando as pessoas receberem de você o que realmente querem, coisa que geralmente elas nem sabem ao certo o que é, elas farão o impossível para dar o que você quer! Crescer juntos, Ricardo! Quanto mais você ajuda, mais é ajudado! Ajudar evidentemente não significa dar esmolas, mas uma maneira digna da pessoa crescer pessoalmente e profissionalmente.

Já não controlava meus pensamentos. Refletia sobre minha vida. Sempre me julguei uma pessoa diferenciada, mas, no final das contas, chegava à conclusão de que não era, mas podia mudar! E mudaria...

— Ricardo... – meus pensamentos foram interrompidos novamente por Maurício – Veja aquela atendente ali! Você notou que ela faz todas as contas dos clientes no papel, sem usar calculadora? Todos os atendentes também o fazem. Observe. Parece um procedimento estabelecido pela administração do local, percebe? Você já deve ter notado que muitos atendentes têm dificuldade de fazer contas de matemática e a calculadora lhes coloca em uma zona de conforto perigosa, pois basta digitar e pronto; mas e se a conta for digitada errada? É necessário um mínimo de lógica para conferência; do contrário, o troco é dado errado. Será que eles estão prontos para tal conferência, visto que, pouco a pouco, estão desaprendendo a fazer contas? Quantas e quantas vezes já recebi o troco errado... a comodidade da calculadora limita o raciocínio das pessoas. Tal como um músculo que se atrofia pela falta de exercícios físicos, creio que o mesmo ocorra com o cérebro humano pela falta de exercícios lógicos. Não sei por que o proprietário desse estabelecimento adotou tal procedimento, mas é fato que obriga as pessoas a raciocinar. Olhe ainda como é criativa a maneira como anunciam os pedidos, via um megafone. Criativo, não? Um ambiente como esse por certo estimula os colaboradores a criar, você não acha?

— Olhe, olhe... – continuou Maurício, apontando para outro colaborador do local – Ele estava servindo a mesa e, ao perceber que um sorvete de uma mesa vizinha caiu no chão, tomou a atitude de isolar o local enquanto a pessoa da limpeza não chegava, evitando acidentes. Note que estamos falando agora de protagonismo. Ele foi proativo! A proatividade é essencial ao protagonista. O protagonista sempre prevê o que ocorrerá e toma a dianteira. Esse é um dos fatores que diferem o protagonista de seus concorrentes: ele não está acomodado, apenas executando as tarefas sob sua responsabilidade de forma robótica.

Naquele momento, lembrei de papai e me sentia envergonhado. Meu pai sempre procurou fazer de tudo. Tínhamos uma oficina na garagem onde ele me ensinava os ofícios e nunca dei a devida atenção. Ele fazia de tudo um pouco: era bombeiro, carpinteiro, pedreiro, eletricista... lembro ainda que era rígido comigo quando exigia que eu fosse proativo ao ajudá-lo com as tarefas. Ele me fazia ter responsabilidade, como um ajudante de fato. Eu tinha uns dezesseis anos na época. Papai me pagava, inclusive, uma remuneração pelo meu serviço, mas exigia dedicação e responsabilidade. Quando ele pegava um parafuso, exigia que eu já estivesse com a chave de fenda na mão para lhe entregar, e quando emendava o fio, a fita isolante já devia estar cortada e pronta para ser usada.

Como pude ter esquecido lições tão valiosas que papai me deu? De que serviam meus tantos MBAs e outras formações sem tais ensinamentos básicos? No fundo esses cursos nos fornecem excelentes ferramentas, porém, para maximizar os benefícios de seu uso, precisamos ter como competência básica a inovação, a proatividade e outras características protagonistas.

— Quero te falar de outra coisa importante. Aprenda a ousar e correr riscos! Isso é essencial na vida de um protagonista. Corri o risco quando interpelei a amiga da Rita sobre sua tatuagem, mas qual era esse risco? Ela ter me dito não, talvez? É preciso mensurar os riscos perante os benefícios. E por falar em benefício... foi ver a tatuagem? Evidente que não, vide o sorriso coletivo, a marca que deixei, a maneira como o papo passou a fluir melhor, pois as eventuais barreiras foram tiradas, sejam elas sociais, de idade ou qualquer outra; nos nivelamos e passamos a interagir livremente. Dizem que sem correr riscos não se perde, mas também não se ganha. Eu discordo da primeira parte. Perde-se sim, pois oportunidades são desperdiçadas. E as oportunidades às vezes são únicas. Talvez fosse um "barco" rumo a um lindo destino, mas que só passaria uma vez e você não embarcou. Vejo pessoas reclamando de falta de oportunidade na vida. Será mesmo que não tiveram oportunidades? Ou não estavam conectadas o suficiente ao ambiente para percebê-las e preparados para aproveitá-las? A boa notícia, Ricardo, é que, ainda que aquela oportunidade não volte, outras surgirão e é preciso estar pronto para aproveitá-las ao máximo.

Lembro que Maurício falou ainda sobre empreendedorismo e me deu diversos exemplos de como poderíamos empreender um novo negócio a partir de objetos que víamos naquela creperia.

Ele desfez meu conceito, equivocado, de que empreender estava limitado a criar um negócio próprio. O conceito envolve muito mais. Inclui desenvolver e pôr em prática algo novo, não se acomodar, ousar, experimentar, resolver, correr riscos, errar e aprender com os erros – enfim, fazer acontecer. Eu confesso que na hora isso tudo me parecia algo utópico e de difícil execução. Calei-me, definitivamente, ao ouvir Maurício citar uma frase do pensador Lúcio Aneu Séneca, mais conhecido como Sêneca, que diz: "Muitas coisas não ousamos empreender por parecerem difíceis; entretanto, são difíceis porque não ousamos empreendê-las".

Ao final da conversa, me sentia um pouco envergonhado. Tinha vários MBAs e sólida formação, porém, acabara de perceber que apenas ouvi e não escutei muito do que me foi dito nesses cursos – e, principalmente, não raciocinei para trazer o aprendizado para o meu dia a dia, entender a lógica por trás dos conceitos e tirar minhas próprias conclusões. Percebi que apenas decorei conceitos que julgava saber, como *brainstorming*, *benchmarking* e sinergias. Não entendi a lógica por trás deles e, mais ainda, me limitei ao não inová-los – afinal, quem os inventou eram homens como eu e não seres superiores. Percebi, ainda, como muitos tentam dificultar o aprendizado de certos conceitos, talvez na forma ilusória de preservar suas posições. Ledo engano... ao serem passados de forma fácil e através da prática, a lógica dos conceitos "entra no sangue" daquele que aprende e dá a oportunidade àquele que ensinou de aprender mais e não apenas ser o "guardião" de velhos conceitos, por vezes ultrapassados, nesse mundo dinâmico e conectado.

Ao perceber meu estado de culpa mista com vergonha, afinal me achava o maioral, Maurício sabiamente disse:

— Não se ocupe com o passado, Ricardo, apenas aprenda com ele. O que passou, passou, e não voltará jamais. É como a água de um rio. Mas sempre podemos fazer diferente daqui para frente. Lembre ainda que ninguém sabe tudo ou é insubstituível, pois sempre temos a oportunidade única de aprender mais e mais e evoluir.

Lembro que ele citou Jesus Cristo ao dizer que "ninguém põe remendo de pano novo em vestido velho" (Mateus, 9:16).

Ele me fez continuar com minha autorreflexão ao dizer:

— Se hoje fosse seu último dia de vida, quantos iriam a seu enterro? O que diriam lá, em sua despedida? Se ajudou muitos e para eles você foi importante, certamente dirão coisas lindas sobre você, e você viverá eternamente na mente deles e em suas ações – mantive-me em silêncio, pois a resposta íntima que tive para essas perguntas me fez pensar.

— A vida é feita de ciclos, Ricardo. Que tal aproveitar esse momento em que se desligou da empresa para recomeçar? Mas recomeçar de maneira diferente, mudando seus valores; por exemplo, em relação a sua família e aos negócios. Recomeçar é difícil, é preciso ser um guerreiro e enfrentar os desafios que a vida irá impor, e os maiores deles estão dentro de você. Por isso, tenha uma motivação para tal. Algo forte, que sempre o lembre que precisa continuar, pois vale a pena. Eu tenho uma grande motivação, que me faz continuar independentemente de qualquer desafio que a vida possa impor. Seu nome é Chun... – vi quando por alguns segundos Maurício se emocionou. O nome parecia chinês... como a conhecera? Milhões de perguntas se passaram na minha cabeça, mas antes que eu fizesse alguma ele me cortou...

— Um dia eu conto minha história com a Chun... por ora, qual é a sua motivação?

Sem titubear, respondi:

— Meus pais e Estella são a minha razão de viver e meus motivadores! Quero dar orgulho a meus pais enquanto estão vivos, e Estella precisa de mim!

— Pois então recomece por eles, Ricardo... se quiser, pode recomeçar. Precisamos ir. Já é de manhã. A conversa estava boa e não notei o avançar da hora.

— Pouco falei de mim – Maurício voltou a dizer – Há alguns anos mudei radicalmente meus valores. Eu era diretor de uma famosa consultoria e era responsável por criar novos negócios para nossos clientes. Hoje em dia sou proprietário de algumas empresas, mas, especificamente, queria falar-lhe de uma. Tenho uma incubadora de empresas em Faxinal do Soturno, uma cidadezinha linda no Rio Grande do Sul. Lá procuro divulgar e demonstrar na prática os conceitos de inovação, protagonismo, empreendedorismo e de sucesso, que superficialmente discutimos. Eis aqui meu cartão com o endereço. Caso queira, apareça lá semana que vem, após o carnaval, sem compromisso. Nossa incubadora possui ainda um sítio, onde você poderá se hospedar. Não temos conforto, mas com certeza nosso clima interiorano e inovador será ótimo para você. Convido-lhe a me acompanhar em algumas palestras, ver o trabalho da incubadora e, caso ache oportuno, incube seu próprio negócio. Afinal, nada mais nobre do que gerar empregos e oportunidades para o próximo, não acha?

E nos despedimos...

Ao chegar em casa, Clara estava preocupada. Nunca fui inconsequente, mas me envolvi com aquela conversa a tal ponto... ainda que ir a essa tal de Faxinal do Soturno estivesse fora de questão – acostumado que estou a hotéis cinco estrelas, ficar em um sítio coletivo não me pareceu uma ideia acolhedora – a ideia de recomeçar não me saía da cabeça durante todo o feriado e ecoava involuntariamente em meu cérebro.

Com a sensação de que devia ter ficado louco, compartilhada por Clara, estava inclinado a aceitar o desafio e ir a essa tal de Faxinal do Soturno. Afinal, na pior das hipóteses teria férias merecidas e me isolaria do mundo... precisava ficar sozinho.

Segui então o conselho de meu novo mestre e fui pesquisar na internet a tal de Faxinal do Soturno. Me surpreendi com a beleza e com a história daquela cidade com menos de sete mil habitantes. Acredita-se que a origem do nome Soturno venha do rio Soturno, que por lá passa. Parece que o rio ganhou esse nome porque se tratava de um local escuro, coberto de mato; logo, soturno e perigoso. Já o nome Faxinal vem de campo coberto de mato curto, predominante na região na época.

O local pertence à região da Quarta Colônia, de imigração italiana, que também engloba os municípios de Silveira Martins, Ivorá, Dona Francisca, Nova Palma, Pinhal Grande, São João do Polêsine e partes dos municípios de Agudo, Itaara e Restinga Seca. O nome da região foi definido por ser a quarta área de assentamento para os imigrantes italianos que vieram para o Rio Grande do Sul no século XIX. A área é famosa pela agricultura, por suas belezas naturais, por suas tradições e por seu potencial geocientífico e geoturístico. Antiga terra de dinossauros, muitos fósseis jurássicos foram encontrados nessa região.

Mais intrigante ainda foi o fato de saber que o local foi o berço de grandes empreendedores como Ângelo Bozzetto, que fundou a Fábrica de Trilhadeiras Tigre e depois a Indústria de Máquinas Agrícolas Tigre. Foi pioneiro ainda ao criar duas usinas hidroelétricas e uma distribuidora de energia na região, a Nova Palma Energia.

Divertia-me com meus pensamentos, que divagavam: *seria uma coincidência minha ascendência italiana e a cidade? E o nome Tigre... seria outra coincidência, não só pelo fascínio que sinto pelo animal mas pela maneira como minha mãe me motivava a vencer? Será que eu estava predestinado a conhecer essa cidade?*

Seja por curiosidade ou necessidade, decidi aceitar definitivamente o desafio e partir para Faxinal do Soturno. Liguei para o Maurício, acertei os detalhes e lá ia eu para essa aventura. Taí, uma aventura me fará bem!

A verdade é que algumas frases não saíam de minha cabeça durante todos os dias que precederam a viagem à Faxinal do Soturno:

Se quiseres podes recomeçar, Ricardo!

Olhos de tigre, meu filho, você é capaz! Vá e vença, pois confio em você!

Recomeçarei por ti, minha pequena Estella! Terás orgulho de seu papai! Papai e mamãe, vocês terão orgulho de seu filho! Prometi...

2. O despertar rumo ao sucesso

Que bafo! O calor era insuportável no aeroporto do Galeão no Rio de Janeiro, agora Aeroporto Internacional Tom Jobim. Nem a lembrança das músicas desse grande mestre reduziam a sensação horrível de estar dentro de um terno, com o pescoço apertado por uma gravata, naquele calor. A morena linda que passou a minha frente só me fazia lembrar quantas estavam em "um doce balanço a caminho do mar", enquanto eu assava naquela fornalha. Para piorar, só se faltasse energia! Mas não perderia minha pose, mesmo suando em bicas. *Sou Ricardo Grecco, tenho um nome a zelar*, pensei. Meus óculos escuros importados ressaltavam ainda mais a minha imponência.

Enfim o embarque. No avião comecei a olhar as pessoas e tentar pensar quem eram, o que faziam... logo me senti um idiota e parei. É, definitivamente jamais serei capaz de fazer isso. No voo, para compensar que o problema do calor estava superado, fui forçado a trocar a companhia do Tom, cujas lindas músicas escutava em meu iPhone, pelos berros de uma criança que não parava de fazer manha. A mãe, por sua vez, já habituada, nem se importava mais. Felizmente, em pouco mais de uma hora e quarenta o avião pousou em Porto Alegre. Pois é... ainda por cima não tinha aeroporto em Faxinal do Soturno, e eu teria que enfrentar quase quatro horas de carro, uhaaaaa!!!

No aeroporto fui recebido pela assessora de Maurício. Janaína era uma típica cabocla. Morena com misteriosos olhos verdes. Aparentava ter por volta dos 35 anos, apesar de ter me confidenciado já ter passado dos quarenta. Era uma mulher fina, elegante e bem cuidada. Sua imensa beleza e simpatia não foram suficientes, porém, para conter minha irritação por ele não ter ido me buscar pessoalmente no aeroporto. Será que o Maurício pensava que eu era um qualquer?

Monossilábio segui, ao lado da Janaína, rumo a Faxinal do Soturno. Aos poucos as paisagens que víamos na estrada foram me acalmando. Sempre amei pegar a estrada – não naquele carro 1.0. mas...

Pensei em papear com a Janaína, tentar me tornar um pouco menos imbecil na certa imagem que ela teria feito de mim, visto meu piti cerebral. Ainda que não externado por minha boca, certamente foi percebido pelo meu silêncio e pelo meu comportamento corpóreo. Sim, o corpo fala... descobri isso com o Maurício. Temos que tomar muito cuidado, pois nem sempre a imagem que queremos vender está refletida na imagem passada por nosso corpo e por nossas ações. Naquele caso específico, não fiz a menor questão de esconder, mas confesso que a fineza e a simpatia da Janaína me fizeram sentir um completo imbecil. Afinal, que culpa tinha ela, que, gentilmente, como viria a saber mais tarde, se dispôs a me buscar.

— Que lindo dia, não? – disse eu. Que coisa idiota a se dizer, me censurei imediatamente. Mas Janaína correspondeu e me deu a chance de recomeçar nosso relacionamento.

Ela falou da região da Quarta Colônia. Era de fato uma região linda e tive a oportunidade de comprovar ao avistar as lindas plantações já nas proximidades da cidade.

— Que coisa linda! – exclamei – É plantação de quê?

De forma carinhosa e com o cuidado de não me deixar sem jeito por desconhecer o assunto, Janaína não apenas me identificou as plantações de arroz, de soja, de fumo, como me fez questão de explicar como era efetuado o plantio de cada uma. Pela primeira vez eu escutava com atenção cada explicação, pois verdadeiramente via o valor de arquivá-las em meu banco de dados criativo, como disse o Maurício.

Nada de trator para plantar arroz, como eu imaginava. O plantio era feito de avião! Que chique! Eu sabia que aeronaves eram usadas para aplicar inseticidas, mas plantar era novidade. Procurei imediatamente um vídeo no meu iPhone. Nossa, um verdadeiro espetáculo no céu! O avião joga quilos de arroz pré-germinado no terreno alagado, que se escurece temporariamente com os grãos que caem do céu. Lindo de se ver! Quem diria, Ricardo Grecco falando isso... aprendi as diferentes formas de se plantar arroz, por semeadura direta e transplantio, e suas características e diversas outras particularidades do cultivo. Estava encantado com a descoberta. Pasme que, na internet, me surpreendi ao ver o nome de um colega que conheci em Montevidéu como um grande empresário do arroz no Uruguai. Fui a sua fazenda uma vez para buscar um documento que havia esquecido e sequer sabia que aquilo que vi plantado era arroz. Muito menos perguntei a respeito. Sempre evitei conhecer a intimidade das pessoas e agora começava a perceber o quão importante era interagir com elas, pois, além dos benefícios óbvios, seriam informações a mais em meu banco de dados criativo.

— O mesmo avião pode ser usado para aplicar inseticida, não?

— Acho que sim – sorriu ela. Lá estava eu inconscientemente em busca de sinergias. Engraçado como essas coisas passam a fazer parte de nosso dia a dia...

Lembrando agora da lição de meu novo mestre em Búzios, e sem ousar tanto quanto na conversa da "borboletinha", decidi conhecer minha nova colega Janaína. De família humilde, me confidenciou que, até poucos meses antes, ela era uma dona de casa, apesar de ser formada em psicologia e possuir MBA em gestão empresarial. Casou-se com um fazendeiro italiano, dono de muitas terras onde plantava soja. Ele era o homem de sua vida, inteligente e perspicaz, e a fez muito feliz. Viajavam muito ao exterior; era notório que a cultura corria em suas veias, assim como o requinte e a elegância. Morou em diversos países da Europa com seu amado. Este, por sua vez, deixara a administração de suas terras nas mãos de um gestor. Após uma tomada de decisão equivocada de mudar a cultura da soja para o plantio de uvas para a produção de vinhos, quebrou após perder toda uma safra por estratégia equivocada de plantio. É incrível o estrago que simples formigas podem fazer em um pé de uva. Ao ver sua plantação destruída, adoeceu de desgosto até falecer meses depois.

Viúva, Janaína nunca tivera experiência administrando bens. Fora perdendo seu patrimônio pouco a pouco até que encontrara Maurício em uma festa. Apresentados por amigos em comum, decidiu ingressar no programa de empreendedorismo de Maurício, na fundação onde trabalha. Lá aprendeu a ser uma protagonista, assim como empreender e inovar. Mudou ainda seus conceitos da vida, tornando-se menos materialista. No curso, aprendeu de tudo um pouco: aperfeiçoou seus conhecimentos em Finanças, Economia, Marketing, Direito, adquiridos em seu MBA, e na incubadora teve a assessoria necessária para iniciar seu novo negócio. Decidira então vender suas terras e incubar um novo negócio diferenciado na área de congelados. Hoje uma empresária de sucesso, divide seu tempo entre administrar sua empresa, seu trabalho voluntário na Fundação, onde procura ensinar as pessoas aquilo que aprendera, sua fé, a natureza, o teatro e as suas aulas de ioga. Contou-me sobre o poder da natureza e do quanto amava se energizar sentindo em seus pés as águas geladas do rio, uma fonte eterna e gratuita de energia, à disposição de todos nós. Janaína nunca teve filhos, pois uma doença a impedia, mas é uma mãezona. "Adotou" os jovens da fundação como seus filhos, a quem se dedica, não apenas nas formações de empreendedorismo mas também nas artes cênicas. Descobrira por acaso essa nova paixão, o teatro, e o quanto ama ver seus "filhos" atuarem.

Ela me explicou ainda a razão para compartilhar nossos ensinamentos e recursos com o próximo, mas de um ângulo diferente do Maurício:

— Deus nos deu preciosos bens, Ricardo. De graça e por igual, independentemente de raça, credo ou condição social. Veja como é linda a natureza! Todos podem gozar de sua renovadora e inspiradora energia. Os rios, os mares, as cachoeiras, as florestas, as matas, os animais, as pedras... estão todos à nossa disposição. Não há riqueza maior. E como podemos aprender com a natureza... o rio corre, independentemente de pedras ou obstáculos, e segue seu curso até chegar ao oceano. As mesmas ondas do mar que impõem respeito nas ressacas nos acalantam com seus suaves movimentos sincronizados e com o cheiro único que exalam. O passarinho que perde seu ninho e torna a construí-lo. A união e a organização do trabalho das formigas. Basta conseguirmos nos conectar e achamos solução para tudo. Afinal, a natureza é a mais perfeita obra arquitetônica desta Terra. Chame o melhor cientista e diga que reproduza a beleza do orvalho no serrado, o desabrochar natural de uma rosa, o instinto dos animais ao perceber a chuva antes que ela chegue. Por mais que se possa clonar um dia, jamais será tão perfeito, sincronizado, sinérgico, natural, pois a essência é perfeita e a lógica é deveras superior ao conhecimento humano.

"No entanto, Ricardo, apesar de tantos recursos, Deus não dá o peixe. Ele está nos rios e mares, mas o homem deve pescar... não dá a farinha, mas a terra, pois o homem deve plantar... nos dá a água pura, mas não a transporta até nossas residências... não nos dá a energia elétrica, mas os rios, cuja força gira as turbinas, além do sol e do vento. Para transformar esses recursos naturais em alimento, bebida, energia e conforto, Deus sabiamente nos deu a inteligência. A inteligência para trabalharmos e construirmos um futuro melhor. Trabalho é evolução, Ricardo. O mundo está em constante evolução e nós também temos que evoluir e nos tornarmos seres humanos melhores. Bem, evidentemente, toda evolução deve ser sustentável, preservando o meio ambiente, o respeito ao próximo e o senso econômico.

Imagine o caos que se tornaria o mundo se existisse o fictício paraíso que muitos imaginam. Onde não se trabalha, apenas comemos, bebemos e curtimos a vida. Imagine o quão insustentável seria... quem limparia nossos *habitats*? Quem plantaria nossas frutas e verduras? Quem as colheria? Os "anjos" do paraíso seriam nossos escravos? E que sentido teria um mundo assim, onde não haveria por que lutar, por que evoluir?

No meu entender, Ricardo, assim deve ser nossa relação com o próximo. Devemos dar todos os recursos para que, com seu próprio esforço, trabalho, dedicação e inteligência, ele evolua materialmente e espiritualmente."

Impressionei-me com a história de vida daquela mulher guerreira e com a fonte incessante de conhecimento que estava à minha frente. Definitivamente, aquela cabocla tinha não só os olhos, mas o espírito, de uma tigresa!

Como é importante observar e aprender. Nunca havia visto a natureza sob este ângulo. E como a vida transforma as pessoas... mas também oferece oportunidades. Uma simples decisão errada pode acabar com nossa trajetória profissional, mas eis que um encontro ao acaso nos refaz. É como se o universo estivesse o tempo todo a nos dar desafios, para garantir nossa constante evolução. Toda vez que nos colocamos em uma zona de conforto, a vida nos convida a voltar a construir, a evoluir, a recomeçar... ela agarrou suas chances com coragem e fez de um limão uma limonada da qual não apenas desfruta, mas compartilha com seu próximo. E quanto mais dá de beber, mais recebe. Tomei a história como estímulo para meu recomeço. Ela tinha um trato especial comigo, me chamava de doutor, por mais que insistisse no contrário, e julgava que eu tinha muito a ensinar. Mal sabia ela que eu cada vez mais percebia que tinha muito a aprender, e como, com ela.

Aproveitando a sabedoria daquela linda mulher, ousei perguntar:

— Janaína, você que já teve que recomeçar, como eu preciso fazer agora, qual é o segredo para conseguir êxito?

— Não chamaria de "segredo", mas, na minha opinião, sabedoria, determinação, persistência, coragem e disposição para inovar são essenciais para recomeçarmos. É preciso ver o recomeço como algo natural e constante. A vida é feita de fases: criança, adolescente, adulta... recomeçar é fundamental para evoluirmos – e quanto mais evoluímos, mais difíceis são os testes aos quais somos submetidos.

"Muitos tendem a confundir inteligência com sabedoria. A primeira é apenas a capacidade de achar a melhor alternativa para um problema, inovar, julgar e escolher. No entanto, apenas a sabedoria nos permite distinguir o que fazer com a inteligência e como usá-la de forma apropriada, útil, humilde, produtiva e para o bem do próximo. É comum atrelar sabedoria aos mais velhos, que já passaram por muitos desafios na vida, mas esta não é uma verdade absoluta; afinal, nem sempre o idoso aprendeu com os erros e nem sempre viveu como poderia ter vivido. Como disse o filósofo Albert Camus, "um homem sem memória é um homem sem passado, mas um homem que não sabe fantasiar é um homem sem futuro".

A sabedoria é obtida ao longo da vida, nos percalços e desafios que temos que enfrentar. Para adquiri-la é necessário estar conectado o suficiente para perceber as lições que a vida quer nos dar e então evoluir. Recomeçar, Ricardo, é intrínseco à vida do ser humano. No videogame passamos de fase, na escola passamos de série, a cada ano aumentamos nossa idade e assumimos mais responsabilidade... a cada série ou fase nova é necessário recomeçar e aprender novos conhecimentos, habilidades e conceitos para então sermos testados. A vida está sempre pronta a ensinar e a nós cabe estarmos sempre prontos a recomeçar e a aprender rumo à nossa evolução. Por isso, meu amigo, recomece sem culpa, esqueça qualquer eventual sensação de derrota, pois à frente verá que não há derrota, mas evolução. E quando não evoluímos naturalmente, a vida nos obriga.

Da mesma forma, é importante nos desapegarmos dos bens materiais ou de determinadas condições que nos transmitem um falso poder. Não me refiro a jogar dinheiro fora, mas não nos prendermos à ganância ou a um recurso específico. Vejamos um exemplo prático: uma empresa. Imagine que você incubou uma empresa e a fez crescer pouco a pouco. É correto que a amemos, mas não que tenhamos apego excessivo. Empresas, tais como seres humanos, nascem, crescem e morrem. Ainda quando não vão à falência, morrem de outra forma – por exemplo, precisam se reinventar para sobreviver em um mercado cada vez mais competitivo. Por essa razão, ao empreendermos, criamos empresas para o mundo, precisamos nos ver como gestores temporários de uma concessão. É preciso, por exemplo, estar pronto para vendê-las no momento certo e recomeçar em outro negócio. Para tal, é necessário que não tenhamos apego excessivo ao que fazemos. A empresa, o nosso emprego, o dinheiro e tantas outras coisas são apenas recursos necessários para nossa evolução. Se até filhos nós criamos para a vida, imagine empresas... se não nos desprendemos, criamos um vínculo negativo, que nos impede de evoluir. Por exemplo, de criar um negócio maior e ajudar mais e mais pessoas.

Creio que tudo que eu tenho nessa vida é uma concessão temporária dada por Deus. Tal como uma concessão de uma distribuidora de energia elétrica ou de uma rodovia, por exemplo. Alguém a administra por alguns anos, mas um dia ela retornará ao Estado, que deve designar um outro administrador, de acordo com seu conhecimento e seus méritos. Por essa razão, procuro não me enganar com as ilusões desta vida, tais como o poder, as posses e a vaidade. É claro que devemos sempre buscar a evolução, principalmente a moral, o progresso e a prosperidade, mas sem apego excessivo. Procuro levar comigo apenas aquilo que contribui para minha evolução."

Nas palavras dessa mulher guerreira, vi minha última decisão de forma ainda mais clara. Se a empresa não estivesse em crise e não tivesse ferido meus brios na briga com meu presidente, teria me aposentado nela e não teria a oportunidade de evoluir. Percebo agora que o comodismo daquela empresa limitava meu potencial. Eu, que sempre amei aprender, havia anos que não mais estudava, pois cheguei a um momento de minha carreira que dominava o que fazia a tal ponto que não me obrigava mais a aprender. Tornei-me referência em minha área, mas parei de evoluir. Da mesma forma, meu apego e as ilusões da vida, tais como a vaidade e o poder, me cegaram a tal ponto que me impediam de ver o óbvio: estagnei...

Por certo eu tinha muito mais bagagem curricular que Janaína, mas estava muito longe de alcançar seu nível de sabedoria e desapego.

— Chegamos! Bem-vindo a Faxinal do Soturno! – disse Janaína.

A cidade era ainda mais bela do que imaginei. Fui apresentado ao centro da cidade e ao prédio principal da incubadora. Janaína me contou que a empresa foi originalmente instalada no prédio onde anos atrás funcionou a Fábrica de Trilhadeiras Tigre. Janaína explicou que, além de estar no centro da cidade, o motivo da escolha do prédio foi que a empresa queria inovar aprendendo com o passado e respeitando as tradições – por isso, lugar melhor não havia para a empresa do que aquele prédio. *Ângelo Bozzetto deve estar feliz por ver sua obra continuada de certa forma*, pensei, lembrando de minha pesquisa prévia.

Janaína me explicou ainda que, em pouco tempo, dado o sucesso do empreendimento, uma segunda estrutura da incubadora foi montada em um sítio a poucos minutos dali. Como o local era amplo e havia muita terra ao redor, um condomínio de empresas incubadas estava sendo desenvolvido no interior do sítio e nas proximidades.

Poucos minutos depois chegávamos ao sítio da incubadora. O lugar parecia muito bonito – e confesso que, depois do papo com a Janaína, estava um pouco mais aberto a desvendar suas belezas naturais.

Mas não pude nem explorar o lugar, pois, ao adentrar no casarão, fui surpreendido com gritos...

— Surpresa!!! – gritavam vários desconhecidos. Tinham feito uma festa de boas-vindas para mim! Confesso que me emocionei. Há anos ninguém fazia algo assim para mim. Meu pragmatismo excessivo me fez até mesmo parar de comemorar meus aniversários, pois me lembravam de que estava envelhecendo e cada vez mais perto de morrer. Não sabia ao certo se me emocionara por felicidade ou remorso... afinal, julgara o fato de Maurício não ter ido me buscar, mas ele estava na verdade organizando uma recepção para mim. E as pessoas que lá estavam nem me conheciam... faziam algo de bom a um desconhecido que, para ser franco, nem merecia tal homenagem.

— Discurso! Discurso! Discurso! – gritavam meus novos amigos.

Se mal conseguia pensar, imagine falar. Uma emoção diferente tomou conta de mim. Sentia-me feliz. Tinha vontade de chorar, mas me contive.

Ao tomar a palavra, basicamente agradeci a todos pela acolhida e que tinha ótimas expectativas em relação a minha estada. Não me estendi muito, pois não queria chorar na frente de todos; definitivamente, isso não cairia bem.

Se externava felicidade, por dentro o desafio de recomeçar me angustiava. Ao fundo, porém, via os olhares acolhedores de Maurício e Janaína, que me transmitiam a certeza de que era possível recomeçar e de que eu teria sucesso nessa nova fase de minha vida!

3. A vida ensina se estivermos dispostos a aprender

O canto dos pássaros fizera-me perceber que finalmente amanheceu. Custei a dormir pensando no ocorrido, mas confesso que acordei feliz. Conseguia até perceber alguma beleza naquilo que antes me pareceria um barulho incômodo. Havia ainda um outro som que me relaxava, mas não havia identificado bem o que era. Ao abrir a janela do quarto ficou mais notório. Era o rio correndo. Nunca havia parado para escutar.

Como estava marcado com o Maurício às 9h, ainda tinha quase duas horas para ver o local. Apesar de simples, a suíte era confortável e bem cuidada. Lembro que nela havia uma cama de casal, um uma escrivaninha com cadeira e um guarda-roupas. Todos os móveis eram em madeira maciça, conservados com esmero, coisa que raramente se vê hoje em dia. Mas o que me impressionou foi o perfume que senti a noite inteira. Era um aroma do campo, acho que proveniente do orvalho na vegetação. Algo diferente, deliciosamente relaxante.

Engraçado como me sentia bem e disposto. Coloquei uma bermuda, uma camiseta e um tênis e fui caminhar pelo sítio. Não tardei a avistar o rio, até o momento apenas identificado pelo som que havia me ninado a noite inteira. Era magnífico ver as corredeiras. Desci pelas pedras da margem até próximo à água e resolvi seguir o conselho da Janaína. Tirei o tênis e coloquei meus pés no rio. Sentia a água tocando meus pés enquanto contemplava a linda paisagem. As pedras pareciam desenhos artísticos. Era lindo ver os pássaros livres, das mais diversas espécies e cores. Relaxei até demais... acho que havia cochilado quando ouvi uma voz me chamar. Era Maurício que viera me cumprimentar, visto que na noite anterior quase não nos falamos.

Maurício me deu as boas-vindas, falou do quanto estava feliz em me ver por lá e subitamente parou, olhando para o rio. Curioso, perguntei o que houve e ele respondeu que o cenário lhe lembrava a Chun, uma pessoa que o ensinou a gozar desses encontros únicos com a natureza. Era a segunda vez que Maurício falava sobre ela. Olhou então o relógio e, vendo que tínhamos bastante tempo, resolveu me contar sua história com Chun...

— Ela era, ou melhor, é e sempre será uma mulher especial, a começar pelo seu nome. Chun, na verdade Chūn, quer dizer primavera em chinês. Essa palavra tem um significado especial para os chineses, pois, além de ser uma inspiradora estação do ano, presente nas mais lindas poesias, dados o florescer e a alegria que traz consigo, representa o ano novo chinês e o festival da primavera. A palavra tem ainda o sentido de revitalização, cujos sinônimos são revigorar, renascer, e refletem exatamente o que Chun significava para mim. Além disso, o nome dela me lembrava uma guerreira da ficção. Quem não se lembra da Chun-Li, aquela lutadora do jogo *Street Fighter*, que agora virou filme? Naquela época, 1988, o jogo era uma febre. Sempre que ia ao fliperama jogava com essa personagem, pois sempre achei que ela unia as feições perfeitas de uma mulher com uma valente guerreira, tal como Chun.

"Ela era uma perfeição de mulher, com altura mediana, pele alva como a neve, olhos escuros misteriosos, meigos mas valentes, cabelos negros até a cintura e ainda mais perfeita por dentro. Um ser humano lindo e surpreendente. Na época em que nos conhecemos, na faculdade, éramos jovens... fazíamos engenharia na Universidade Federal do Rio de Janeiro. Ela era meu extremo oposto: extrovertida, ousada e sonhadora. Muito inteligente, foi uma das primeiras colocadas no vestibular. Ela sonhava com um mundo melhor, mais justo. Era uma revolucionária e estava segura de que mudaria o mundo. Eu tinha a certeza de que, ao menos, ela faria sua parte para tal. Ela veio com os pais para o Rio quando ainda era criança. Por essa razão, ainda que tivesse um sotaque forte, seu português era quase perfeito. Seu inglês também o era, pois, desde cedo, tal como eu, estudara em escola bilíngue. Aliás, achava seu sotaque em ambos os idiomas lindo e muito sensual, ainda mais quando abreviava meu nome e me chamava carinhosamente de Mau. Seus pais eram empreendedores muito dedicados. Em pouco tempo, não apenas tinham seu próprio negócio, como uma rede de pastelarias e restaurantes. Chun morava no Catete, bairro nobre do Rio de Janeiro. Amava a natureza, o mar, a liberdade, sabia viver a vida.

Eu era filho de uma professora doutora de literatura e de um economista, diretor de um dos maiores bancos do país. Era de classe média alta, morava no Leblon. Na escola sempre fui meio *nerd* e introvertido. Meu pai, desde cedo, sempre me incentivou a ser pragmático, determinado e responsável, e a minha mãe me estimulou a ter uma sólida educação e gosto pela cultura. Era introvertido ao extremo, a tal ponto que minha mãe me obrigou a fazer teatro. Até melhorei um pouco minha timidez, mas o que me fez me abrir de fato para a vida foi ter conhecido a Chun – por isso meus pais, apesar de nunca a terem conhecido, a adoravam. Ela era minha musa inspiradora e me fazia ver o mundo de outra maneira. Fazia-me sentir leve e sonhador, dentro de certos limites.

Ela falava da China e dos costumes de seu povo. Ela morava em Guangdong e tinha parentes em Shenzhen, a quem visitava com certa frequência. Chun me vez conhecer a China através de seus olhos, ainda que eu nunca tivesse ido lá. Os costumes, as tradições, a cultura, enfim, todas as especificidades daquele povo intrigante, que, na época, conhecíamos ainda menos do que hoje em dia.

Vivemos um inocente e intenso amor juvenil. Ela não foi a minha primeira namorada, mas, com certeza foi meu primeiro e único amor. Lembro de nosso primeiro beijo, no primeiro encontro dos calouros da Federal em Arraial do Cabo, na Região dos Lagos, no Rio de Janeiro. Foi à beira-mar, sentindo os pés na areia, sob o som das ondas. A praia estava lotada, mas parecia que éramos apenas ela e eu. Anos depois, às vésperas de nos formar, voltaríamos à mesma cidade para um encontro similar. Jamais esqueceria daquela noite... fomos a um luau lá no Pontal do Atalaia, na minha opinião a vista mais linda do Brasil. Nós nos beijamos inúmeras vezes e fizemos amor sob o luar, em meio às tochas e ao som do violão, ouvindo as eternas músicas da Legião Urbana e as ondas do mar baterem no rochedo. Foi intenso, mágico... único... ainda hoje me emociono ao ouvir a música "Hoje à noite não tem luar". Essa canção era dos Menudos, mas, na minha opinião, se eternizou na voz de Renato Russo... a letra tem tudo a ver com a nossa história...

Foi Chun que me levou a ter o primeiro contato com o mundo do empreendedorismo. Seus pais queriam que ela assumisse os negócios em breve, por isso praticamente a obrigaram a fazer um curso de empreendedorismo simultaneamente à universidade. Era um curso de dois anos, parte de um projeto de desenvolvimento de talentos. Para ficar em sua companhia eu toparia qualquer coisa, por isso me inscrevi. Enquanto eu me esforçava para aprender, ela tinha um talento nato – afinal, vinha do berço. Logo Chun ganharia prêmios de talento proeminente, se tornaria monitora, diretora do grêmio estudantil e presidente de uma incubadora universitária. Como me orgulhava dela! A meus olhos, uma mulher de sucesso; contudo, ela não pensava o mesmo.

Fui notando que seu olhar estava cada vez mais triste. Após muita insistência, um dia ela me confessou que, quanto mais aprendia, mais se aproximava dos negócios dos pais e menos livre se sentia. Via o tempo que o negócio consumia dos pais, que não tinham nem direito a um final de semana. Isso Chun não queria para ela. Chun, que amava a liberdade e a natureza, mal podia senti-las, pois a faculdade, o curso de empreendedorismo, o grêmio e outras atividades extracurriculares a consumiam. Nosso namoro só era viável porque dividíamos a maioria dessas atividades. Por fim, ela me disse que faria qualquer coisa para não assumir os negócios dos pais. Confessou ainda que a faculdade, o curso e tudo mais ela fazia apenas para dar orgulho aos seus pais, mas seu verdadeiro sonho era estudar cinema, a sétima arte. Apesar de tê-la persuadido a desistir daquela ideia estúpida – afinal, cinema era para poucos, suas chances de sucesso eram mínimas e teríamos sucesso garantido na nossa área –, em breve saberia que não tive êxito.

Um dia ela me chamou para conversar. Lembro que estávamos no refeitório da Federal e seu olhar era sério. Faltava pouco para nos formarmos e seus pais já haviam tomado as providências para iniciar a transferência da gestão de seus negócios para Chun. Ela então finalmente falou com eles sobre seu ponto de vista em relação ao assunto. Tiveram uma severa discussão e ela estava arrasada. Apesar de triste, estava determinada a não ceder e me fez uma proposta ousada. Ela olhou nos meus olhos e disse: *Mau, eu te amo como nunca amei ninguém. Se me ama, vamos fugir juntos! Vou largar tudo e partir para os Estados Unidos em busca do meu sonho. Vou estudar cinema. Já arranjei tudo com uma amiga em Miami. Vou morar com ela e quero que venha comigo. Meu pai tem um dinheiro guardado e sei onde está. Não é muito, sei que não fará falta a ele, mas é o suficiente para começarmos. Sei que em breve meus pais entenderão e terão até orgulho de mim, pois, como eles fizeram anos atrás, estou enfrentando tudo e todos para ir atrás de meu sonho. No começo, podemos lavar pratos, o que for, o negócio é estarmos juntos e irmos atrás de nossos sonhos. Será uma aventura! Só você e eu contra o mundo!*

Antes que ela terminasse de me contar nossos, ou melhor, seus planos, meu olhar e minha expressão facial jogaram um balde d'agua fria em sua empolgação. Se o fato de morar sozinho já me apavorava, imagine morar fora do Brasil. Sempre fui "filhinho de papai"; como sobreviveria? Por mais que a amasse, o amor não era forte o suficiente para enfrentar sequer o olhar de deboche de meu pai ao fingir que estaria ouvindo essa história louca. Se levasse a sério mandaria me internar, mas provavelmente nem sequer daria atenção, tamanha a loucura que pareceria. *É coisa de jovem*, diria... *logo passa*... em pânico, exigi que ela repensasse o assunto, isso não tinha lógica e menos ainda ela me exigir isso. Faltavam poucos meses para nos formarmos... ela nada disse... apenas chorou e partiu...

Ao chegar em casa, fui conversar com minha mãe, meu eterno refúgio. Ela me consolara, disse que era coisa de jovem com hormônios à flor da pele. Com certeza ela repensaria e voltaríamos a ficar juntos. Ela tinha experiência, não deveria me preocupar. Tudo estaria bem, não fosse o fato de ela desconhecer completamente Chun e, pelo visto, eu também.

No dia seguinte Chun não foi à faculdade, e assim persistiu por duas semanas. Ligava para ela, mandava bilhetes. Não tive coragem de ir à sua casa, pois, apesar de ter alguma noção de onde era, jamais conheci seus pais. Quase vinte dias depois, finalmente alguém atendeu o telefone. Era seu pai, que, seco, apenas me disse que Chun havia morrido. Entrei em desespero. Louco fiquei em imaginá-la morta! Chorando muito, lembro que me sentei na calçada e pensava em me jogar na frente de um ônibus, mas não tive coragem. Logo me recompus e fui para casa chorar no colo de minha mãe. Como nossas mães sofrem com nossos erros, travessuras, arrependimentos e angústias! Nossas vidas acabam sendo extensão da sua. Após me ouvir, sensata, ligou novamente para os pais de Chun. Teve mais sorte do que eu e falara com sua mãe, para saber se de fato havia morrido, como, onde fora enterrada, enfim... após explicar a situação, obteve a dura verdade de uma senhora chinesa de coração despedaçado. Na verdade, Chun tinha "desonrado" seus pais e partido em busca de seu sonho... sem mim, evidentemente, cuja covardia foi maior que qualquer amor que julgava sentir por ela."

Visivelmente abalado, Maurício disse:

— Bom, por hoje é só; depois continuamos.

Ele se esforçou para se recompor e sugeriu que partíssemos, pois nos aguardavam. Fui tomar banho e me arrumar com a certeza de que voltaria àquela margem de rio muitas outras vezes.

Devidamente trajado, segui para uma espécie de casa grande, que servia de refeitório, onde tomaríamos nossas refeições. O café da manhã estava posto em uma enorme mesa onde podíamos nos servir. Era típico de fazenda, com sucos, queijo fresco, pães e, claro, bolos caseiros, que adoro. Rapidamente notei que teria que me controlar para não ganhar um sobrepeso em minha estadia. A dona Júlia era a responsável por preparar tais delícias e logo notara que, de certa forma, também era a responsável pela reeducação alimentar dos hóspedes, pois não só preparava refeições a cada três horas, como garantia que todos se deliciassem com ela. Era uma simpatia de pessoa e, sem dúvidas, indispensável naquele processo de "desintoxicação" pelo qual eu estava passando.

Quase nunca tomava café da manhã, pois saía de casa com pressa, raramente almoçava, comia uma bobagem, e à noite, lá pelas 23 horas, descarregava minha fome feroz em alimentos nada saudáveis enquanto via TV. Clara bem que tentava, mas nunca me adequei. Tudo isso, aliado ao excesso de trabalho e à minha vida sedentária, me fez desenvolver uma séria gastrite. Isso sem contar os meus elevados níveis de colesterol e glicose, que me levaram a constantes avisos de pré-estafa. Como não respeitei tais alertas, quase tive um problema mais sério. Nem gosto de lembrar de quando fiquei internado no hospital. Sem dúvida, eu estava inconscientemente cometendo suicídio. Ali, estava seguro que isso não ocorreria. Apesar de adorada por todos e de ser uma mãezona, dona Júlia era rígida e certamente me ajudaria a me enquadrar. Fora isso, já havia sido avisado de que havia à minha disposição ginástica laboral, uma academia de ginástica com *personal trainer* e aulas de ioga e relaxamento sob demanda e um clube de caminhada e corrida, da qual todos poderiam fazer parte se quisessem.

Cada vez mais, chegava à conclusão de que Maurício e sua equipe pensaram em "tudo" para garantir nosso conforto e a "reabilitação" dos vícios pregressos. Era necessário realmente uma mudança total de estilo de vida. Pelo que havia me confessado, seu estilo de vida era similar ao meu, então sabia exatamente o que proporcionar aos outros, visto que suas necessidades eram similares. Tinha até mesmo um local para orações, à disposição de todos.

Fiquei intrigado quanto a este último item, pois nunca fui muito adepto à religiosidade, apesar de ter formação católica, e resolvi perguntar a Janaína, que acabara de se juntar a nós para o café da manhã.

Janaína sabiamente me explicou que, independentemente de religião, dogmas e crenças, a espiritualidade é essencial para o profissional moderno, principalmente se, de alguma forma, exercer função de liderança. Nesse caso, deve ser exemplo, pois, ainda que não se dê conta, é observado a todo o tempo e pessoas se inspiram em suas ações. Não é à toa que, em empresas onde o líder é eleito, ou seja, sua liderança não é imposta, as pessoas passam a ter um comportamento parecido com o do líder.

Para que os líderes tenham êxito, visto que recebem metas cada vez mais arrojadas e devem lidar com pressão, imprevistos e mudanças constantes no seu dia a dia, precisam se inspirar, ter paz, se equilibrar e repor suas energias. A natureza é uma forma de se comunicar com Deus, mas a religião é outra forma importante. Religião vem do latim *religare* e significa religação, que se refere à ligação entre o homem e Deus, eterna fonte de energia. Em vez de se "desligar", como se observa em muitos casos, o líder deve se aproximar de Deus. Dizem que o não equilíbrio pode provocar problemas diversos, até mesmo depressão.

Seria cabível afirmar que líderes espiritualizados tendem a ter mais empatia, visto que as religiões geralmente pregam o amor a Deus e também ao próximo. E amar ao próximo é essencial para o desenvolvimento da empatia. Além disso, os valores morais de uma pessoa espiritualizada, adquiridos de qualquer que seja a religião que siga Deus, dificilmente diferem dos valores de uma empresa ética.

— Bem, evidentemente, é importante separar religião de negócio. Cada qual deve ter a crença que deseja, mas a espiritualidade, sem fanatismo ou radicalizações, é benéfica para garantir um ambiente próspero e a interação cordial entre as pessoas e, consequentemente, o trabalho em equipe. Na minha opinião, a espiritualidade é uma competência adicional a ser desenvolvida pelo líder e tende a se refletir no restante da organização, pois líderes eleitos são exemplo para seus colaboradores. É importante que as pessoas estejam equilibradas, e tal equilíbrio envolve corpo, mente e espírito. Pessoas equilibradas tendem a ser felizes; logo, rendem mais em qualquer organização – finalizou Janaína.

Pela primeira vez escutei uma explicação racional sobre o assunto, sem apego a crenças ou dogmas ou fanatismos. Uma explicação empresarial para um tópico espiritual. Maurício ouviu atentamente a explicação de Janaína e apenas concordava com a cabeça.

Tomando a palavra, Maurício me apresentou a todas as outras pessoas, uma a uma. Pela primeira vez senti vontade de conhecer cada uma delas, mas estava convicto de que tempo não me faltaria – se antes não queria vir, agora eu não estava preocupado em voltar. Algumas delas estavam em treinamento pré-incubação, outras possuíam negócios em fase de incubação e outras tinham negócios já rodando e compartilhavam o local. Maurício criara uma espécie de condomínio onde as diversas empresas poderiam lá permanecer, de forma independente, até que ganhassem determinados níveis de porte e solidez e partissem para uma sede própria, se desejado. Havia ainda pessoas que faziam parte da equipe da incubadora, com dedicação parcial ou integral, tais como advogados, economistas e profissionais de marketing, responsáveis por ajudar na elaboração e manutenção dos planos de negócio e por assegurar que os resultados obtidos na prática estivessem alinhados com suas expectativas. Logo descobriria que a incubadora era de fato uma aceleradora de empresas. Maurício inicialmente chamada de incubadora para não complicar as coisas demasiadamente em um primeiro momento.

Em linhas gerais, tanto as incubadoras quanto as aceleradoras são organizações que assistem os empreendedores na estruturação de seu negócio, tais como na preparação de um plano de negócios e na implementação de um piloto, uma amostra de pequeno porte do negócio pretendido, mas com potencial de ser ampliado conforme o plano de negócios. Os projetos passam por um sistema de seleção realizado por equipe especializada e geralmente os selecionados são os mais inovadores, com mercado promissor e com alto potencial de crescimento. Enquanto a incubadora não possui fins lucrativos e normalmente é mantida por recursos públicos, a aceleradora tem fins lucrativos, pois é privada. Seus investidores esperam ser remunerados e, para tal, ficam com uma parte das ações do empreendimento acelerado. A remuneração dos investidores da aceleradora, dentre outras receitas, é proveniente do recebimento futuro de dividendos, no momento da distribuição dos lucros da empresa acelerada, conforme sua participação acionária, e da venda futura de sua participação acionária a terceiros. Em contrapartida, ao contrário da incubadora, que geralmente oferece apenas o espaço físico, as aceleradoras investem um determinado capital na orientação do empreendedor por profissionais especializados e ampliação de seu *networking*, na viabilização do plano de negócios da empresa e de pilotos e até na entrada de investidores adicionais, em rodada futura de investimento, para garantir o crescimento mais acelerado do negócio. A contrapartida varia de acordo com as necessidades de cada negócio. Trata-se, portanto, de um negócio ganha-ganha (uma vez que a aceleradora só tem lucro se o negócio acelerado tiver êxito), e que requer rígido processo de seleção. Daí a importância de uma etapa preparatória, pré-aceleração, para nivelar os pretendentes e suas expectativas antes do processo de seleção. Não coincidentemente, negócios realizados em aceleradoras costumam geram resultado mais rápido.

Em meio ao papo com meus novos colegas durante o café da manhã, fui descobrindo que muitos, como eu, estavam mudando radicalmente seu estilo de vida pessoal e profissional. Notei de pronto que havia uma grande variedade de faixas etárias e ocupações pregressas. Donas de casa, técnicos e especialistas, experientes e até mesmo recém-formados, compartilhavam o espaço com executivos maduros. Jovens na faixa dos 21 anos "trocavam ideias" com cinquentões. Logo entenderia que é geralmente essa troca de ideia de pessoas com diferentes perfis, motivações e histórias de vida que ajudam a garantir o sucesso da empreitada. Uns aprendem com os outros, uma vez que os negócios não competem entre si (evidentemente, os aspectos confidenciais de cada negócio são respeitados). Descobri ainda que a grande maioria dos negócios acelerados até o momento já tinha dado lucro, e muitos daqueles que já tinham seus negócios maturados se tornavam sócios-investidores da incubadora ou de outros negócios acelerados em rodada futura de investimento para alavancagem do negócio.

Satisfeito com o farto café da manhã, Maurício me conduziu a uma visita guiada pela aceleradora; mais especificamente, a parte que ficava localizada no sítio. Visitamos primeiramente um amplo salão, arejado e bem iluminado, composto de diversas mesas com a devida infraestrutura, algumas delas agrupadas. Cada um usava seu próprio *laptop*. Nesse local ficavam os empreendedores, individualmente ou com suas equipes, cujos negócios não exigiam altos níveis de confidencialidade, visto que todos deviam assinar um termo que regia confidencialidade e regulamentava regras diversas de convívio e cooperação. Havia também uma mesa de reunião no final da sala, que era compartilhada por todos, conforme reserva e necessidade. Adentrei então um corredor onde havia confortáveis salas de reunião com sistemas de áudio e videoconferência. Elas eram utilizadas para reuniões confidenciais das equipes ou entre os empreendedores e parceiros externos. O corredor nos conduzia a salas privadas, utilizadas por empreendedores cujos negócios eram deveras sigilosos, conforme sua opção. Finalmente chegamos a uma espécie de condomínio, com uma série de dependências utilizadas por empresas já em funcionamento, após o devido período de aceleração. Algumas dessas empresas utilizavam apenas salas e outras ocupavam um bloco inteiro. Finalmente, havia um auditório para treinamento e uma sala desenhada especificamente para inspirar o processo criativo, compartilhado por todos.

Partimos então para uma caminhada e notei que aquilo que modestamente denominavam "sítio" estava muito mais para uma fazenda. Estava aprendendo que a venda do local com humildade causava efeitos muito melhores do que se tivesse sido feito com ostentação. Isso só é possível quando as pessoas passam da fase da necessidade de autoafirmação, quando têm que, a todo tempo, falar da grandiosidade de suas obras e ações. O local era enorme e contava com uma infraestrutura de lazer e dormitórios. Muitas pessoas vinham de longe e, inclusive, moravam nos finais de semana. Havia chalés utilizados pelas famílias dos empreendedores. Caminhando pela grama, Maurício me disse que aquela aceleradora era fruto de um sonho que tinha e que havia sido concretizado. Disse ainda que seu modelo de negócio, acelerando empresas e incubando simultaneamente estilos de vida, era pioneiro no Brasil e, talvez, até mesmo internacionalmente. Segundo suas palavras, o modelo se refletia na aceleração fim a fim do negócio – afinal, como criar um novo negócio sem gerir a vida do ser humano por trás dele? Negócio não tem corpo e alma, quem tem é o seu empreendedor, que precisa estar equilibrado e feliz para que o negócio se concretize.

Não foi difícil notar que ali era uma fazenda que cultivava algo diferente: inovações. Conectado ao meu iPhone, logo percebi que a ideia de Maurício estava refletida no nome da empresa e em seu slogan, em seu website, que eu nem tinha olhado ainda. A aceleradora se chamava Incubare e seu slogan era "cultivando inovações". E nada melhor do que inovar em um ambiente de um modelo diferenciado de aceleradora.

Eu, que esperava algo rústico e informal, estava impressionado, pois deparei com uma estrutura muito bem planejada e organizada. Agora, era evidente que o ambiente da fazenda era necessário não para a aceleração de agronegócios, como cogitei anteriormente em meus pensamentos, mas propício à inovação e a um processo de recomeço, onde os empreendedores estavam incubando algo muito maior: seu estilo de vida.

Lembrei-me prontamente de uma frase de Albert Einstein que ilustrava bem o que acabava de ver: "nosso maior erro é fazer sempre as mesmas coisas e esperar resultados diferentes".

Seguimos de carro ao centro de Faxinal do Soturno, onde visitei o prédio principal da aceleradora. A decoração surpreendia por mesclar conceitos arquitetônicos modernos e características originais do local. A decoração incluía maquinários da fábrica original, tais como trilhadeiras, e aspectos modernos e informais similares aos de empresas do Vale do Silício, nos Estados Unidos. No tocante às funcionalidades e aos ambientes, a estrutura era similar à do sítio. Salas de inovação, treinamento, escritórios e outras dependências, cujos ambientes combinavam com perfeição a modernidade e o retrô.

Maurício me propôs, então, uma visita à Fundação, de que tanto já tinha ouvido a respeito, o que prontamente aceitei. Lá chegando, logo notei que se chamava Ângelo Bozzetto, justa homenagem ao homem que tanto havia feito pela região. Os objetivos principais da Fundação eram promover a defesa do meio ambiente e o desenvolvimento humano sustentável; e era justamente aí que a Incubare entrava. A Incubare era parceira da Fundação e, para tal, aportava conhecimento na formação profissionalizante de jovens e adultos em inovação, protagonismo e empreendedorismo. Alguns deles poderiam até futuramente incluir seus negócios na aceleradora. Enfim, a parceria permitia não apenas ensinar ofícios às pessoas, mas incentivá-las a fazer acontecer. Além de ações de desenvolvimento humano, fui apresentado a uma série de atividades e projetos gratuitos nas áreas cultural, esportiva, recreativa e educacional, que visavam o desenvolvimento e a melhoria da qualidade de vida da comunidade. Vi ainda uma série de atividades de consciência ecológica e preservação do meio ambiente.

O dia passou rápido. Acompanhamos diversos projetos durante todo o dia. Já no jantar, Maurício me convidou a assistir uma palestra sua na manhã seguinte, na Fundação. Mal deitei na cama e dormi, na esperança de que o dia seguinte fosse cheio de novos aprendizados.

4. Estratégia é essencial aos vencedores

Amanheceu um lindo dia. Aproveitei para me juntar aos colegas em uma caminhada matinal. Após meu banho e o delicioso café da manhã, segui bem disposto à Fundação para assistir à palestra do Maurício. A cidade era pequena e isso permitia nos deslocarmos facilmente a pé de um local a outro.

A palestra fazia parte de uma formação já em andamento, mas por certo seria útil para meu aprendizado. Enquanto ele se preparava para falar, adentrei a sala e analisei os diferentes perfis das pessoas presentes. Seria interessante perceber na palestra o que poderiam buscar em comum.

Maurício explicou que o curso era baseado em uma metodologia de sua autoria chamada *Insight Driven*. Ela possui nove pilares:

- Felicidade
- Protagonismo
- Visionarismo
- Estratégia
- Inovação sustentável
- Empreendedorismo
- Teoria aliada à prática
- Liderança vencedora, ética e equilibrada (corpo, mente e alma)
- Autodesenvolvimento meritocrático

Achei os tópicos muito interessantes. Antes que eu perguntasse, ele explicou como se complementavam.

Maurício disse que seu objetivo era formar vencedores. Um vencedor deveria ter, simultaneamente, as características citadas.

Primeiramente, deve buscar ser feliz, não obstante os altos e baixos do dia a dia, enfrentando os desafios com confiança, otimismo e satisfação. É saudável querermos sempre conquistar e vencer novos desafios; jamais devemos nos acomodar! No entanto, devemos ser sempre gratos ao que temos, ou nunca seremos felizes. As pessoas sempre querem mais e mais, a qualquer custo, sem jamais ser gratas ao que têm e sem medir as consequências de seus atos. Entregam-se às ilusões da vida e vão adiando a felicidade para o dia em que tiverem isso ou aquilo. Sem perceber, seu inconformismo vai se transformando em ganância e insatisfação contínua, e isso torna a felicidade um alvo inalcançável. Passam a vida inteira sem nunca encontrar a verdadeira felicidade, pois jamais julgam ter o suficiente para tal!

Deve ser um visionário-protagonista. Em outras palavras, deve ser um fazedor, para que as ideias saiam do papel e se concretizem. Deve ter espírito empreendedor.

Para que isso fosse possível, deveria pensar, tomar decisões e agir com ética, estratégia e inovação. Para tal, deve estar equilibrado (corpo, mente e alma). Se a inovação não for sustentável, está fadada ao fracasso.

Deve ter um conhecimento internacional e multidisciplinar diferenciado, que una a teoria à prática, ser um vencedor, um líder de si mesmo e de terceiros, de forma ética e equilibrada; espiritual, moral, material e intelectualmente. É preciso também ser capaz de buscar seu autodesenvolvimento constantemente, de forma autônoma e independente, pois tem a consciência de que a meritocracia é fundamental ao vencedor. Para se tornar um vencedor, devemos evoluir constantemente – e na escola da vida só se evolui com mérito.

Muito interessante, pensei. Concordo plenamente. Fantástico como ele conseguiu unir essas características, de forma complementar, em uma metodologia. Por certo aprenderei muito aqui. Estava curioso para ver a metodologia aplicada.

Insight Driven é um nome forte. Significa "movido a inovações". O nome é totalmente alinhado às nove características mencionadas. Sem dúvida, ser movido a inovação, ou seja, ser capaz de inventar e se reinventar constantemente, é fundamental para nos diferenciarmos, para vencer!

O módulo era de estratégia e Maurício começou dizendo que abordaria primeiro alguns conceitos básicos que seriam introdutórios a outras disciplinas, tais como a próxima, que seria sobre planejamento estratégico pessoal.

Falou ainda que, para formar vencedores, desenvolveria nos alunos, ao longo do curso, um comportamento visionário-protagonista estratégico e inovador. Em outras palavras, pessoas que não apenas sejam capazes de ter visão diferenciada e inovar efetivamente, mas que sejam "fazedoras" (que ponham a "mão na massa" e façam acontecer). De nada adiantaria inovar sem implementar a inovação efetivamente, sem que seja posta em prática. E para que tal iniciativa tenha sucesso é necessário não apenas protagonismo (fazer acontecer), mas estratégia. Precisamos de gente com boas ideias e com visão estratégica, que tenha coragem e ousadia e seja capaz de colocá-las em prática com tática e protagonismo. De nada adiantaria acumular ideias não praticadas. Por outro lado, prática sem inovação e planejamento nos limita os horizontes.

Enquanto pensava no quão ousada era a sua proposta, fui interrompido com uma pergunta coletiva que Maurício fez:

— O que é estratégia?

Um pouco forte a pergunta para pessoas tão desniveladas de conhecimento, pensei. Ledo engano: logo notara que as pessoas aprendem bem melhor quando o fazem umas com as outras. O palestrante mais parecia um moderador de um *brainstorming*. Conforme a filosofia de Maurício, era necessário que as pessoas buscassem aprender e fazer acontecer. Logo, seu papel era apenas direcioná-las; a responsabilidade de encontrar a resposta era delas.

— A palavra "estratégia" é comumente falada, embora poucos a entendam – prosseguiu Maurício – À primeira vista, parece um conceito estabilizado, consolidado, único, porém, depende de uma série de fatores, como o ambiente onde é aplicado. Basta observar os diversos contextos onde a palavra é usada para perceber que não há unanimidade em relação ao conceito, podendo ser relacionado a diversas situações.

O mesmo ocorre com outros conceitos, tais como o de inovação, protagonismo e empreendedorismo, percebi. Engraçado como somos levados a raciocinar logicamente.

—Façamos um *brainstorming*. Lembrem-se: como já falamos antes, sem críticas. Apenas escutemos com respeito, pois verão, como em outras ocasiões, que no fundo todos de certa forma estão corretos. O que é estratégia, pessoal? – repetiu Maurício.

— Uma maneira de organizar o exército para a batalha – respondeu um senhor de meia idade, careca e com "jeitão" de militar reformado.

— Não necessariamente um exército – disse uma outra senhora – Uma empresa, talvez?

— Vou começar a fomentar a discussão – disse Maurício – É sempre importante iniciarmos a análise de qualquer conceito pela etimologia da palavra, ou seja, o estudo da origem das palavras. A palavra "estratégia" é originada da composição da palavra grega *strategos*, que deriva de *stratos*, que quer dizer "exército", e da palavra *agos*, que quer dizer "comando". Ou seja?

— A forma como um general comanda suas tropas – respondi.

Engraçado, eu tinha a certeza absoluta de que, como diria Estella, o colega careca havia "viajado na maionese", mas ele tinha razão. Na minha cabeça havia criticado, involuntariamente, o colega e me sentia um tolo por isso agora. Nunca havia me atentado ao fato de a etimologia ser tão importante para entender a lógica das coisas. Afinal, uma vez que o significado do termo varia, devíamos entender a lógica, e não decorar qualquer conceito, pois este não seria necessariamente correto a todas as aplicações possíveis da palavra.

— No contexto atual, professor, como comandamos nossa organização rumo ao sucesso – outra pessoa disse.

— Como comandamos a organização, de forma a ganhar a batalha com nossos concorrentes e lograr êxito – completou um jovem sentado à frente.

— Uma forma de tomar decisões pensando no futuro, ou seja, no melhor caminho a ser trilhado para atingirmos o objetivo desejado – completou um homem com aparência de intelectual.

— E se antecipando à concorrência – completou a mesma senhora de antes.

— Talvez então pudéssemos definir como: "a maneira como organizamos um ente qualquer, que pode ser nossa organização, uma área dela (marketing) ou até mesmo a nossa vida, e tomamos decisões, com visão de futuro, que nos permitam determinar o melhor caminho a ser trilhado para atingirmos um determinado objetivo com sucesso, se antecipando à concorrência".

— Desculpe discordar, mas sou obrigado a intervir, professor. Nem sempre há concorrência – disse eu – Os clientes residenciais de distribuidoras de energia elétrica aqui do Brasil não podem escolher outra empresa para lhes prestar o serviço; logo, não há concorrência.

— Vamos analisar a colocação do Ricardo. Será que isso é inteiramente verdadeiro?

— Pois é... apesar de não ser justificável e de ser ilegal, muitos não pagam ou furtam energia elétrica. Há inclusive pessoas que vendem esse serviço. Sem discutir o mérito da questão (sou completamente contra), existe uma concorrência. É inclusive desleal, pois usufruem do serviço "de graça".

— Mas correndo perigo, sem qualidade e prejudicando os que pagam. Fora isso, alguém sempre paga a conta – disse uma jovem, que parecia estudante.

— Ok, mas como havia dito, não falei que era certo, mas que é um concorrente de fato. Para evitar polêmica, darei outro exemplo: várias indústrias geram sua própria energia, não?

— Ok, aceito a definição – falei – Pelo que vejo, a concorrência sempre existirá de certa forma, seja ela direta ou indireta, basta uma análise mais abrangente de cada caso. O ponto de atenção é o quanto ela é impactante, ou será, se nada for feito a respeito – concluí.

Engraçado notar como as respostas a perguntas complexas surgiam da própria discussão. Ainda que um não soubesse a resposta, o todo geralmente era capaz de produzi-la.

Maurício continuou:

— A estratégia é essencial, não apenas para planejar um negócio, mas sua carreira profissional e sua vida pessoal. Tal como a estratégia é fundamental para garantir o crescimento e a rentabilidade de uma empresa e que inovações e nichos de mercado sejam continuamente identificados e explorados, de forma similar se aplica à nossa vida pessoal e profissional.

"A estratégia envolve múltiplas áreas. Em uma empresa, por exemplo, podemos ter estratégia de marketing, vendas e comunicação. Diga-se de passagem, a estratégia de comunicação é essencial. Saber se comunicar, negociar e ter argumentos para defender ideias é essencial para obter êxito. Argumentar é ter elementos que, de fato, subsidiem seu ponto de vista, rumo ao objetivo que deseja alcançar. Dessa forma, a apresentação de ideias a terceiros, seja em um negócio ou na vida pessoal e profissional, requer planejamento, preparação e estratégia. Afinal, o outro lado poderá contra-argumentar e é necessário estar preparado para tal.

Qualquer ação, por mais simples que pareça, deve ser executada sob uma estratégia predefinida. Do contrário somos barcos à deriva, jogados à sorte, sem saber exatamente que rumo tomar. Pode até ser que cheguemos a um porto seguro, mas os riscos são altos.

Devemos, portanto, planejar e traçar estratégias para nossa vida pessoal, profissional e empresarial, mas como fazê-lo?

Bom, há algumas perguntas básicas a serem feitas. Em primeiro lugar, precisamos nos conhecer na plenitude e saber em qual meio estamos inseridos. É comum que pessoas achem que se conhecem, mas não o sabem de fato. A razão disso é que a maneira como são percebidas diferem da imagem que gostariam de vender. Há pessoas que pensam, por exemplo, que são agradáveis e amigas para qualquer coisa, mas que podem estar sendo percebidas como melosas e invasivas por suas amigas. Tal fato também pode ocorrer na relação de uma empresa com seus clientes e de um profissional com seus pares e superiores hierárquicos. Dessa forma, é sempre importante tentar saber como você é percebido e se tal percepção é compatível com a imagem que deseja passar.

É importante ainda analisar o ambiente e o momento certo de pôr a estratégia em prática. Às vezes a ideia é ótima, a estratégia está correta, mas não é o momento de executá-la. Quantas empresas vemos falir e, subitamente, vemos outra fazer algo idêntico e ter sucesso. Nem sempre é uma questão de má gestão. Muitas vezes, o mercado não estava preparado para receber aquele produto naquele momento. Precisava ser educado primeiro, por exemplo. O ambiente precisa estar compatível com o que queremos fazer. Se não está e podemos educar o mercado, façamos, com o objetivo de prepará-lo. Se não somos capazes de fazê-lo, nos aliemos a quem o seja. Se é uma questão de tempo, se depende de fatores que em breve surgirão, esperemos. A ansiedade às vezes destrói negócios promissores.

É fundamental conhecer o meio onde estou ou estarei inserido. Precisamos entender cada detalhe e especificidade. Imaginemos que vamos vender um serviço, por exemplo. Ele é regulado? Que normas devo seguir? Quais dificuldades terei? Há concorrentes? Se sim, quem são meus concorrentes diretos e indiretos? Se não, alguém já tentou antes, ainda que algo similar? Se sim, quais lições a serem aprendidas? Quais são meus *stakeholders*?

De maneira simples, *stakeholders* são partes interessadas. Elas são fundamentais para definir a estratégia, seja em relação à empresa, à vida pessoal ou à carreira. Por exemplo, os *stakeholders* de uma empresa não são apenas seus clientes. E quanto a seus funcionários, acionistas, o sindicato, a mídia, o fisco, os concorrentes, os fornecedores e tantos outros que com ela se relacionam? Todos eles devem ser identificados e devidamente analisados no momento de traçar uma estratégia. O que esperam da empresa? Como reagirão à estratégia posta em prática? Como mitigar os riscos envolvidos? Enfim, muitas perguntas devem ser feitas. Uma boa estratégia toma um certo tempo inicial, mas, garanto, poupa muitas frustrações no futuro.

O primeiro passo, portanto, para traçar uma estratégia é saber quem somos e em que meio estamos inseridos. Citei algumas perguntas importantes: como somos percebidos e que imagem queremos passar, mas há outras questões a serem feitas. Falarei sobre algumas, mas, como vocês já sabem e não custa lembrar, sempre os incentivarei a buscar, pesquisar, raciocinar e a fazer acontecer. Lembrem-se: não há verdades absolutas. Autores de livros e sites são pessoas como nós, sujeitas a equívocos. Adicionalmente, é importante compreender a lógica dos conceitos, pois, como dizemos, muitas vezes tais conceitos mudam conforme o ambiente onde serão aplicados. Além disso, pessoas entendem de forma diferente. Assim, é importante trazer o conceito para o seu dia a dia, transformando frases complicadas em expressões de fácil compreensão para vocês. Tragam ainda os conceitos para sua realidade, pois colecionar conhecimento tem mais valor quando aplicamos. Portanto, para incentivá-los a aprender, propositalmente, não exaurirei o assunto. Ademais, por mais conhecimento que alguém possa ter, e por mais tempo que possa abordar um tema, jamais será exaustivo, pois conceitos raramente são unânimes. Aprendemos melhor quando fazemos acontecer. Portanto, busquem e raciocinem, sejam protagonistas!

Dito isso, vou projetar aqui algumas perguntas que poderiam ser feitas neste momento. Utilizarei nossa vida pessoal e profissional como parâmetro. Evidentemente, tais perguntas se aplicam a nossos negócios da mesma forma. Que tal: quais são meus diferenciais competitivos? Quais são meus pontos fortes e a aperfeiçoar? Em que mercado e ambiente estou inserido? Quais os diferenciais competitivos de meus concorrentes?

No tocante às duas primeiras perguntas, lembrem-se de que é relevante ver a maneira como somos percebidos. No tocante ao diferencial, por exemplo, pessoas mais próximas, tais como nossos pais, irmãos e amigos de verdade, às vezes são capazes de ver esses diferenciais que temos e que passam despercebidos. Às vezes, quando falamos em diferenciais procuramos coisas supergrandiosas, mas eles estão em pequenas coisas, tais como iniciativa, determinação, fazer acontecer, carisma e boa comunicação. É claro que outros diferenciais contam, como experiência, formação acadêmica e conhecimentos técnicos, mas... ranqueiem todos, desde os mais simples. Muitas vezes descartamos os mais simples porque pensamos que todos os têm, mas isso nem sempre é a realidade. Muitos vendem uma imagem superior ao que são. Basta aprofundar um pouco no assunto para perceber que é apenas uma "capa", uma encenação, seja ela voluntária ou involuntária.

Nossa diferenciação não está em um item, mas em um perfil, um portfólio, composto de diversos elementos adquiridos ao longo de nossa trajetória neste planeta.

Em relação aos pontos fortes e a aperfeiçoar, é necessário conhecê-los sendo honesto consigo mesmo. Novamente, um *feedback* externo, ou seja, confrontar nossa percepção com aquela de uma parte externa confiável, é essencial.

Aproveito o ensejo para destacar a importância do *feedback* constante das pessoas com quem nos relacionamos. Às vezes um colaborador acha que está agradando, mas seu gestor está insatisfeito com sua performance. Covarde é aquele gestor que, sem dar o devido *feedback*, o demite. Afinal, se tivesse um *feedback* claro, talvez pudesse ter melhorado seu desempenho. Portanto, é essencial dar e receber *feedback* sempre, em nossa vida pessoal, profissional ou empresarial. No caso do último, por exemplo, é necessário ouvir o cliente através de pesquisas de satisfação, interações etc. É importante saber o que sua esposa, marido e filhos pensam sobre sua performance como pai, esposa ou marido. Uma conversa franca melhora as relações e a produtividade seja em que área for e do que for, tal como de harmonia em nosso lar.

É importante ainda que o *feedback* seja frequente. Quando acumulados, problemas se tornam mais difíceis de resolver. As pessoas vão se irritando, irritando e explodem. O outro pensa: *explodiu por nada*, mas na verdade aquilo foi apenas a gota d'água final, de muita água que se acumulou. Muitos casamentos e relações poderiam ser salvos se isso fosse feito e as pessoas fossem honestas com as outras e consigo mesmas. E, por favor, esqueçam termos tais como: "mas isso é óbvio!" é lógico que ele sabe disso!", "está fazendo isso só para me irritar". Nenhum de nós tem o poder de julgar o que uma pessoa está sentindo. Na maioria das vezes, a pessoa não sabe que aquilo que está fazendo está sendo mal recebido por outrem. Aquilo que é obvio para você não é para o outro e vice-versa.

Não julgue, dê *feedback*. Claro, de forma educada, colocando-se no lugar do outro e disposto a escutar o que ele tem a dizer. Uma conversa franca resolve muitos males."

Prontamente, ao ouvir tais palavras de Maurício, pensei em meu relacionamento com Clara, que há muito não andava dos melhores. Detestava muitas coisas nela e pressuponha que ela sabia, afinal para mim era lógico, mas nunca disse de fato.

— Deixarei algumas perguntas que fiz em aberto. Estou seguro de que podem analisar as outras sozinhos ou em grupo e, se não podem, poderão, pois correrão atrás como protagonistas que são ou desejam ser – disse Maurício – Uma vez que saibamos quem somos e o meio onde estamos inseridos, é hora de pensar aonde queremos ir e como chegar lá.

"Como posso chegar a algum lugar se sequer sei aonde quero ir? E como chegar, se não sei onde estou e que rota tomar? Hoje em dia, há vários taxistas que usam sistemas GPS em seus veículos. Para traçar uma rota "estratégica", o aparelho precisa de parâmetros, tais como onde estou agora, para onde quero ir e como quero ir – por exemplo, se estou disposto a passar por estradas com pedágios, por vias não pavimentadas, se quero a distância mais curta ou a mais rápida e por aí vai.

Vejo muitas pessoas reclamando: *oh, como a vida foi injusta comigo! Meu vizinho tem isso e aquilo e eu não tenho nada*, e por aí vai. Mas será que elas definiram aonde queriam chegar e como iriam chegar? Ah, quero ter um carro em três anos e uma casa própria em dez. Para tal, visto que sou uma ótima cozinheira, farei inicialmente salgadinhos e bolo e os fornecerei a bufês. Montarei uma microempresa para que o pagamento de impostos seja progressivo, conforme meu lucro vá aumentando. Meus custos são tanto e minha receita é tanto. Pagarei tanto de impostos e ganharei tanto líquido por mês. Destes, tirarei X para viver e guardarei Y, com o qual comprarei meu carro em três anos. Quando estiver com um faturamento tal, contratarei empregados e passarei a faturar tanto e economizar tanto, para que eu possa comprar minha casa em dez anos.

Outra coisa: cada qual deve trilhar seus próprios caminhos. Vejo pessoas tentando trilhar caminhos de outras: *ah, se fulano fez tal curso e se deu bem, farei também!* O tal curso era apenas um elemento da estratégia dele, estratégia esta que provavelmente não se aplica a você. Afinal, vocês possuem diferentes perfis. Fora isso, um grande mal da humanidade é se comparar equivocadamente com outras pessoas. A comparação é útil para nos melhorar, mas apenas quando são coisas que podem ser comparáveis. Ao longo de minha carreira, vi gente deixando esposas por colegas de trabalho, muitas vezes por comparação equivocada. Com o passar do tempo, você nota que sua esposa, apesar de ser sua "alma gêmea", já apresenta rugas, acorda com os cabelos despenteados, nem sempre está arrumada e às vezes fica de mau humor. Sua colega de trabalho, no entanto, vive maquiada, de cabelos arrumados, bem vestida e está sempre de bom humor. Esquece que sua colega estava no trabalho, ambiente que exige tal postura. Compara ambas e decide deixar a esposa que tanto o amava. Em pouco tempo, descobre que, tal como sua ex-esposa, sua colega de trabalho na vida cotidiana apresenta o mesmo comportamento – e o pior: não o ama de verdade. Daí pode ser tarde demais para voltar a atrás. Talvez um pouco de empatia da sua parte ou até uma conversa franca com a esposa teria sido muito melhor.

Enfim, é necessário planejar tudo estrategicamente. Qual produto quero lançar? O que tenho até agora? Com que parceiros preciso me alinhar? Como faço para produzir e distribuir o produto? Onde é o melhor local para começar a vendê-lo? O cliente pagaria por tal produto? Quem quero ser daqui a três, cinco, dez anos?

E basta apenas planejar? Claro que não; é preciso mãos à obra! Um protagonista de fato precisa ser visionário e também realizador!

Será fácil? Claro que não! Terá desafios? Óbvio que sim! Mas com determinação é possível!

Prefiro não contar com a sorte, mas, sim, com trabalho duro, determinação, persistência, muito suor e estratégia! Só assim valorizamos o que temos de verdade, pois fizemos por onde merecer e não desperdiçamos; afinal sabemos o quão difícil foi conseguir.

Ah, mas eu nasci na periferia e isso determina quem sou... ah, mas eu não sou inteligente como fulano. O lugar em que nascemos não determina quem somos. Pode até deixar mais difícil a caminhada, mas não é um fator limitador. Quantas e quantas pessoas vieram de baixo e tiveram sucesso na vida? Todos somos inteligentes e todos chegamos. Cada um, no entanto, tem o seu próprio ritmo, mas todos chegam. Alguns cursam engenharia em cinco anos, outros levam seis, sete, oito, mas, se tiverem persistência e determinação, chegarão lá. Persistência e determinação são diferenciais muito superiores à inteligência e ao "berço". Protagonistas acima de tudo são guerreiros!

Evidentemente, persistência e teimosia são coisas diferentes. Se uma porta não abre de um jeito, tente de outro. Inove! Se não chega de uma vez só, crie metas intermediárias – por exemplo, crie primeiro um negócio pequeno e vá crescendo aos poucos. Se não conseguiu capital para fazer o produto de seus sonhos, crie primeiro um produto mais básico e vá aperfeiçoando-o com o capital que entra. Perdeu motivação? Busque-a! Enfim, pare e analise por que as coisas estão dando errado e solucione. Se não acha solução, tenha humildade e busque ajuda quantas vezes for necessário. Mas analise pragmaticamente, sem aquelas frases do tipo: "ah, é porque não tenho sorte", "comigo tudo dá sempre errado" e similares. Isso não é coisa de protagonistas.

Ah, eu sou criativo e protagonista, mas meu chefe e o ambiente da empresa me tolhem. Pode ser que a empresa não esteja madura o suficiente. Procure outros rumos, mas, lógico, de forma planejada, e só saia quando tiver algo na mão. Enquanto isso, faça o melhor que puder. Lembre-se que, mais do que trabalhar para qualquer empresa, trabalhamos para nós mesmos.

Outro ponto a lembrar: estratégias não são definitivas, precisam ser revistas de tempos em tempos. Afinal, o ambiente muda dinamicamente e oportunidades surgem a cada momento. Grandes empresas costumam rever suas estratégias anualmente. Se o mercado for dinâmico, pode ser ainda mais frequentemente. E se surgiu aquela oportunidade especial, reveja imediatamente sua estratégia para aproveitá-la.

Então mãos à obra! Quero que cada um planeje algo até a próxima aula. Vamos começar com um planejamento estratégico pessoal. Após isso, vocês terão a base para fazer seu planejamento profissional ou empresarial, conforme cada caso. Progressivamente vocês avançarão nesse sentido e a cada aula completarão, passo a passo, seu plano de negócios, pessoal ou profissional. Em caso de dúvidas sempre estarei aqui, à disposição, no final da aula.

Finalmente, não fiquemos "bitolados" e nem excessivamente estratégicos e pragmáticos. Tudo em excesso é prejudicial. Relaxar e viver bons momentos é essencial e deve fazer parte de toda estratégia de vida. Trace sua estratégia, vença, mas divirta-se e seja feliz! Afinal, do contrário, não seria vitória, e sim fracasso.

Finalizo então meu papo por hoje e me coloco à disposição de todos enquanto nos deliciamos com as guloseimas que a dona Júlia preparou para nós..."

Era impressionante como o Maurício conseguia abordar assuntos complexos de maneira simples. Vi diversos dos conceitos apresentados em MBAs que fiz, mas não os compreendi na essência como agora. Ademais, suas palavras eram motivadoras, e muitos estavam realmente dispostos a fazer acontecer. Voltei da aceleradora já à noite. Enquanto Maurício orientava as pessoas, aproveitei para me apresentar e conhecê-las melhor. Tentava ser mais extrovertido, dentro de meus limites, e conhecer as pessoas. Por recomendação de Maurício, aproveitei a tarde para conhecer melhor a cidade.

A janta estava servida quando cheguei. Tomei apenas uma sopa e fui descansar para me preparar para mais um dia de recomeço.

5. O despertar do tigre

Eis que os pássaros anunciavam que mais um lindo dia surgia naquela cidadezinha. Havia colocado o celular para despertar às seis da manhã, mas acordei antes que ele se manifestasse. Estava bem disposto e queria dar uma caminhada. Queria andar sozinho para pensar na vida, mas logo mudei de ideia ao ver Maurício se aquecendo. Confesso que vi na ocasião a oportunidade de continuar a ouvir a história sobre Chun. Após as devidas saudações matinais, resolvemos fazer companhia um ao outro.

Fomos beirando a estrada, discorrendo sobre diversos assuntos. Lembro que pude observar a paisagem, os pássaros que me acordaram minutos antes, mas, também, as construções locais. As casinhas eram simples, porém charmosas. Algumas continham plantações. Maurício me explicou que a agricultura familiar era um aspecto importante para a economia da região. Diversas pessoas viviam do cultivo do fumo, por exemplo. Caminhávamos em meio a um papo agradável, mas confesso que me remoía para saber o que aconteceu com Chun. A educação me impedia de perguntar diretamente. No entanto, já no final da caminhada, chegando ao sítio, não mais contive minha curiosidade e perguntei a Maurício se poderíamos continuar a história. Ele apenas sorriu afirmativamente e fomos até a minha sala de reuniões preferida, aquela pedra em que sentara dias antes à beira do rio Soturno.

A não ser pela sinfonia que a natureza nos proporcionava, graças à correnteza do rio Soturno, o silêncio tomava conta do ambiente. Maurício olhava para as águas do rio como se suas memórias por ele fluíssem, até que começou a contar...

— A partida de Chun foi uma surpresa desagradável para mim. Fizera-me perceber o quanto covarde havia sido. Dias e mais dias passei trancado em meu quarto. Tudo me lembrava de minha Chun. A paisagem do mar, vista da janela de meu quarto, que antes me motivava, agora era só melancolia. Mais de duas semanas depois do incidente, minha mãe adentrou meu quarto sem meu consentimento. Até então minha suíte havia se tornado meu lar. Nela eu me alimentava, chorava, tomava banho e me lamentava sem notícias. Pegava a comida na porta e, ainda vendo o olhar triste de minha mãe, não conseguia consentir que ela entrasse. Lembro que minha mãe me deu uma bronca daquelas. Ela era boa nisso... era doce e paciente, mas, quando estava irritada, "sai de baixo". Sabe aquele tipo de bronca que no início você se sente o menor dos menores seres humanos, mas, progressivamente, vai lhe dando força para se levantar? Pois é, a dela era assim. Na verdade, a dela e a de Chun. Lembro como se fosse hoje quando ela disse: *reaja, filho, você é um tigre, não um gato!* Aquelas palavras me fizeram levantar... não só por partirem da pessoa que mais amava na vida, mas porque também me lembrava algo que Chun sempre dizia para me levantar quando estava triste: *reaja, Mau, você é meu tigre*. Sobre o ombro de minha mãe olhava os pôsteres na parede, do tigre e da fênix, recordando de quando Chun e eu os compramos.

Lembro que tínhamos feito um passeio no Pão de Açúcar e Chun, sempre atenta a lendas e mitos, me falava que o Pão de Açúcar, visto da baía de Guanabara, é na verdade o pé de um gigante adormecido cuja cabeça seria a Pedra da Gávea. Muitos olham e poucos veem, mas basta observar atentamente para enxergá-lo.

Além disso, ela dizia que nele havia a imagem de uma fênix. Por volta de meio-dia, ao olharmos atentamente o morro do Pão de Açúcar, é possível ver projetada na rocha a imagem de uma fênix. Chun, como muitos outros, acreditava que tal obra fora feita pelos fenícios. Na verdade, muitos acreditam que o Rio de Janeiro foi uma colônia fenícia. Dizem, inclusive, que a Pedra da Gávea teria sido o túmulo de um rei fenício.

O fato é que Chun não apenas era fascinada, ela se identificava com a ave fênix. Dizia a mitologia grega que esse pássaro, quando morria, se incendiava e renascia das próprias cinzas. Por isso virou símbolo da imortalidade e do renascimento. Muitos fazem um paralelo da fênix com o sol, que morre todos os dias no horizonte para renascer no dia seguinte. Chun era mesmo assim. Ela tinha a coragem de renascer, recomeçar, com a certeza da vitória. Digo isso não apenas por ter ido em busca de seus sonhos, e de muito mais que viria a saber, mas porque ela passou por muitas dificuldades em sua adolescência. Adolescente, ela sofria de uma doença rara na pele, que a impedia de aparecer em público, dadas as feridas que apareciam e sua similaridade com lepra. Passou anos assim, suportando o preconceito de todos, sendo cobaia de médicos, até vir a descobrir que, de fato, tratava-se apenas de uma alergia intensa. Soube por colegas e por ela mesma que nunca esmoreceu. Ela chorou, aguentou, mas venceu a doença e renasceu para a vida. Dizem que as lágrimas da fênix podiam curar qualquer tipo de ferida. Por tantas outras dificuldades já passou e sempre recomeçou...

Lembro que nesse dia ela me contou uma lenda, de como o tigre se tornou parte do horóscopo chinês. Dizem que o Deus supremo queria tirar o leão do horóscopo por causa da sua crueldade. Após aprender técnicas de luta com o gato, o tigre, de um ser insignificante, se tornaria um bravo guerreiro. Este desafiou todos os animais, inclusive o leão, sendo nomeado o rei dos animais pelo Deus supremo, que imprimiu o símbolo de rei em sua testa. As marcas da testa do tigre lembram o caractere chinês "Rei".

• Pelos meus olhos, meu jeito calado e desconfiado, meu porte altivo e pela coragem que ela julgava que eu tinha (ledo engano...), ela dizia que eu era seu tigre. Dizia que erámos a dupla perfeita: o Tigre e a Fênix.

Naquele dia ela tatuou uma fênix nas suas costas. Ficou lindo aquele desenho na sua pele alva. Ela dizia que a tatuagem era para lembrar-se de mim eternamente e de um mantra que ela havia criado para ela mesma: "sou uma fênix e tenho coragem de renascer e recomeçar". Dizia que era para, quando se olhar no espelho, nunca se esquecer disso.

Seu "tigre", porém, não foi corajoso o suficiente para fazer o mesmo na ocasião. Apenas comprei dois pôsteres e os coloquei lado a lado sobre a minha cama, para lembrar eternamente daquele momento e do quanto éramos completos juntos. Na verdade, no meu íntimo, era para me lembrar que tinha que fazer de tudo para, um dia, ser o tigre corajoso que ela imaginava e dar orgulho a ela.

Enfim, acho que, de certa forma, aquele papo com minha mãe e as lembranças de Chun me fizerem despertar o Gigante Adormecido, ou melhor, o tigre adormecido, dentro de mim. Naquele dia eu disse a mim mesmo que seria um guerreiro e jamais recuaria novamente perante um desafio que a vida impusesse. Decidi parar de me vitimizar pelas circunstâncias e me responsabilizar pela decisão que tomei. Aprender com ela e a assumir suas consequências. Retomar as rédeas de minha vida e, recomeçar...

Vou aproveitar o gancho para compartilhar com você, Ricardo, algo que aprendi com a vida... a vitimização é um vício terrível e é preciso ter coragem para admiti-la e remediá-la. Muitos não têm tal coragem e são eternos sofredores... como aquela pessoa que chega a uma festa onde todos os convidados estão felizes, se divertindo, todos capazes de elencar umas vinte coisas maravilhosas, mas ela não. Ela consegue identificar ao menos uma coisa péssima e com ela alimentar sua vitimização. *Aposto que aquela mulher ali está fofocando de mim! Veja como ela está me olhando atravessado! O garçom serve todas as mesas menos a minha! Olha como fulaninha está esnobe; também, casou com marido rico... eu é que não tenho sorte, pois casei com esse traste!*

No trabalho, essas pessoas se queixam de tudo. *Tá vendo, eu sabia que não receberia a promoção! Também, não puxo saco de chefe como o fulano...* na verdade, a pseudovítima pode não ter se esforçado o suficiente para ser um profissional diferenciado, ainda que sua percepção não seja esta. Pode ainda ter se isolado em seu mundo e parado de socializar com seus gestores e com seus colegas de trabalho, o que reduz sua produtividade. Por melhor que seja uma pessoa profissionalmente, isolada ela deixa de gozar das sinergias alheias e, logo, é naturalmente menos eficiente. O *networking* e o verdadeiro trabalho em equipe, aquele onde aproveitamos as sinergias alheias, e não aquele onde nos escondemos atrás do sucesso ou dos erros dos outros, são essenciais para alcançarmos sucesso na carreira. Muitas vezes escutava ironias quando era gestor... *Ah, mas fulaninho foi promovido pelo QI ("Quem Indica").* A verdade é que as pessoas às vezes se isolam, mas querem que o gestor as conheça. Claro que o gestor tem a sua responsabilidade, tal como se entrosar e fazer constante *feedback*; porém, se a pessoa se isola e se cala no processo de *feedback*, como conhecê-la? É fácil se vitimizar e dizer: *acho que joguei pedra na cruz, nada de bom acontece comigo!* Difícil é admitir a postura e mudar!

E digo mais! Nossa mente tem um poder muito grande de construir e destruir. Acredite quem quiser: pensamentos negativos atraem coisas negativas! Essa vitimização atrai energias ruins para perto de nós. Tais energias vão nos sugando, sugando, até que fazemos parte dela e daí, meu amigo, é mais difícil de sair do fundo do poço, onde nós mesmos nos enfiamos. A vitimização, o constante sofrimento, acredite ou não, podem ser vícios; e, como tal, devem ser tratados, inclusive por profissionais.

Quando queremos ajudar uma pessoa assim, Ricardo, não devemos apontar o dedo, culpando-a. Afinal, isso pode acontecer com qualquer um de nós, certo? Outra coisa, antes de mostrar-lhe a situação, ou seja, de ajudá-la efetivamente (evidentemente, há muitas maneiras de ajudá-la indiretamente), é necessário que a pessoa "queira" ser ajudada e esteja pronta para escutar atentamente o que lhe é dito e agir. Do contrário, o "terreno" deve ser preparado, progressivamente, antes do "plantio" da semente do recomeço.

Outra coisa importante a dizer é que os sinais nos são demonstrados. Seja quando nos portamos como vítimas, espectadores ou coadjuvantes da própria vida (aqueles que jamais erram, pois jamais se arriscam a nada; os apáticos às coisas que acreditam que a vida lhes impõe), sempre recebemos sinais.

Esses sinais são demonstrados quando a coisa ainda está pequena, ou seja, quando ainda é fácil remediar o problema, similar aos sintomas de uma gripe. Seja em que momento percebamos (evidentemente, quanto mais cedo melhor), sempre há como reduzir o impacto do problema ou "fazer do limão uma limonada".

Acredito que todos estamos neste mundo com um propósito maior: o de evoluir. Evoluir materialmente, moralmente, espiritualmente e intelectualmente. Do contrário, o que estaríamos nós fazendo nessa terra? Apenas sobrevivendo e não vivendo ou evoluindo? Acredito que a vida é uma grande mestra, sempre disposta a nos ensinar, mas, para tal, precisamos perceber o ambiente, ou seja, estar atentos aos seus detalhes e sinais.

Importante, portanto, Ricardo, explicar melhor para você o que quero dizer com "espectadores e coadjuvantes da vida". Lembra que sempre disse que precisamos nos atentar aos detalhes? Pois bem, para exemplificar tais termos, vamos falar de uma passagem da Bíblia, que você já deve ter ouvido, mas não necessariamente escutado atentamente. A Bíblia é um livro que todo protagonista deveria ler, dada a riqueza de seus ensinamentos. Seja tal pessoa uma dona de casa, um técnico, um executivo, ou empresário, pouco importa... pouco importa ainda a sua religião... se prestar atenção, sempre há valiosas lições a aprender.

Rapidinho, me empreste seu celular. Vou buscar uma passagem da Bíblia que vem a calhar... achei..."

Mateus 25:14-30

E também será como um homem que, ao sair de viagem, chamou seus servos e confiou-lhes os seus bens. A um deu cinco talentos, a outro dois, e a outro um; a cada um de acordo com a sua capacidade. Em seguida partiu de viagem.

O que havia recebido cinco talentos saiu imediatamente, aplicou-os, e ganhou mais cinco. Também o que tinha dois talentos ganhou mais dois. Mas o que tinha recebido um talento saiu, cavou um buraco no chão e escondeu o dinheiro do seu senhor.

Depois de muito tempo o senhor daqueles servos voltou e acertou contas com eles.

O que tinha recebido cinco talentos trouxe os outros cinco e disse: 'O senhor me confiou cinco talentos; veja, eu ganhei mais cinco'.

O senhor respondeu: 'Muito bem, servo bom e fiel! Você foi fiel no pouco; eu o porei sobre o muito. Venha e participe da alegria do seu senhor!'

Veio também o que tinha recebido dois talentos e disse: 'O senhor me confiou dois talentos; veja, eu ganhei mais dois'.

O senhor respondeu: 'Muito bem, servo bom e fiel! Você foi fiel no pouco; eu o porei sobre o muito. Venha e participe da alegria do seu senhor!'

Por fim veio o que tinha recebido um talento e disse: 'Eu sabia que o senhor é um homem severo, que colhe onde não plantou e junta onde não semeou.

Por isso, tive medo, saí e escondi o seu talento no chão. Veja, aqui está o que lhe pertence'.

O senhor respondeu: 'Servo mau e negligente! Você sabia que eu colho onde não plantei e junto onde não semeei?

Então você devia ter confiado o meu dinheiro aos banqueiros, para que, quando eu voltasse, o recebesse de volta com juros.

Tirem o talento dele e entreguem-no ao que tem dez. Pois a quem tem, mais será dado, e terá em grande quantidade. Mas a quem não tem, até o que tem lhe será tirado. E lancem fora o servo inútil, nas trevas, onde haverá choro e ranger de dentes'

— Vejamos a interpretação que tenho sobre a passagem, aplicada ao nosso caso, é claro. As passagens permitem interpretações diferentes de acordo com a circunstância ou o problema que desejamos elucidar.

Primeiramente, chama atenção o fato de o senhor ter dado quantidade de talentos diferentes aos homens. Mas note que a passagem diz: "a cada um de acordo com sua capacidade". É importante, portanto, entender que as pessoas possuem capacidades materiais, morais e intelectuais diferentes, mas convivem em uma mesma "sala de aula", em sociedade, na escola da vida. Dessa forma, além de respeitarmos as pessoas como são e exercer empatia, precisamos entender que a vida dá a cada qual de acordo com sua capacidade e mérito. Tem gente que, quando vê outra pessoa trilhar um caminho de sucesso, seja por inveja, por endeusar a pessoa, ou por qualquer outra razão, passa a tentar fazer igual. No entanto, como o caminho não é o seu, acaba por fracassar. Não deveria ser objetivo de ninguém repetir a experiência do outro, ainda que este seja íntimo ou tenha história de vida parecida com a nossa, tal como nossos pais. Cada um de nós é único, assim como o nosso destino. Cada qual deveria trilhar seu próprio caminho, devendo apenas aprender com as experiências alheias.

Somos testados na proporção do aprendizado que a vida nos dá. E cada vez os testes são mais difíceis, pois "passamos de série" na escola da vida. Quisesse o homem que ganhou dois ganhar cinco, poderia não saber fazê-los multiplicar. Por isso, cada qual deve traçar seu próprio rumo, apesar do convívio na mesma sala de aula, sem invejar os outros. Às vezes a vida nos nega para o nosso bem, visto que ainda não somos capazes de lidar com essa ou aquela situação. Notemos ainda que a ordem não foi dada de forma clara, ou seja, "multiplique meus talentos". O senhor, no entanto, acreditava que tais homens aprenderam o que lhes havia ensinado e conheciam seus objetivos (inclusive o homem que não multiplica seu talento admite isso, de certa forma, quando explica seu fracasso).

Partindo da hipótese de um senhor justo, podemos concluir que os três homens, apesar de possuírem capacidades diferentes, eram capazes de multiplicar seus talentos.

Note que o homem que enterrou o seu talento desperdiça, mais que a sua própria vida, a confiança que nele fora depositada pelo seu senhor. Ele foi apenas um coadjuvante na situação. Não quis assumir riscos. Não ganhou nem perdeu e por isso julga (ou melhor, usa como desculpa) que fez seu trabalho com esmero. Seria justo ou meritocrático que este homem ganhasse os mesmos prêmios dos outros dois?

Esta é a minha interpretação: quando o senhor atira o homem nas trevas, onde haverá dor, é porque uma outra forma de aprendizado lhe será imposta. Como diria a Janaína, quando não aprendemos pelo amor, a vida nos ensina através da dor. E, diga-se de passagem, aprendemos muito mais na dor.

Veja que recebemos frequentemente sinais da vida para que corrijamos nossa conduta, basta estarmos atentos. Seja de nossos pais, de nossos amigos, mentores, de livros e até da natureza. Muitas vezes apenas os ouvimos e não escutamos; outras vezes até escutamos, mas não os colocamos na prática. Afinal, para tal teríamos que sair da inércia, de nossa zona de conforto. Seríamos levados a protagonizar, a buscar o autodidatismo, a aprender.

Daí, reincidimos diversas vezes no mesmo erro. Seria a vida justa se nos deixasse eternamente repetir os mesmos erros?

No meu entender, as "trevas" do texto em questão referem-se aos acontecimentos da vida que nos forçarão a arriscar, a protagonizar, pela própria necessidade de sobrevivência... para fugir da dor. A necessidade também traz a evolução, ainda que para isso nos "obrigue" a sair da zona de conforto, agir e evoluir.

Sei que é difícil, mas o ideal é não reclamarmos da dor e sim aprendermos com ela. A dor do remorso, do não, da saudade, da solidão, do arrependimento, da desilusão, da perda, da doença, todas essas dores nos ensinam: aprendemos a valorizar mais aqueles que estão a nosso lado, a dar mais atenção a nossos atos e palavras, a valorizar os bons momentos, a ficar mais alertas aos que podem nos ferir, a ter coragem de recomeçar, a aumentar nossa resiliência aos obstáculos, a nos tornar mais flexíveis, a ficar mais atentos às oportunidades da vida, a sermos menos egoístas e vaidosos e a nos dedicarmos às coisas que realmente importam na vida.

Na escola da vida, a dor é como se fosse um supletivo, nos faz avançar mais rápido que o amor. A dor nos obriga a corrigir nossa conduta, e de forma rápida.

É comum os pais quererem evitar a dor de seus filhos, contudo, por mais duro que seja, a dor durante a vida é quase inevitável. Por mais que os pais possam ensinar a teoria, há certas coisas que só aprendemos com a prática. É a experiência que nos torna sábios, que aumenta nossa resiliência, que nos ensina a viver. Às vezes, com a certeza de que estão fazendo o bem, por postergar pequenas dores aos filhos, estes acabam tendo que lidar com dores maiores. Pais ou filhos, cada um é o dono da própria vida, de seu próprio destino. Claro que o papel dos pais é educar e zelar pelos filhos, mas educar nem sempre é dizer sim. Nem tudo que soa como o bem é o bem, assim como nem tudo que soa como mal é o mal. Se nosso filho quer apenas comer bombom de chocolate, nada mais, pode ser que até pensemos que em um primeiro momento estamos fazendo o bem, afinal ele ficou feliz; mas e a longo prazo? Será que não ficará suscetível a desenvolver uma doença específica?

O "não" é fundamental para o nosso aprendizado. Talvez, após o nascimento, o "não" seja a primeira dor com a qual temos que lidar, ainda quando crianças. O "não" é uma ferramenta muito útil, porém saber dizê--lo é uma arte. Aquele "não" que não agride, mas cura. Que é explicado e compreendido (mais cedo ou mais tarde), e não apenas imposto.

Portanto, tal como o "não" é necessário ao nosso aprendizado, por mais duro que seja, um pouco de dor é quase sempre inevitável, visto que apenas sofrendo saberemos o quanto certas coisas doem de fato, como por exemplo a morte de entes queridos.

Mas devemos nos conformar a sempre termos dor? Não, pelo contrário: devemos aprender com ela para que a sintamos o menos possível e, assim, possamos aprender o máximo através do amor. Como diria Janaína, quanto mais evoluímos, mais estamos calibrando nossa percepção e ficamos propícios a aprender através do amor.

Ratifico que, antes da dor, a vida nos dá muitos sinais através do amor, como conselhos que recebemos, recomendações que lemos e por aí vai... muitas pessoas se julgam injustiçadas pela vida, mas, se observarem atentamente, tiveram diversas oportunidades de resolver o "problema" pelo amor e não o fizeram.

Além disso, tal como o homem recebeu os talentos (não teve que buscá-los), a vida não dá só sinais, mas oportunidades.

Para exemplificar, vejamos nossa vida profissional. Às vezes, temos a oportunidade de corrigir certos hábitos para estarmos aptos a uma promoção. Outras vezes, recebemos propostas de empregos melhores, cursos de aperfeiçoamento, chances de inovação e as deixamos escapar, seja porque requeriam recomeços, seja por medo, insegurança, preguiça, "distração" ou por não estarmos preparados para tal.

Imagine que apareceu uma oportunidade de emprego ou curso no exterior. Aquela oportunidade única que não tornará a surgir. E você a desperdiça, pois não sabe falar inglês – não por falta de oportunidade, mas graças a sua preguiça ou resistência ao sacrifício que tal ação requereria, e isso o impediu de galgar tal vaga. Por certo, muitos sinais foram demonstrados no amor, como conselhos. Se procurasse direitinho, poderia exercer o autodidatismo do protagonista através de cursos gratuitos *online* ou ainda se inscrever em cursos presenciais gratuitos ou incentivados (a preços módicos). Ah, *mas, para tal, eu teria que me sacrificar!* Meu amigo, como diria minha mãe, "não se faz omelete sem quebrar alguns ovos".

Se não aceitou o amor, agora vem a dor de saber que a ocasião passou e, apesar de outras chances surgirem certamente no futuro, esta não voltará. Jamais outra oportunidade lhe dará os mesmos benefícios, seja porque você possuía maior facilidade de deslocamento para o exterior (ainda não tinha filhos, por exemplo) ou de assimilação dos conteúdos ou das novas tarefas, ou por qualquer outra razão. Oportunidades são únicas para momentos únicos. Mas se a perdemos, cabe lamentar? Não, cabe aprender – e, por certo, a dor lhe ensinará a aproveitar melhor a próxima. Se não aprender, infelizmente a tendência é que mais e mais dor lhe seja aplicada pela vida. Pelo seu próprio bem... pela sua evolução...

Darei outro exemplo prático de sinais que a vida nos dá. Eu tenho um amigo que vendia um produto diferenciado a clientes corporativos: um software para gestão de pequenos negócios. Ele ganhava muito bem, pois o trabalho era comissionado, e vivia cheio de oportunidades de emprego. Era um excelente vendedor. Fazia parte de uma equipe de vendas de porta em porta e era o melhor dentre seus pares. Estava bem de vida e as vendas prosperavam. Diversas vezes disse a ele: *aproveite o momento, fulano, e estude, pois, como todo projeto, suas oportunidades de venda têm início, meio e fim. Caso não se reinvente, o fim deste negócio está próximo, visto o tanto que vocês já venderam. Há um número finito de empresas. Não se dedique ao meio, mas ao fim. Ou seja, aperfeiçoe-se em vendas e não apenas na venda deste produto específico. Distribua seu currículo no mercado de trabalho e olhe com carinho as ofertas de emprego que recebe, pois um dia todos terão esse produto e você pode ficar sem emprego. Sua empresa pode perder tal contrato para outra e poderá demitir toda a equipe por questões de viabilidade do negócio.* Não havia o que falasse, ele não mudava de opinião. *Ganho bem*, dizia. *Onde acharei trabalho assim?* Como disse antes, a pessoa precisa querer mudar.

A vida foi maravilhosa e deu a ele diversos sinais. O primeiro foi que pessoas de sua equipe começaram a ser demitidas, visto que alguns locais já haviam sido totalmente explorados. Logo depois, já não conseguia mais bater suas metas com tanta facilidade. A empresa então baixou as metas. Nesse meio tempo, propostas de cursos apareceram, além de ofertas de recolocações no mercado de trabalho.

Um dia, "do nada", ele e toda a equipe foram desligados da empresa, pois, a partir daquele momento, se um cliente quisesse tal produto, deveria ir até a sua empresa. A campanha agressiva de ir até o cliente tinha chegado ao fim.

Pergunto: ele não teve sinais? Não teria tido oportunidades?

Daí a dor chegou. Após ser demitido, as ofertas que regularmente recebia desapareceram. Ficou quase um ano desempregado. Passou sérias dificuldades financeiras. Não passou fome graças às economias de sua esposa e à ajuda de seus pais. E eis que surgiu uma proposta onde ganharia cinco vezes menos que seu emprego anterior. Agarrou-a com unhas e dentes, pois não tinha outra opção. Foi trabalhar em um *call center*. Enquanto isso, me pediu conselhos, assistiu algumas palestras aqui e resolveu fazer um MBA na área de vendas. Tal curso, que antes seria pago com facilidade, agora exigia sacrifícios inimagináveis. Sofreu muito. Noites em claro dedicando-se a estudar.

Oportunidades então começaram a surgir. Por ter se destacado, recebeu um convite de uma empresa para supervisionar uma equipe, mas em outro estado. Aceitou o desafio, viajou, aprendeu e triplicou seu salário. Hoje ele tem sua própria empresa de vendas e seus negócios estão prosperando a contento. Mas, para tal, aprendeu... e pela dor...

Além desse exemplo, quantos e quantos outros negócios não faliram? Tais como fábricas de chapéus, por exemplo. Lembra que usar chapéus era moda antigamente? Passou. Lembra dos disquetes de computadores? Lembra de quantos contadores foram demitidos com a chegada dos softwares contábeis? Apesar disso, muitos aproveitaram a oportunidade e criaram empresas e softwares próprios; já outros... não teriam eles também tido sinais?

Digo mais, Ricardo, as pessoas esperam "super" sinais, mas na maioria das vezes eles são sutis. Eles surgem, inclusive, na dor. Nos momentos mais difíceis a ajuda aparece, mas precisamos enxergá-la. Vou recorrer novamente à Bíblia para acabar de enfatizar isso.

1 Reis 19: 1-21

Ora, Acabe contou a Jezabel tudo o que Elias tinha feito e como havia matado todos aqueles profetas à espada. Por isso Jezabel mandou um mensageiro a Elias para dizer-lhe: 'Que os deuses me castiguem com todo o rigor, caso amanhã nesta hora eu não faça com a sua vida o que você fez com a deles'. Elias teve medo e fugiu para salvar a vida. Em Berseba de Judá ele deixou o seu servo e entrou no deserto, caminhando um dia. Chegou a um pé de giesta, sentou-se debaixo dele e orou, pedindo a morte. 'Já tive o bastante, Senhor. Tira a minha vida; não sou melhor do que os meus antepassados'.

Depois se deitou debaixo da árvore e dormiu.

De repente um anjo tocou nele e disse: 'Levante-se e coma'. Elias olhou ao redor e ali, junto à sua cabeça, havia um pão assado sobre brasas quentes e um jarro de água. Ele comeu, bebeu e deitou-se de novo. O anjo do Senhor voltou, tocou nele e disse: 'Levante-se e coma, pois a sua viagem será muito longa'. Então ele se levantou, comeu e bebeu.

Fortalecido com aquela comida, viajou quarenta dias e quarenta noites, até que chegou a Horebe, o monte de Deus. Ali entrou numa caverna e passou a noite. E a palavra do Senhor veio a ele: 'O que você está fazendo aqui, Elias?' Ele respondeu: 'Tenho sido muito zeloso pelo Senhor, Deus dos Exércitos. Os israelitas rejeitaram a tua aliança, quebraram os teus altares e mataram os teus profetas à espada. Sou o único que sobrou, e agora também estão procurando matar-me'.

O Senhor lhe disse: 'Saia e fique no monte, na presença do Senhor, pois o Senhor vai passar'.

Então veio um vento fortíssimo que separou os montes e esmigalhou as rochas diante do Senhor, mas o Senhor não estava no vento. Depois do vento houve um terremoto, mas o Senhor não estava no terremoto. Depois do terremoto houve um fogo, mas o Senhor não estava nele. E depois do fogo houve o murmúrio de uma brisa suave.

Quando Elias ouviu, puxou a capa para cobrir o rosto, saiu e ficou à entrada da caverna. E uma voz lhe perguntou: 'O que você está fazendo aqui, Elias?'

Ele respondeu: 'Tenho sido muito zeloso pelo Senhor, Deus dos Exércitos. Os israelitas rejeitaram a tua aliança, quebraram os teus altares e mataram os teus profetas à espada. Sou o único que sobrou, e agora também estão procurando matar-me'.

O Senhor lhe disse: 'Volte pelo caminho por onde veio e vá para o deserto de Damasco. Chegando lá, unja Hazael como rei da Síria. Unja também Jeú, filho de Ninsi, como rei de Israel, e unja Eliseu, filho de Safate, de Abel-Meolá, para suceder a você como profeta.

Jeú matará todo aquele que escapar da espada de Hazael, e Eliseu matará todo aquele que escapar da espada de Jeú. No entanto, fiz sobrar sete mil em Israel, todos aqueles cujos joelhos não se inclinaram diante de Baal e todos aqueles cujas bocas não o beijaram'.

Então Elias saiu de lá e encontrou Eliseu, filho de Safate. Ele estava arando com doze parelhas de bois, e estava conduzindo a décima-segunda parelha. Elias o alcançou e lançou a sua capa sobre ele. Eliseu deixou os bois e correu atrás de Elias. 'Deixa-me dar um beijo de despedida em meu pai e minha mãe', disse, 'e então irei contigo'. 'Vá e volte', respondeu Elias, 'pelo que lhe fiz'.

> E Eliseu voltou, apanhou a sua parelha de bois e os matou. Queimou o equipamento de arar para cozinhar a carne e a deu ao povo, e eles comeram. Depois partiu com Elias, e se tornou o seu auxiliar.

Observe que Elias passava por um momento difícil. Quase sem forças, ele foi ajudado. Mas para receber a próxima ajuda precisava ficar atento ao ambiente e aos seus detalhes para que pudesse percebê-la em uma próxima ocasião. Sim, ficar atento ao ambiente, a seus detalhes, pois Deus não se mostrou no estrondo, mas na brisa. Aquele detalhezinho que passaria despercebido, mas que era fundamental. Uma simples brisa... não... A Brisa. A Brisa, única para aquele momento único.

Estar atento aos pequenos sinais é fundamental. Assim como para inovar é necessário se conectar ao ambiente e às atividades cotidianas, para que percebamos pequenos detalhes. O mesmo se aplica na percepção dos sinais da vida.

Mas teria sido o conselho recebido o suficiente? Não, era necessário fazer acontecer. E isso exigiria sacrifícios e dedicação. Era necessário ser um protagonista.

Aproveito, Ricardo, para abrir um parêntese. Elias estava isolado, em meio ao silêncio, uma espécie de retiro solitário, diria. Não falo do silêncio exterior, mas do interior. Para recomeçar, é necessário que calemos aquela inquietude dentro de nós. É preciso se entregar ao momento, na busca daquilo que porventura nos tenha feito desviar do caminho. É preciso refletir calmamente sobre a vida e com honestidade, para que identifiquemos a causa-raiz – aquela causa central que gerou o tal desvio, e até mesmo outras consequências colaterais. Muitos, para tal, recorrem à ajuda de especialistas, como psicólogos. Apesar da importância inegável de tais profissionais, muitos conseguiriam sozinhos se fossem verdadeiros consigo mesmos, tirassem suas máscaras e identificassem sozinhos a causa-raiz, o fato gerador do desvio de rota. Uma vez identificada, é preciso coragem para admiti-la, nos perdoar e corrigir nosso rumo.

A dor nos lembra que somos seres humanos, falíveis, passíveis de erros, sofrimentos e que necessitamos uns dos outros. Ela nos desarma e nos retira as máscaras do egoísmo e da vaidade. Assim, ela nos lembra essencialmente duas coisas: que devemos nos perdoar e recomeçar e que, de forma semelhante, devemos ser empáticos e perdoar o próximo, pois ele erra como nós. Ensina ainda a percebermos que o que é fácil para você pode ser muito difícil para o outro, e vice-versa. Tudo depende do grau de escolaridade, da especialização pretendida e da experiência que cada um adquiriu na escola da vida.

É "apenas" uma passagem bíblica, muitos diriam. Analise calmamente e verá que situações similares já ocorreram na sua vida ou na de pessoas que você conhece.

E, Ricardo, saia daquela máxima de que "isso só acontece com os outros". Todos nós estamos na mesma sala de aula, logo, sujeitos aos mesmos ensinamentos e provações..."

— Mas chega de filosofar – se divertiu Maurício. Voltando a minha história inicial...

"Naquele momento, conversando com minha mãe e tendo na memória meus momentos com Chun no Pão de Açúcar, vi que era necessário recomeçar. O que passou, passou. A oportunidade não voltaria, mas muitas outras surgiriam. Melhores ou não, jamais iguais, mas surgiriam.

Era necessário aprender com a dor que sentia. Tantos e tantos conselhos Chun e meus pais me deram com amor, porém a dor foi a única conselheira que ouvi. Minha primeira dor...

Até aquele momento estava apenas sendo um mero espectador e coadjuvante em minha vida. Não aceitei a evolução que a vida me oferecia. Quantas oportunidades meus pais me deram e não aproveitei?

Notei ainda que eu também estava me vitimizando. Engraçado que, por ter continuamente ouvido tais ensinamentos de minha mãe, sempre critiquei pessoas assim, mas estava me tornando uma sem perceber. Estava me fazendo de vítima das circunstâncias e era hora de reagir. Graças a minha mãe, minha eterna amiga e mentora, eu reagiria.

Se antes achava que Chun me abandonara ao léu, agora via que ela fora atrás de seu destino e apenas deixara para trás aquele que a atrapalharia a trilhar seu caminho. Ainda que para tal ela tenha se sacrificado, e muito, como eu logo descobriria...

Enfim, estava diante de uma oportunidade única de protagonizar e evoluir e eu a abracei. Porém, para que eu tivesse êxito, uma coisa era essencial naquele momento: precisava traçar uma estratégia para minha vida! Um plano estratégico pessoal.

Naquele dia mesmo fui ao local onde Chun havia feito a tatuagem, tatuei esse tigre em meu braço e criei meu próprio mantra: *sou um tigre guerreiro, sou um vencedor. Aconteça o que acontecer, não desistirei de meus objetivos, pois querer é poder.*

Em seguida me tranquei no quarto – mas dessa vez para me dedicar a traçar uma estratégia profissional de sucesso. Havia aprendido como fazer isso em meus cursos de empreendedorismo, mas me dediquei a aprender ainda mais. Precisava ser exequível, inovador, precisava exigir de mim dedicação plena para ser o melhor... precisava me tornar um vencedor... tinha que ser perfeito. Uma semana depois, lá estava quem eu queria ser: minhas metas a serem atingidas e como as atingiria.

Daquele dia em diante me dediquei aos estudos e trabalhei muito duro. Nem o cansaço nem nada me faziam parar. Estava decidido que seria o melhor. Em pouco tempo fui recrutado para estagiar em uma das mais reputadas consultorias internacionais do planeta. Em poucos anos já havia galgado diversos postos na empresa. Fui o mais jovem supervisor, coordenador, gerente e logo me tornaria o mais jovem Diretor de Novos Negócios do grupo. Viajava muito internacionalmente e era responsável por centenas de pessoas localizadas em dezenas de países.

Fiquei conhecido internacionalmente por minhas realizações, inovações, por nunca perder um cliente e por sempre concluir com êxito os projetos sob minha tutela. Criei dezenas de empresas vitoriosas internacionalmente. Amava aquela adrenalina. Ganhei inúmeros prêmios e fama internacional. Logo ganhei o apelido de "Tigre", pois, além da tatuagem e do porte atlético, havia me tornado um guerreiro, um caçador. Eu buscava aprender o que não sabia. Se não existia, eu inovava. O desafio me incentivava. Entreguei-me ao trabalho de corpo e alma. Quase não tinha vida pessoal, mas, na época, não me importava. Amava o que fazia, porém, ainda que sem saber, precisava de vida pessoal, lazer, pois minhas energias eram constantemente sugadas e nunca repostas...

Poderoso, vivia cercado de mulheres, mas nunca quis me envolver. Sempre fui muito ético e responsável. Nunca me envolvi com nenhuma de meu círculo profissional. No pouco círculo pessoal que tinha, sempre achei que a maioria só queria se envolver comigo por interesse e isso me desmotivava a tentar algo mais sério. Não que não tivesse tido minhas paixões, apenas jamais amei. Aos poucos fui esquecendo de Chun. Na verdade, esqueci até mesmo de meus pais. Eu era como o sol, lindo, imponente, mas solitário. Ninguém podia se aproximar ou seria destruído pelo meu calor ou cegado por meu brilho.

Na verdade, logo saberia que havia me tornado um tigre, um vencedor, mas também um egocêntrico e iludido em um falso modelo de sucesso. Não havia compreendido o verdadeiro sentido da fênix, da liberdade e do verdadeiro sucesso. Sucesso nunca é sucesso se é parcial – neste caso, apenas profissional. Precisa ainda ser compartilhado com o próximo e fazer parte de uma causa maior. Ademais, qual era meu objetivo de vida? Só trabalhar?

Eu, que pensava que era um "senhor de engenho", havia me tornado um escravo. Um escravo de meus senhores. Não apenas de meus acionistas, mas do poder e da vaidade. Estes chegam devagarinho e cegam os seres humanos. Por isso, além de não perceber meu estado, agredia aqueles que porventura quisessem abrir meus olhos. *Invejosos*, pensava...

Mas qual teria sido meu erro? Tracei uma estratégia e a segui com afinco, não? Acontece que tracei a estratégia errada. Pensei apenas no profissional e no intelectual, mas esqueci dos demais aspectos espirituais e morais, aqueles que geram a verdadeira felicidade, a mim e ao próximo. Por exemplo: ler um bom livro, assistir ao pôr do sol, brincar com os filhos, amar, viajar, conhecer pessoas novas, ajudar ao próximo, propagar o amor e a paz, enfim, aqueles momentos que alimentam nosso espírito e engrandecem nossa moral.

Os sinais da vida e, quando não vistos, a dor, são essenciais para nos fazer perceber a necessidade de revisar nossa estratégia. Eles demonstram que não estamos na rota certa, seja ela moral, espiritual, intelectual ou material.

Enfim... seguia nesse mundo de pseudofelicidade até que um dia tudo mudou.

Isso te contarei em outra ocasião, pois já está ficando tarde. Na verdade, nem havia percebido a hora passar..."

Nós nos despedimos. Maurício tinha um longo dia pela frente e eu também – afinal, precisava fazer aquele dever de casa que Maurício havia passado na aula anterior na Fundação.

Vou me inspirar na história de Maurício para traçar meu planejamento estratégico pessoal e me dedicar ao seu cumprimento, mas procurarei não cometer os mesmos erros, e, sim, aprender com eles!

6. Tirando proveito dos sinais, da dor e das oportunidades que a vida oferece

Após o papo profundo com Maurício, me banhei, tomei café e me sentei à mesa reservada para mim na Incubare.

Precisava fazer meu planejamento estratégico pessoal. Era óbvio, agora, para mim, que um planejamento estratégico só é benéfico se as metas conduzirem ao verdadeiro sucesso: material, moral, espiritual e intelectual. Do contrário, é como um navio robusto e bem dirigido, porém, seguindo a rota errada. O comandante pensa que está no domínio da situação, mas está navegando às cegas.

Era ainda mais evidente que este deveria incluir também a vida pessoal, o lazer; enfim, unir corpo, mente e alma.

Para tal, como disse Maurício, era necessário que eu fizesse uma autorreflexão. Além de refletir sobre a minha vida, eu precisava identificar desvios de rumo e achar a causa-raiz para eles. Seria necessário que eu admitisse algumas coisas que eu não gostaria...

Mesmo com todos em volta, tal como Elias na história bíblica que Maurício narrou, isolei-me em meu silêncio interior. Precisava repensar minha vida. Um filme passou pela minha cabeça...

De tudo que foi dito por Maurício, uma frase em especial mexeu muito comigo: que o sol reina isolado. É verdade que me sentia assim.

Pelos negócios, me isolei de tudo e de todos, principalmente de Clara e de Estella. Na verdade, não fui um marido e nem um pai presente. Quando menos percebi, minha filha tinha crescido e não a conhecia mais... o ápice da percepção foi quando dei a Estella um ursinho em seu aniversário de 14 anos. Seu olhar e o dos convidados presentes me disseram tudo. Inconscientemente, minhas lembranças dela remontavam ao tempo de infância, quando eu ainda era um pouco mais presente. Era uma época em que nós brincávamos juntos... naquele momento, ainda queria brincar com uma "criança", que já se considerava adulta. Ela precisava de mim para apoiá-la na difícil fase da adolescência, onde estive completamente ausente.

Lembro ainda que, quando completou quinze anos, Estella não queria festa. Pediu-me uma coisa inusitada: fazermos juntos um mochilão pela Europa de trinta dias, um para cada ano que já tinha vivido e outro para cada novo ano que viveria.

Um mochileiro é um aventureiro, um viajante, um explorador, e não um simples turista. Para tal, obriga-se a conviver com a cultura e com a realidade do local. Muitos diriam que ser mochileiro é um estilo de vida, e outros, como eu na época, diriam que são andarilhos sem capital suficiente para fazer uma viagem nos moldes tradicionais.

Estella me disse que não queria uma viagem cinco estrelas, tal como eu podia e teria prazer em pagar, mas uma viagem exploratória, ao lado do seu pai. O que ela não me disse, e eu precisava ter entendido nas entrelinhas (precisava ter percebido o sinal), era que ela queria estar a meu lado nessa exploração. Esta seria uma oportunidade única de nos conhecermos de verdade e profundamente. Conviveríamos de fato. Passaríamos por dificuldades e alegrias e aprenderíamos juntos nessas ocasiões.

Evidentemente que me exaltei. Achei que ela estava ficando louca. Coisa de adolescente rebelde sem causa! Jamais Ricardo Grecco seria visto feito um andarilho com sua filha na Europa. Imagine o que os outros iriam pensar! Achariam que eu estava falido! Seria péssimo para os negócios! E se tirassem uma foto e colocassem na internet? Com convicção e racionalidade, disse: não, não e não!!! E, ao mesmo tempo, disse a minha filha: não me interessa conhecer você, nem que você me conheça!

Bom, se não aprendi no amor, após tantos sinais que tive, como disse Maurício, a dor inevitavelmente viria.

Eu sempre dei suporte financeiro à Estella e achava que era suficiente. Ela sempre teve do bom e do melhor; logo, seria um sucesso. Será?

Engraçado como a vida nos dá sinais e oportunidades e não percebemos! E depois ainda reclamamos quando ela quer que aprendamos pela dor!

No auge de seus dezesseis anos, fui chamado à delegacia porque Estella foi pega fumando um cigarro "diferente" e na companhia de colegas com ficha na polícia. Más companhias! *Culpa de Clara, que não educa*, pensei.

Na verdade, deveria ter ficado claro que ela precisava de mim, de orientação, suporte e amor.

A verdade é que era duro demais admitir isso. Algumas pessoas, como eu, quando estão com medo de algo, costumam ofender e culpar o próximo. Como disse Maurício, em vez de assumir o papel de protagonista, assume o papel de vítima. Vítima das circunstâncias, do universo que conspira contra, da incompetência do cônjuge ou dos funcionários... por mais difícil que fosse admitir, eu sabia me vitimizar como ninguém. Sei que, quando Maurício estava falando da vitimização, ele estava falando diretamente a mim, pois sabia que eu estava pronto para ouvir e recomeçar.

Enfim, como uma boa vítima, na ocasião culpei Clara pelo estado de nossa filha! *Como você permitiu que ela se tornasse uma maconheira e andasse com marginais?! Você é uma mãe ausente! Eu, que sustento vocês, também tenho que me ocupar disso? Ninguém tem competência de fazê-lo?* Como me arrependo dessas e de outras palavras. O pior é que muitas delas eu falei na frente de Estella, sem sequer "perceber" que o fazia...

Na ocasião, Clara levou Estella a um psicólogo, que disse que ela queria demonstrar sua necessidade de atenção através daquele gesto. Ele tinha convicção de que Estella foi criada por Clara em um ambiente de princípios, que absorveu na plenitude. Tinha caráter irrefutável, mas, na ausência do pai, procurara suprir suas necessidades afetivas e de atenção com pseudoamigos. Na época achei o comentário absurdo. Era apenas "tapar o sol com uma peneira". Mas hoje vejo que ele tinha um fundo de razão...

Clara também sentiu muito na ocasião. Sofria calada com meu olhar superior e reprovador. Agora percebo que foi a partir daí que nosso casamento desandou. Como ela poderia confiar no homem que a bombardeou com acusações egoístas no momento em que ela mais precisava dele? No momento em que deveríamos ter nos unido em prol de nosso tesouro, nossa filha, que estava em risco, em vez de pensar nela e em como ajudá-la, foquei em achar um culpado, ainda que arbitrado, e puni-lo.

Lembro de quando conheci Clara, em plena Champs Elysées, talvez a avenida mais badalada de Paris...

Não nasci em berço nobre. Minha família era humilde e com muito esforço venci muito cedo na vida. Antes dos trinta anos eu já tinha apartamento próprio na zona sul, região nobre do Rio de Janeiro. Sempre fui muito inteligente e curioso – e, por isso, muito inovador. Aprendi a programar sozinho aos quatorze anos, acompanhando meu pai em seu escritório. Aos dezoito eu já era um gênio proeminente, dominava diversas linguagens de programação e já cursava engenharia na Universidade Federal no Rio de Janeiro, apesar do descrédito de muitos. Na verdade, isso me motivava, pois amo desafios. Mesmo tendo estudado em escola pública, com muito suor passei no primeiro vestibular que tentei. Nossa, como orgulhei minha família aquele dia!

Com vinte e poucos anos, após me formar em engenharia da computação, no auge da era do computador pessoal, ganhei muito dinheiro com um software para seguradores que criei e vendi a uma famosa seguradora. Com o dinheiro que fiz, mudei de vida e ajudei minha família. Mas a venda me deu uma outra oportunidade, pois gerou notoriedade; fiquei "famoso". Na época, dei entrevistas em jornais e chamei a atenção de um executivo de uma das maiores multinacionais de Tecnologia da Informação do mundo. Após ter recebido sua ligação e uma bateria de testes e entrevistas, lá estava eu naquela grande corporação, ganhando salário de "gente grande". Com muita dedicação, em breve me tornaria o diretor técnico da filial da empresa na América Latina, o famoso Ricardo Grecco.

Com menos de um ano empregado, eu já figurava na lista de talentos internacionais da empresa, por isso fui selecionado para um processo de *trainee* internacional, onde trabalharia em uma das filiais do grupo, em Paris, e cursaria um MBA em uma renomada instituição local. Era uma oportunidade única.

Já havia preparado as malas para voltar ao Brasil, após dois anos de expatriação. Fazia muito calor naquele ano em Paris. Ocorria aquele fenômeno que os franceses chamam de *canicule*, um período prolongado de calor atípico diurno e noturno, às vezes acompanhado de um nível elevado de umidade. Estava acomodado, sozinho, de visual repaginado (como diria Estella), apreciando a paisagem e as pessoas em um bistrô na Champs Elysées. Aprendi com os parisienses a apreciar um bom vinho, é claro; troquei a boa cervejinha com frango a passarinho pelo "vinhozinho" (*petit vin*) com petiscos (*petit four*).

Subitamente vi aquela linda mulher passando, aparentemente francesa. Fiquei hipnotizado com aquela visão... aproveitando o verão em Paris, ela usava um shortinho que enfatizava suas longas pernas torneadas, mas não mais que seus cabelos quase brancos de tão loiros e seus olhos azuis que me tiraram do sério. Precisava conhecer aquela mulher de qualquer jeito. Naquele momento disse a mim mesmo que aquela mulher seria minha. Ela estava acompanhada por uma senhora elegante, mas isso não seria empecilho para mim, afinal sempre tive que batalhar pelo que conquistei.

Engoli o vinho mais que depressa. Larguei o dinheiro da conta sobre a mesa e, sem medir a gorjeta, parti atrás dela. No entanto, ela havia desaparecido. Andei enlouquecido ao redor, até ver alguém se destacando na sempre longa fila para entrar na Louis Vuitton, aquela loja de bolsas e demais artigos que são o sonho de consumo de muitas mulheres no mundo. Lá estava ela: como abordá-la? A cara de pau me pareceu uma boa alternativa, já que não tinha resposta.

— Excusez-moi, mesdames! Veillez m'excuser, divine mademoiselle, mais vous êtes la femme de mes rêves! Veillez m'écouter, s'il vous plait, je vous l'assure, mes intentions sont pures...

"Com licença, senhoras! Queira me desculpar, senhorita, mas você é a mulher dos meus sonhos! Queira me escutar, por favor, eu lhe asseguro que minhas intenções são puras..." Foi o que tentei dizer no meu francês, que, após dois anos em Paris e muita dedicação no aprendizado, se não era perfeito, era bem compreensível.

Não escondia, porém, meu sotaque brasileiro carregado e meu jeito carioca, prontamente identificados por aquela linda mulher.

— Pode falar em português – disse ela, me desconcertando...

Como bom carioca que sou, "não perdi o rebolado". Em pouco tempo, após brincadeiras diversas com a situação, conquistei sua mãe e não tardou até que conquistasse sorrisos constantes daquela linda mulher que acabara de descobrir que se chamava Clara. Nome mais perfeito não haveria para fazer alusão a seus cabelos, a sua pele e à luz que ela naturalmente emanava. Tanto fiz que a convenci a deixar sua mãe ir sozinha às compras naquela loja enquanto tomávamos um café em um bistrô. O garçom deve ter ficado surpreso ao me ver retornar com aquela mulher estonteante.

Em pouco tempo descobri que Clara ingressaria em seu último semestre na famosa universidade de Sorbonne. Mais especificamente, na famosa Université Paris-Sorbonne Paris IV. De origem francesa, apesar de nascida no Brasil, ela resolvera cursar universidade na França. Para o desespero de seu pai, famoso empresário no ramo de perfumaria, resolvera se especializar em paleontologia. Clara era filha única, o "xodó" do papai. Difícil imaginar aquelas mãos delicadas, que tanto queria sentir em meus cabelos, mexendo na terra atrás de fósseis. Minha futura sogra era uma típica gaúcha de família rica do Rio Grande do Sul. Apesar de sempre ter tido do bom e do melhor e de ser fina e sofisticada, Clara era uma mulher simples, o que me deixava à vontade em sua presença. Na verdade, essa é uma característica dela: seu jeito atrai as pessoas. Possui carisma, paciência e espiritualidade sobre-humanos. Ao contrário de mim, seu francês era perfeito e sem sotaque. Clara tinha um gosto impecável para cultura e inovação, mas sua verdadeira paixão era mesmo arqueologia, despertada ainda na infância, ao visitar o famoso Museu do Louvre com seus pais, em Paris – sem dúvida, uma das maiores maravilhas do mundo das artes. Mais tarde, em um estágio de verão no Museu de História Natural em Londres, ainda no terceiro ano da universidade, descobriu a área em que queria atuar: na descoberta de fósseis de dinossauros.

Tomado pela necessidade de conquistar aquela mulher, usei o melhor de minha lábia para convencer meu gerente de que deveria permanecer em Paris por mais seis meses. Apresentei razões racionais e um projeto inovador que guardava na manga. Prometi trazer-lhe pronto quando retornasse. Apesar de tê-lo feito, criando fama e reputação ao sempre cumprir o que dizia, meu verdadeiro projeto chamava-se Clara.

Depois daquele encontro no bistrô, muitos e muitos outros se sucederam, até o nosso primeiro beijo, à beira da fonte, no Jardim de Luxemburgo, a meu ver o mais lindo de Paris, onde olhávamos as crianças brincando de barquinho a vela e já fazíamos planos para os nossos filhos. Pode soar louco, mas fomos um caso de amor à primeira vista. Os que acreditam diriam que somos almas gêmeas, predestinadas a viver juntas pela eternidade.

Exímia pianista, amava quando ela tocava "Noturno", de Frédéric Chopin. Ela dizia que era nossa música. Clara também amava teatro. Lembro como se fosse ontem de ver seus olhos azuis brilhando quando assistimos o espetáculo do Fantasma da Ópera, em Paris. A música tema do espetáculo, "All I ask of you" (Tudo que eu peço a você), viria a ser a música de entrada de nosso casamento.

Havia passado apenas um semestre, mas parecia que nos conhecíamos há anos. Vivemos um amor intenso na Cidade Luz, coroado com um pedido de casamento que fiz na frente de todos, ao tomar o microfone do mestre de cerimônia, em plena formatura na Sorbonne, naquele lindo salão, com parede verde e pilares em madeira maciça e dourada. Por aquela mulher eu faria qualquer loucura. Para as pessoas finamente trajadas e educadas em um ambiente tradicionalista ali presentes, meu pedido soou como um ultraje. Todos acharam isso (inclusive seus pais) – exceto a única pessoa que me interessava ali, cujos olhos marejados transmitiam a resposta que tanto sonhei.

Em maio seguinte, driblando a desconfiança de seu pai, que me achava um emergente focado na herança da filha, casei-me com Clara em uma linda igreja católica em Porto Alegre, com separação total de bens, para evitar qualquer mal-entendido com seu pai.

Pouco tempo depois Clara deu à luz a nosso tesouro!

Aquele que fora o dia mais feliz da minha vida mostrou-se o início do declínio de Clara e de meu casamento. Havia prometido que, após Estella completar dois anos, Clara retomaria sua carreira profissional, porém a convenci a abrir mão de seu sonho na área da arqueologia para se tornar uma dona de casa. Afinal, eu era bem-sucedido e o que ganhava era mais do que o suficiente. Hoje sinto que, mesmo com a alegria de ser mãe, quanto mais Estella crescia, mais Clara se sentia triste e desmotivada. Sua vida se resumia a cuidar de nossa filha. Eu, cada vez mais ausente, galgando posições em uma carreira meteórica, abri mão do convívio familiar. Neguei ainda a Clara o direito de atuar em sua área profissional. Sempre que ela tocava no assunto eu disfarçava, mudava de assunto ou falava da importância de educar nossa filha. Ainda por cima, vez e outra, em discussões quentes, ainda que involuntariamente, acabava dando a entender que ela dependia de mim financeiramente. Que droga de marido fui!

O fato é que, depois do nascimento de Estella e da abdicação de Clara de seus sonhos profissionais, nosso antigo clima romântico deu lugar à mesmice. De fralda em fralda suja e de birra em birra de adolescência, Clara, cada vez mais cansada, foi abdicando de viver, para sobreviver em função de Estella. Já não se arrumava mais e seu brilho havia apagado. Consequentemente, seus pais, com quem eu tinha constantes desavenças, me culpavam e a aconselhavam a se separar. Ela nunca cedeu a tal conselho, por amor a Estella e a mim. Sim, dificilmente alguém me amaria mais do que Clara. É algo inexplicável. Algo cármico, como diria Janaína.

E eu, para agradecer, em meio a meu egoísmo, ausência e vaidade, só fazia piorar a situação entre nós.

Mas a crise se agravou mesmo ao buscar Estella na delegacia. Um ódio tomou conta de mim, aumentado pelos valores de minhas constantes companhias, que não valorizavam o casamento nem qualquer princípio moral. *Largue essa idiota!* Talvez esse tenha sido o conselho que mais ouvi de meus pseudoamigos e amigas após aquele episódio.

A partir desse momento, caí na asneira de comparar o incomparável, como disse Maurício em sua palestra sobre estratégia na Fundação. Nunca traí Clara, pois meus princípios não permitiam, mas a julgava por não ser mais como era quando nos conhecemos: linda e cheia de luz. Agora vejo que fui eu que fiz Clara definhar.

Bom, mas me tornei Ricardo Grecco! Ao menos era feliz no trabalho. Será? Sempre tive um intelecto avantajado e muita força de vontade, o que dificultava minha empatia com os que não tinham tal perfil, mas me ajudava a desenvolver o potencial dos que tinham. Apesar de ser adorado por quase todos dos quais fui *coach* e de ter criado uma equipe de elite internacional, era detestado por meus pares. Alguns simplesmente por inveja, devido aos meus resultados, e outros porque eu simplesmente não permitia que me conhecessem. Afinal, sempre achei essa história de *networking* pura balela.

Como diz aquele antigo provérbio chinês, "prego que se destaca é martelado". Cada vez mais as pessoas colocavam dificuldades em meu caminho. A inveja alheia é uma dificuldade para crescermos profissionalmente, isso é fato, mas agora começo a enxergar que podemos reduzir a quantidade de pessoas invejosas através do convívio e do *networking*. Inimigos sempre teremos, mas para que cultivá-los desnecessariamente? Vejo que agir de forma mais humana, não como um super-homem, abrindo mão da vaidade e do egocentrismo, ajuda a evitar energias negativas. Mais do que isso, ajuda a gerar energias positivas a nossa volta que neutralizam as negativas.

Adicionalmente, como disse Maurício, uma equipe multidisciplinar de eternos aprendizes com múltiplos perfis ajuda muito mais do que uma equipe de pseudovencedores com o mesmo perfil. Afinal, um vencedor no âmbito profissional e intelectual não necessariamente o é no âmbito moral e espiritual. Na verdade, infelizmente, na maioria dos casos, tais metas são antagônicas. Quanto mais materialistas se tornam, menos as pessoas estão abertas à verdadeira felicidade e ao verdadeiro sucesso, pois julgam que moral e espiritualidade são *démodés*. Como alguém pode ser feliz sem aqueles momentos que alimentam o espírito e engrandecem a moral, como quando contemplamos a natureza, brincamos com nossos filhos ou fazemos algo prazeroso para nós e para o próximo?

Sempre aprendi nas minhas formações que perfis diferentes são oportunidades únicas de aprendizado por contraposição de ideias, pois é justamente a discordância que nos faz refletir, questionar e buscar o aprendizado e as soluções. Além de deixar a tomada de decisão mais participativa, torna-a mais equilibrada, empática e estratégica, pois agrega diferentes experiências, vide as distintas realidades e histórias de vida de cada um.

Nossa, como recebi sinais e não percebi! Lembro que Janaína fez uma ponderação interessante com o horóscopo. Na hora não dei atenção, pois nunca acreditei muito nessas coisas, mas agora parecia lógico. De forma racional, se utilizarmos o horóscopo apenas como um balizador de perfil, veremos que, predominantemente, cada signo possui características acentuadas que contribuem para o bom desempenho no trabalho e na vida pessoal.

Enquanto o geminiano é criativo e dinâmico, os aquarianos são turbulentos e energéticos. Ainda que ambos sejam signos do Ar e tenham em comum a ousadia e a inovação, sua complementaridade é evidente, pois, enquanto um cria o outro faz acontecer. Já os capricornianos são mais pé no chão, tradicionais. Apesar de aparentemente contrastarem com os anteriores, são capazes de conter os excessos dos sonhadores Gêmeos e Aquários. Já o meticuloso e organizado signo de Virgem, apesar de ser prático como o de Capricórnio, afinal também é signo da Terra, agrega a ele o lado meticuloso e organizado, que também complementa as características dos geminianos e aquarianos. Leão, com seu carisma, e todos os demais com suas características complementam e se antagonizam uns com os outros; logo, maximizam seus pontos fortes, neutralizam seus pontos a aperfeiçoar e minimizam os excessos de cada um.

Como provavelmente diria Janaína, o ser "perfeito" adviria da união de todos os signos. Agora posso enxergar isso.

Assim, vejo que, além de escolher uma equipe complementar, escolher as companhias também é vital para que o ambiente em que vivemos esteja em sintonia com aquela pessoa que desejamos ser.

Cerquei-me de pessoas falsas, que só estavam próximas por interesse, e abri mão dos que me amavam de verdade, tal como Clara, Estella e meus pais. Precisamos manter em nosso círculo de amizade pessoas que comunguem dos nossos valores e princípios. Assim, um protege o outro e ajuda a corrigir o rumo, caso este se desvie do curso.

E por falar em pais, lembro como se fosse hoje de um incidente. Poucos anos atrás meus pais passavam por dificuldades financeiras. Com a saúde abalada em parte por tais preocupações, como disseram os médicos na época, meu pai sofreu um infarto e foi levado a um hospital público com atendimento de péssima qualidade. Apesar de diversos hospitais públicos possuírem médicos dedicados e competentes, definitivamente não era o caso daquele. O fato é que só soube tanto do problema financeiro (que já durava meses) quanto do ocorrido quase uma semana depois de sua internação. Isso porque meus próprios familiares me julgavam prepotente e, por certo, meu olhar superior julgaria a todos pelo ocorrido.

Acabei sabendo por terceiros, por coincidência. Estava na Europa e voltei imediatamente ao Brasil.

Mal cheguei, logo me reuni com minha família e fiz a transferência do meu pai para outro hospital. Foi difícil fazê-la, pois ele não queria. Minha irmã mais velha, na infância tão unida a mim que parecia siamesa, teria dito a ele que já havia me visto jogar na cara de Clara sua dependência financeira em relação a mim. Minha mãe e minha irmã mais nova até tentaram amenizar, assim eu soube, mas, no fundo, no fundo, concordavam. Meu pai jamais admitiria que eu fizesse algo similar a ele. Possivelmente morreria antes de desgosto por ter tido um filho assim... chorei como uma criança quando soube, sozinho, encolhido, trancado no meu quarto. Eu me sentia um nada...

Transferi meu pai para um hospital renomado na zona sul do Rio de Janeiro, com atendimento cinco estrelas. Em menos de dez dias ele já estava em casa, são e salvo. Tentei ajudá-lo financeiramente, mas ele negou veementemente. Dei algum dinheiro a minha mãe sem que ele percebesse. Mães, sempre dispostas a perdoar e compreender os filhos, ainda que não os entenda...

Aquilo mexeu comigo de forma especial. Primeiro porque se tratava de meu pai, uma das pessoas que mais amo na Terra. Segundo porque, se antes tinha convicção de que eu era o orgulho da família, o único que venceu na vida, agora sabia que eu era a "ovelha negra". Meu pai, minha mãe e minhas irmãs, todos me renegavam...

Como diz Maurício: *muito cuidado com a maneira como somos percebidos, nem sempre corresponde ao que queremos ser*. Talvez nem sempre demonstrasse, mas eu daria a vida por eles!

Terceiro e último, bem... além de tudo isso, tive uma empatia especial pela situação. Menos de dois meses antes, era eu que estava internado em um hospital.

Eu estava em uma cidadezinha industrial na China, a duzentos quilômetros de Xangai (perto para os parâmetros locais...). Era uma sexta-feira. Conduzia uma negociação e inspeção de qualidade na empresa de um fornecedor.

Na época estava bem acima do peso (agora peso um pouco menos, mas ainda estou com sobrepeso). Meu colesterol e minha pressão já haviam, e muito, ultrapassado os limites estabelecidos. Eu era sedentário. Não praticava exercícios regulares, no máximo uma caminhada em marcha lenta para ver a paisagem ou fazer compras no shopping com Clara e Estella. Quando cheguei ao hotel, tive uma sensação estranha. Uma dor forte na cabeça e dormência em partes no corpo. Já havia sentido aquela sensação outras vezes, mas nada demais. Cheguei até a ir ao médico, que dizia o óbvio:

— O senhor precisa emagrecer! Precisa se cuidar!

Ah, deixa disso, pensava. *Vem ter minha vida! Vem ser executivo para ver se dá para comer de tantas em tantas horas e fazer dieta.*

Falar é mole! Os médicos fizeram o trabalho deles, a vida também, pois tive vários sinais. Não me cuidei, daí só restou a dor....

As dores estavam ficando mais fortes do que as de costume. Liguei para a recepção do hotel em que estava hospedado, por desencargo de consciência. Por sorte havia um médico à disposição. Ele me conduziu imediatamente ao hospital em uma Mercedes do hotel. Certo de que não seria nada demais, nem fiquei nervoso.

Lá chegando, não entendia nada do que diziam, mas, pela correria e pelo fato de terem logo me posto na maca, parecia ser algo mais grave. Subitamente, me vi de camisola azul, minhas roupas e pertences me foram tirados e a maca foi adentrando porta após porta do hospital. Só via o teto, os enfermeiros (suponho) e o médico do hotel, até que este, o único que falava inglês, ficou no corredor, dado o acesso restrito para onde fui (acho). A única coisa que me disse foi: *good luck!* (boa sorte). Tentei gritar *avisa a Clara*, em vão.

Já estive na China inúmeras vezes a negócios, mas só falava umas poucas dezenas de palavras soltas em chinês. Só o básico para me virar em restaurantes, táxis e hotéis. Jamais imaginei ser internado! Apesar de ser possível encontrar pessoas na China que falem inglês, a vasta maioria nem arranha o idioma. Imagine naquela cidade industrial! Que coisa horrível ser internado sem poder se comunicar com ninguém e nem saber o que está acontecendo. Meus pertences me foram tirados, inclusive o celular. Óbvio que não esperava ser internado, nem pensei em avisar alguém antes de ser hospitalizado.

Difícil imaginar a quão desesperadora é tal situação sem vivência. Sozinho, em um país estranho, sem conseguir entender e se comunicar! Tentei comunicações com os médicos por mímica. Inútil! *Esse povo só sabe rir*, pensei! *Bando de analfabetos!!!* Mas xingar era inútil...

Com medicação na veia e "entubado", fui levado a uma máquina que reconheci... faria uma tomografia computadorizada. Fiz o exame, fui colocado de volta no quarto e não vi mais ninguém por horas e horas. Que agonia! Finalmente chegou uma enfermeira, supus. *Ufa, saberei notícias!!!* Ledo engano: ela trocou a medicação e o soro (o sangue já estava voltando no tubinho – coisa horrível de se ver... nunca tinha tomado soro na vida), coletou sangue e sumiu. Tentei falar com ela mas era tarde demais, ela já tinha saído. Gritei e nada! Como é horrível a sensação de ser uma cobaia...

Desesperado estava até que o sono foi mais forte...

Fui acordado por um médico que arranhava algumas palavras de inglês. Ele me explicou que tive um AVC aparentemente sem sequelas, mas ficaria alguns dias em observação. Perguntei se podia falar com alguém e ele disse que o médico do hotel, proativamente, ligou para minha empresa no Brasil (por sorte a reserva fora feita por eles). Falaram com o suporte técnico (por sorte eles falam inglês), que, por sua vez, entrou em contato com a diretoria. Eles contataram o fornecedor, em vão, pois era fim de semana, mas conseguiram falar com Clara. A boa notícia é que ela estava a caminho junto com um amigo e diretor da empresa. A má notícia é que, enquanto tivesse na UTI, só receberia visitas uma vez por semana, às quintas-feiras. Fui informado que por uma semana fariam baterias de exames para acompanhamento e deveria esperar pacientemente. O que queria saber de verdade eu logo perguntei: *vou morrer, doutor?*

Que droga é essa área médica, pensei. Na área de exatas tudo é zero ou um, verdadeiro ou falso logo, esperava um prognóstico de sim ou não. O máximo que obtive foi: *veja bem, depende de seu organismo... se tudo correr bem... talvez...* enfim, o resto eu deduzi. A resposta certa, e que ele não podia dar, era: *não tenho a mínima ideia!*

Dias se passavam sem TV, sem poder ler, sem nada. Só olhando o teto branco e pensando na vida... e como pensei... se você não pensa por bem, a vida lhe obriga a pensar.

Lembrei-me, por exemplo, de quando certa vez uma senhora espiritualizada como a Janaína me disse: *pessoas cometem suicídio inconsciente ou indireto. Ao contrário do suicídio tradicional, direto, em que alguém tira a sua vida de fato, cortando seus pulsos ou por envenenamento, por exemplo, no suicídio indireto vamos destruindo nosso corpo e nossa alma aos pouquinhos através de atos maléficos a nosso espírito. Quando não administramos nossos impulsos e sentimos inveja, ódio, vingança; quando cometemos excessos na alimentação, na bebida e no sexo desenfreado; e quando alimentamos certos hábitos e vícios que agridem nossa moral e conduta, como a vaidade, o egoísmo e as drogas.*

Disse ainda que essas coisas somatizam em nosso corpo. Em outras palavras, apesar de terem ordem "espiritual", algumas trazem efeitos maléficos para nosso corpo. Em alguns casos é evidente, por exemplo na obesidade, mas há quem acredite que até mesmo ódio e irritação constante geram doenças graves nos seres humanos, inclusive certos tipos de câncer. Além disso, há quem diga que a depressão, talvez a doença do século, seja uma doença da alma.

Confesso que não acreditava muito nessas coisas, mas agora julgo ser prudente evoluir e cogitar algumas dessas coisas abstratas, como a somatização. Afinal, se a cada dia a ciência descobre algo novo, por que isso não pode ser mesmo verdade? Mas, acreditando ou não, racionalizando a situação, uma vez que esses hábitos "maléficos" não trazem qualquer benefício a mim, é melhor evitá-los. Fora isso, uma dose de prudência não costuma fazer mal a ninguém. E como diz o ditado espanhol: *Yo no creo en las brujas, pero que las hay, las hay* (não acredito em bruxas, mas que elas existem, existem).

Era certo que meus excessos no trabalho tinham me levado à situação em que estava, não apenas de minha saúde física, mas espiritual. Estava cometendo suicídio inconsciente...

Ainda que sejamos animais selvagens e tenhamos muitos instintos primitivos, somos racionais e podemos controlá-los. Afinal, do contrário, deveríamos nos reposicionar na cadeia evolutiva.

Uma boa dose de força de vontade dará conta disso e com certeza será compensada na melhoria de meu dia a dia com minha família, amigos, no meu organismo e em diversos outros fatores que alegram minha alma, pensava.

As horas demoravam a passar. Saía para um exame; voltava... achava que ia morrer, chorava, ria para tentar reduzir a angústia, cantava, contava... fiz de tudo e o tempo não passava – e por falar em tempo, já nem sabia que dia era quando avistei Clara com os olhos cheios de lágrimas.

Que "sensação boa" achar que está semimorto e alguém entrar chorando no quarto... é quase uma sentença de condenação, ironizei em pensamento. Logo me condenei por aquele pensamento idiota! Ela tinha vindo de longe por alguém que não merecia.

Clara estava lá com um tradutor, comemorei...

Graças a ele, soube que, se tudo corresse bem, sairia na segunda-feira. Após um papo firme via tradutor e muito chororô, Clara foi autorizada a ficar comigo na UTI.

Meu amigo (ou melhor, pseudoamigo) diretor, que pensei que tivesse se deslocado para me ver, na verdade foi cobrir meu trabalho junto ao fornecedor. Falou "oi", estimou melhoras e esta foi a última vez que o vi por lá. Até o tradutor foi obra de Clara, não dele.

Já Clara ficava o dia inteiro numa cadeira. Dormia, lia, acordava. Agora tudo parecia melhor. Engraçado: nada como ficar muito mal para dar valor às pequenas coisas! Sua presença já me dava alegria. Estava com a emoção à flor da pele. Chorava à toa. Pedi perdão à Clara e por aí vai... sentia que estava mais próximo dela, mas via que uma aproximação de fato tomaria bem mais tempo; apesar de estar com pena de mim naquela situação, ela estava muito ressentida e com razão, ainda que tentasse disfarçar. Na verdade meu pedido de perdão não foi sincero, pois não basta dizer, tem que agir e mudar. E isso nem eu nem ela sabíamos se eu estaria mesmo disposto a fazer.

Clara não saiu do meu lado um segundo sequer no hospital, a não ser para se alimentar e fazer suas necessidades. Mesmo com fortes dores nas costas, dada a cadeira desconfortável na qual estava condenada a passar os dias por ali, ela persistiu a meu lado. E eu que não suportava nada por ela... bastava uma pequena discordância para que eu logo a ofendesse.

Naquele lugar percebi como a família é importante. Clara era pura dedicação a mim. Meus familiares ligavam toda hora para saber como eu estava. Meus colegas e pseudoamigos desapareceram. Os familiares são aqueles que nos amam de verdade como somos. São a nossa base, nosso porto seguro. A família pode até não entender você, mas o aceita e está sempre a seu lado para ampará-lo sem querer nada em troca. Com eles podemos tirar nossa máscara, pois não precisamos ser perfeitos o tempo todo. Estão a nosso lado no amor e na dor. É à família que queremos dar orgulho.

Família é eterna e única, seja ela "sanguínea" ou "espiritual". Quantos existem que conhecemos e temos tanta afinidade que passam a fazer parte da família? Ótimo quando a família espiritual coincide com a "sanguínea", mas o "sangue" apenas não diz muita coisa.

Hoje em dia temos famílias com dois pais ou duas mães – mas só porque não seguem os padrões da sociedade deixam de ser família? Deixa de existir amor? Preciso julgar menos as pessoas...

Chego à conclusão de que família é quem participa, convive, comunga dos mesmos princípios e valores, ama, que chega junto sem interesse.

Existem ex-colegas, mas nunca ex-pais, ex-filhos e ex-irmãos. Eles estão sempre ao nosso lado, aconteça o que acontecer. Não é à toa que toda religião exalta a família e tenta de todas as formas uni-la e fortalecê-la.

O segredo para mantê-la assim é simples: amar, proteger, compreender, ter empatia, respeitar e entender que ninguém é perfeito, nem você. Na verdade, isso é simples de dizer e difícil de executar. Por isso tantas e tantas famílias estão desunidas, inclusive a minha agora.

E como reestabelecer minha família? Primeiro admitindo a verdade a mim mesmo; depois, a eles. Por fim, o mais importante: mudando...

Pensei... pensei... pensei...

E percebi outra coisa: como é importante demonstrar às pessoas que você as ama, não apenas agindo, mas dizendo. O maior medo que eu sentia era o de morrer e não dizer às pessoas que as amava.

Outra coisa interessante é que, quando estamos enfermos, nos vemos mortos. Daí imaginamos o que as pessoas diriam e até mesmo se iriam a nosso enterro. Não gostei nada nada do que respondi a mim mesmo quanto a isso...

Nem acreditei quando chegou segunda-feira e recebi alta. Poderia finalmente deixar o hospital.

Engraçado como é boa a sensação de urinar sem sonda! Nossa, é algo inacreditável! Só sabe quem passou por isso.

Por que será que só damos valor às coisas, qualquer coisa, quando as perdemos? Por que sempre pedimos a dor, ainda que inconscientemente?

Voltando ao Brasil, tentei me reaproximar de Clara e Estella, sem muito sucesso. Tudo parecia na mesma até que, em seguida, fui surpreendido com a enfermidade de meu pai! Que choque!

Minha internação e a de meu pai foram recentes, ocorreram pouco antes do meu desligamento da empresa em que eu trabalhava.

Fiquei tão abalado com tudo isso que acho que, na verdade, quando perdi a cabeça na discussão com meu ex-presidente, naquele evento que culminou com meu pedido de demissão, o fiz por essa razão. Inconscientemente, culpava a empresa, seus acionistas e dirigentes por tudo que aconteceu comigo, mas o verdadeiro culpado eu bem sabia quem era.

Havia chegado à conclusão de que precisava mudar. Tal como o Erik, o Fantasma da Ópera que se escondia no subterrâneo do teatro em Paris, eu me escondia devido à minha aparência interna sombria. Não era possível que todos estivessem errados e apenas eu certo, mas preferi me isolar no meu próprio mundo a esperar que uma solução surgisse. Eu até tinha vontade de mudar um pouco, mas não queria abrir mão do poder, do orgulho e da vaidade. Eles viciam.

Agora vejo que nada surge do além. É necessário ter coragem para admitir os fatos, mas mais ainda para agir. Afinal, o que iria esperar? A próxima dor? Por certo seria ainda mais forte!

Por mais duro que tenha sido, consegui revelar minhas verdades a mim mesmo, e agora era hora de agir para mudar!

Hoje chego à conclusão de que a verdadeira felicidade sempre esteve ao meu alcance, bem pertinho, mas minha catarata do poder e da vaidade impedia-me de ver, de perceber... não vi Estella crescer, abri mão do amor de Clara, quase perdi minha vida, quase perdi meu pai....

Ainda bem que surgiu essa oportunidade em Faxinal do Soturno, quem diria... coincidência... não, uma oportunidade para evitar a próxima dor...

É, de fato, a vida dá sinais!

7. Elaborando o planejamento estratégico pessoal

As horas passaram rápido enquanto refletia. Já era meio-dia, *hora do almoço*, lembrou-me Dona Júlia. Só então notei que não havia mais ninguém no escritório além de mim. Estava tão imerso em minhas reflexões que nem vi a hora passar. Ocultei a verdade a Dona Júlia quando me perguntou do porquê de meus olhos marejados. Disfarcei e disse que havia esquecido meus óculos em casa e a proximidade do computador os faziam assim. Ela era uma pessoa maravilhosa. Não queria ser intrometida, apenas oferecer apoio. Não acredito que ela tenha engolido a desculpa, porém respeitou minha escolha.

Durante o almoço fui avisado de que teríamos um jantar de confraternização, festa que organizam semanalmente por lá para comemorar as vitórias da semana. Engraçado isso, mas sempre reclamamos de tudo; raramente agradecemos. Confraternizar aproxima as pessoas, ajuda a socializar e traz alegria ao ambiente, que, por sua vez, ajuda a renovar as energias das pessoas. Além disso, do jantar participavam, frequentemente, autoridades e investidores, sempre antenados em oportunidades que surgiam, dado o dinamismo do processo de inovação.

De volta ao escritório, comecei a preparar meu planejamento estratégico pessoal. Já havia participado de diversos planejamentos estratégicos na empresa em que trabalhava, mas estava meio "enferrujado". Fui à biblioteca, peguei um bom livro sobre planejamento estratégico empresarial e me pus a pesquisar e identificar sinergias, como diria o Maurício, com o planejamento estratégico pessoal que precisava fazer.

Além da teoria, notei que dessa vez seria mais complexo esse exercício, pois a empresa em questão era eu. Teoricamente isso deveria tornar o trabalho mais simples – afinal, quem conheceria melhor como sou e minhas aspirações do que eu mesmo? Porém, percebi que pouco me conhecia e, mais ainda, que jamais havia me feito perguntas que pareciam óbvias, tais como a minha missão nesse mundo.

O livro sugeria que começasse estabelecendo missão, visão e valores. O primeiro conceito seria a minha missão nessa Terra, meu propósito de vida. O segundo, onde quero chegar, que direção quero trilhar. E o terceiro, quais as minhas convicções, aquelas que orientam minha conduta.

Pois bem, acho que antes de entrar nisso farei uma espécie de *brainstorming* entre eu e meu senso crítico. Farei algumas perguntas para fomentar o debate, tal como Maurício na palestra.

- Qual seria minha razão de existir?
- O que quero "produzir" neste universo?
- Como preencher o vazio em meu peito?
- Como quero ser reconhecido pelos diferentes *stakeholders*?
- O que eles esperam de mim?
- Onde quero chegar?
- Em que acredito?
- O que valorizo?

Bem filosófico o negócio quando se trata da nossa vida. Filosófico, mas essencial para recomeçar corretamente, no rumo certo!

Bom, começarei pelo que me falta hoje para preencher meu vazio: preciso ser feliz. Ok, mas o que seria "ser feliz"? Preciso definir isso. Creio que é estar equilibrado e completo: espiritual, moral, material e intelectualmente, tanto na vida pessoal como na profissional.

Ok. Tomarei isso como parâmetro de referência!

Mas o que preciso para tal? O que falta? Hummm...

Para ser feliz espiritualmente, na vida pessoal, creio que preciso do convívio com minha família, cercar-me de amigos de verdade, ter fé e orar a Deus, pois preciso dessa fonte de energia, sentir prazer nas pequenas coisas da vida, estar em contato com a natureza para trocar energias e fazer o que gosto, tal como viajar e ir à praia.

No tocante ao trabalho, preciso trabalhar com algo que de alguma forma gere benefícios à sociedade. Não quero trabalhar com nada destrutivo. Quero algo pelo qual eu possa ser lembrado ao deixar esse mundo. Acho que é isso; depois reviso.

Moralmente, bem... hummm. Talvez... como começar isso? Vejamos como Maurício raciocina... se não sabe como começar, sempre busque um parâmetro como referência... ah tá... mas qual?

Hum, vou recorrer à Bíblia. Usarei os sete pecados capitais, ou seja, nossos vícios morais. Está aí um bom caminho para começar. Vejamos...

1. **Gula:** bem, nesse quesito preciso mudar radicalmente, pela minha sobrevivência. Minha saúde já foi abalada por isso. Não quero deixar minha filha sem pai e nem Clara sem marido. Nada pior do que um pai enterrar seu filho, e não desejo isso a meu pai. Já emagreci um pouco no período do hospital, mas preciso ainda tirar mais uns vinte e tantos quilos... e por que estou assim? Porque como muito doce e massas, definitivamente, principalmente se estou tenso. Sou louco por rodízios de pizza. Vou procurar ajuda profissional.

2. **Avareza, ou seja, mesquinhez:** preciso parar de jogar as coisas na cara das pessoas, sem dúvidas. Preciso ser menos sovina e egoísta, principalmente com minha família. Ajudarei mais. Preciso compartilhar minha riqueza, mas principalmente meus conhecimentos. Ajudar as pessoas a "plantar" e a ter orgulho de crescer. Sou meio exemplo nisso, pois vim "de baixo". Como errei, posso dar exemplos de certas coisas que não deveríamos fazer.

3. **Luxúria:** nunca traí Clara, mas já desejei fazê-lo inúmeras vezes. Preciso parar de compará-la com outras, até porque os parâmetros que tenho não são comparáveis. Para tal, preciso voltar a desejar minha mulher como antigamente, mas como? Acho que ela perdeu um pouco da autoestima, por isso parou de se cuidar. Se perceber que a estou valorizando e cuidando dela, isso vai ajudar. Preciso levá-la para sair a dois, como antigamente. Ir a eventos e shows com ela. Preciso incentivá-la a fazer o que ela gosta. Darei a Clara vestidos, bolsas e acessórios, ela ama isso. Talvez ela se anime a usar, pois as ocasiões exigirão. Há quanto tempo não a presenteio. Vou elogiá-la mais também.

4. **Ira:** está aí algo a mudar. Preciso parar de descarregar minha ira em Clara. Lembro-me de um desenho animado que vi. O chefe humilhava o empregado, que descontava na esposa, que descontava no filho, que dava um chute no cachorro. Preciso ces-

sar essa reação em cadeia que provoco. Preciso desabafar sem agredir. Preciso me abrir mais. Eu, que sempre conversei com minha mãe, voltarei a fazê-lo, e com Clara também. Assim estarão mais inseridas em minha vida e me compreenderão melhor. Acho que preciso de um terapeuta para me conduzir pessoal e profissionalmente. Na verdade, um mentor. Pedirei a Maurício que o seja formalmente.

5. **Inveja:** não tenho inveja alheia, mas desperto muita inveja. Preciso controlar minha vaidade.
6. **Preguiça:** sim, preguiça de conviver com as pessoas. Preguiça de aprender coisas novas, seja através de cursos ou no dia a dia.
7. **Orgulho:** é... sou meio metido a maioral e iludido com o poder. Vejo que avancei muito aqui em Faxinal do Soturno com a ajuda de Maurício. Preciso não apenas ouvir mas escutar e aplicar. Preciso ser mais humilde.

Acho que cobri os aspectos pessoais e profissionais. Qual é o próximo quesito? Ah tá... satisfação material.

Hummm... preciso voltar a sonhar. Há tempos que não o faço! Isso será ótimo para revigorar minha autoconfiança!

Vejamos: acho que já tenho tudo o que preciso para mim. Não... tem algo que eu quero. Queria ter mais um filho! Com ele farei tudo diferente! Será uma alegria para toda a família também. Sua energia vai contagiar, mas... Tenho condições financeiras de tê-lo? Bom, no momento não. Preciso de um salário estável e me recolocar no mercado de trabalho.

Na verdade, não. Não quero mais trabalhar para ninguém. Quero ser empresário. Isso, quero ser empresário! Será algo que deixarei para esse mundo. Eis aí algo que quero conquistar. Mas quero algo onde eu faça o bem e ensine. Quero ajudar crianças, adolescentes e jovens, como não fui capaz de ajudar minha filha. Quero gerar riquezas de forma sustentável. Será um desafio, mas terei ajuda aqui! Vou me estabelecer e depois terei um outro filho! Clara queria tanto uma outra criança e eu nunca aceitei. Será ótimo! Então precisarei de uma casa. Moramos em apartamento e isso não é legal... uma casa grande com quintal, piscina e uma churrasqueira. Um quarto decorado para cada um... já posso imaginar... Precisava reincluir Clara na vida profissional também... humm... já sei bem como fazer!

Queria deixar algo para meus filhos também, entretanto os ensinarei a "plantar". Casa de ferreiro, espeto de pau. Nunca difundi meus conhecimentos em casa. Ajudei meus treinandos, não não os mais próximos. Serei pai, inclusive para Estella. Sempre há tempo de recomeçar.

Intelectualmente, vejamos... vou tentar me conectar ao ambiente. Quero descobrir sinergias. Quero inovar, ser um visionário. Quero aprender mais e mais, e aplicar. Seja fazer tricô ou publicidade, quero aprender. Preciso me atualizar também. Mestrado ou doutorado? Bom, nenhum dos dois faz o meu estilo; muita teoria, prefiro a prática. Já sei, farei outro MBA. Quero aprender também a curtir a vida e já sei onde achar minhas professoras ideais: Janaína e minha filha! Será ainda uma oportunidade de me aproximar de Estella. Falando nela, tive uma ideia "muito louca", como diria! Já sei como fazer!

Acho que já tenho elementos suficientes para responder a todas as perguntas anteriores e para fazer o exercício proposto. Vejamos se estou correto:

- **Missão:** para que estou nesse mundo? Para evoluir e ajudar em sua evolução! Vamos colocar isso em um formato legal agora: "ser um protagonista, visionário, em constante evolução, que, através do exemplo de conduta, foco, empreendedorismo, estratégia e inovação, ajudará crianças, adolescentes, jovens e adultos a evoluir e trilhar seu caminho rumo ao verdadeiro sucesso, bem como ajudar meus amigos e familiares, com os quais conviverei intensamente e passarei meus momentos mais felizes e a quem prometo me dedicar".

- **Visão:** este item é muito importante. É um mantra que mentalizarei visualizando onde quero chegar. Assim atrairei energias positivas. Querer é poder! Onde quero chegar? Quero ser uma pessoa melhor e contribuir para deixar o mundo melhor do que encontrei! Então minha visão seria: "ser referência de homem íntegro, de família, realizado e formador de opinião, que, por sua coragem de recomeçar, não apenas alcançou o sucesso pleno (moral, espiritual, material e intelectual) como, através da reprodução de seu método, permitiu que milhares de outras pessoas também o alcançassem".

- **Valores:** este item é muito importante para garantir que sejamos imparciais e coerentes, independentemente da situação a que a vida nos exponha. Vejamos as convicções, os valores morais e os princípios sobre os quais orientarei minha conduta: "família, integridade, ética, respeito, compreensão, recomeço, fé, amor, paz, fraternidade, sustentabilidade, autoconfiança e autoestima, protagonismo, inovação, estratégia, foco e coragem".

É, ficou ótimo. Reflete exatamente o que quero a partir de agora, pensava, quando fui interrompido por uma presença inesperada. Era Janaína.

— Olá, Ricardo, boa tarde! Maurício pediu para ver se você precisa de algo. Quero me colocar à sua disposição para, no que puder, auxiliá-lo.

— Quero ajuda sim – prontamente respondi – Teria como você revisar o que acabo de fazer, mais especificamente minhas definições de missão, visão e valores? Quero saber se estou no caminho certo.

Pelo sorriso em seu rosto pude notar que ela gostou do que lera. Confesso que vê-la com um certo orgulho de mim me deixou feliz. Ela explicou que não tinha certo ou errado para isso e que era uma escolha muito pessoal. Disse que achou minha causa nobre, justa e factível e que estaria à disposição para me ajudar a alcançá-la.

— Sabe Ricardo, já sei uma maneira de ajudá-lo indiretamente. Você precisará desenvolver sua resiliência, pois a missão a qual se propõe será árdua e cheia de obstáculos. Precisará sempre manter seu pensamento positivo para que atraia energias boas e o universo conspire a seu favor. Se cair, que seja apenas momentaneamente, e prontamente se levante. Para isso, você pode precisar de algo para reanimá-lo, seja quando estiver triste, com a autoconfiança abalada ou por qualquer outra razão. Algo que faça você levantar e recomeçar! "Tem uma música que eu gosto muito. Como a fé é um de seus valores, gostaria que a escutasse, apenas como exemplo. Assim, poderá escolher a sua própria música, ou poema, mantra, enfim, algo que o ajude a levantar. Ela se chama "Pensamento Positivo", de autoria de Roberto Ferreira. Deixe eu buscar aqui no celular... pronto:

Pensamento Positivo

Pense sempre em vencer
Procure se ajudar
Levante-se desta cadeira
Com a fé verdadeira
E diga: 'Eu vou melhorar'

Tente pensar só no bem
Ligando-se com o alto astral

Pensamento positivo
Traz o curativo
Para qualquer mal

Esqueça qualquer tristeza
E diga: 'Eu hei de vencer'
E para sua própria surpresa
Em breve irá se refazer

Faça uma prece sentida
Do fundo do seu coração
Ao Pai que nos deu a vida
E ao Cristo que é nosso irmão

E uma imensa torcida
Sublime e feliz como o quê
Lhe trará alegria incontida

Pois todo o universo
Se unirá a você

Linda!, exclamei. Confesso que me surpreendi com a beleza da música e, principalmente, com a sua letra, que casava com meus valores, missão e visão – e mais ainda, com o momento. Teria sido um sinal ou apenas coincidência? Independentemente da resposta, não poderia ter recebido presente melhor de Janaína.

— Nossa, não sei como agradecer, Janaína. De forma alguma escolheria outra música. Essa será a música que simbolizará meu momento de recomeço! Ela me lembrará ainda de seus ensinamentos. Muito obrigado!

Janaína apenas sorriu. Aproveitou e disse:

— Ainda bem que você está finalizando o material. Amanhã, às nove horas, será a nova aula de Maurício na Fundação. Ele ficará orgulhoso de seu trabalho – Vendo que eu ainda tinha muito trabalho pela frente, se retirou, mas, como era de costume, deixou o ambiente impregnado com sua luz. Que mulher iluminada!

Na verdade, não tinha me atentado que a nova aula na Fundação já seria amanhã de manhã.

Bom, mãos à obra... vejamos onde parei...

Quem são meus *stakeholders*? Afinal, preciso atender às suas necessidades e expectativas, obviamente dentro do que for razoável. Vejamos uma lista não exaustiva...

Stakeholders	Ambiente
• Família de nascença (pai, mãe, irmãos, etc.) • Família constituída (esposa, filha) • Família agregada (sogro, sogra, etc.) • Amigos pessoais • Amigos da Incubare • Sociedade • Clientes • Patrocinadores • Funcionários	• Pessoal – Ambiente hostil, dado meu comportamento até os dias atuais. • Profissional – Aparentemente um nicho de negócio. A ideia precisa ser incubada para melhor definição do ambiente.

Agora preciso fazer uma análise SWOT (*Strengths, Weaknesses, Opportunities, Threats*) ou FFOA (Forças, Fraquezas, Oportunidades e Ameaças). Os dois primeiros termos se referem a fatores internos – neste caso, eu mesmo. Aplicarei, portanto, como sendo os meus pontos fortes e fracos. Os dois últimos referem-se ao ambiente externo. Neste caso, como tal ambiente pode ameaçar meu plano ou gerar oportunidades. De acordo com a literatura, esta ferramenta é muito útil para o planejamento estratégico, pois identifica o cenário atual. Devemos nos atentar, contudo, que se trata de uma "foto" e não de um "filme". Em outras palavras, o cenário pode variar, e daí é necessário refazê-la frequentemente.

Farei uma análise não exaustiva. Depois completo:

Forças
• Conhecimento dos principais conceitos de empreendedorismo
• Currículo sólido, atraente e cheio de realizações
• Origem protagonista e inovadora: cresci profissionalmente do "zero"
• Forte incentivo para recomeçar: risco de morte e perda dos que amo
• Fui criado sob a maioria dos valores dos quais almejo gerir minha conduta daqui por diante; ainda que os tenha esquecido no caminho, eles estão aqui dentro, em algum lugar.

Fraquezas
• Vaidade excessiva
• Ilusão do poder
• Escuta pouco ativa
• Pouca empatia
• Egocentrismo

Oportunidades
- Melhoria no relacionamento com meus familiares
- Usufruir dos conhecimentos do Maurício e da Janaína
- Estrutura da Incubare à disposição
- Usufruir da própria mão de obra que ajudarei a educar no negócio que criarei

Ameaças
- Recaídas causadas por instinto, más influências e outros fatores externos
- Não aceitação do novo posicionamento pela família ou demais *stakeholders*
- Demais obstáculos tradicionais à implementação de novos empreendimentos, tais como mudanças no ambiente político, econômico, de mercado, da sociedade e legal-normativo que impactem o novo negócio pretendido

Vejamos agora as dez principais metas que pretendo atingir. Pela literatura, não devemos ter metas demais, senão se tornam impossíveis de serem geridas.

Meta	Estágio atual	Onde quero chegar	Como chegar	Prazo de conclusão
(1) Emagrecer com saúde	Mais de vinte quilos de sobrepeso	Peso e índices de massa corporal dentro dos limites recomendados	Dieta controlada com a ajuda de um profissional (perder + manter) Fazer exercícios físicos ao menos três vezes por semana	Até um ano
(2) Reaproximar-me e cativar minha família	Ambiente hostil e relacionamentos desgastados	Ambiente fraterno e feliz	Mudar minha postura e conduta moral Reinserir Clara no mercado profissional Desenvolver amizade com minha filha	Até dois anos

Meta	Estágio atual	Onde quero chegar	Como chegar	Prazo de conclusão
(3) Ter mais um filho	Estella é filha única	Dar um irmãozinho a Estella	Com minha mudança de postura, melhoria da autoestima de Clara e após me estabelecer financeiramente ambiente	Até três anos
(4) Voltar a estudar	Sólida formação profissional, mas desatualizado	MBA na área de inovação e empreendedorismo	Escolher um curso e me matricular	Até dois anos
(5) Fortalecer minha fé	Católico não praticante	Praticar minha religião e respeitar a do próximo e aprender com seus ensinamentos sinérgicos	Frequentar a igreja e seguir os ritos Orar diariamente antes de dormir e nas refeições Meditar Aconselhar-me com Janaína	Até um mês
(6) Amizades verdadeiras	Pseudoamigos	Refinar meu círculo de amizades e conquistar novas	Cercar-me de pessoas que compartilhem de meus valores e princípios Socializar mais	Até dois anos
(7) Garantir meu lazer	Nenhum lazer	Reestabelecer minhas energias e gerar momentos felizes	Gerenciar melhor o meu tempo Priorizar o lazer em família	Até um mês

Meta	Estágio atual	Onde quero chegar	Como chegar	Prazo de conclusão
(8) Criar novo negócio	Pedi demissão do cargo de Diretor Técnico (empregado CLT)	Criar um novo negócio	Amadurecer a ideia e estruturar um novo negócio via Incubare Capitalizá-lo com dinheiro próprio e de terceiros e colocá-lo em prática	Até um ano
(9) Comprar uma casa	Apartamento próprio	Casa própria espaçosa com lazer e segurança	Economizar, vender o apartamento e comprar a casa	Até cinco anos
(10) Desenvolver meu perfil inovador, estratégico e protagonista	Alheio ao ambiente	Identificar sinergias e oportunidades de negócio e melhorias de processos continuamente Desenvolver postura empreendedora, inovadora e protagonista	Obrigar-me a prestar atenção ao ambiente e a participar de coisas novas semanalmente Desenvolver a proatividade, a coragem, a força de vontade e o autodidatismo para começar e, depois, ir incrementando com outras características Voltar a jogar xadrez e fazer da criação de estratégias parte do meu dia a dia	Até dois anos

Acho que por hoje é o suficiente. Já são 18h e teremos um jantar mais tarde. Ademais, preciso estar descansado para absorver o máximo da aula de Maurício amanhã.

Tomei uma ducha rápida e parti para o jantar. Estavam previstas mais de cinquenta pessoas na festa. Disse a mim mesmo que aproveitaria a oportunidade para pôr em prática meu planejamento estratégico. Conversaria com diversas pessoas na festa e tentaria conhecer uma a uma.

Fui o primeiro a chegar. Apenas o churrasqueiro estava presente. Prontamente, decidi começar a socializar com ele.

Posicionei-me a seu lado e me apresentei. Seu nome era Kleber, pai de dois meninos e profissional do churrasco. Tinha um restaurante, mas também prestava serviço externo, assando carne para centenas de pessoas. Sempre adorei churrasco, mas nunca tive muito tempo para aprender a técnica. Clara, como uma verdadeira gaúcha, dizia que eu "queimava carne". Surgia uma ótima oportunidade para aprender. Kleber, que era boa praça, estava mais do que disposto a me ensinar. Sugeri ser seu ajudante aquela noite, o que foi prontamente aceito por ele.

Ele pegou uma costela enorme, de quase um metro de comprimento por uns sessenta centímetros de largura. Ajudei-o a enfiar a carne nos espetos, que, diferente de tudo que já havia visto, eram enormes. Tinham cerca de 1,20 metro e eram largos (uns quatro centímetros). Mais pareciam espadas. Atravessamos os espetos no sentido do comprimento na costela e a enchemos de sal grosso. Depois pegamos uma carne que eles chamam de "vazio". De início, não a reconheci. Então ele contou que era a mesma carne que chamamos de "fraldinha", e que aquela peça era sua parte nobre. Ela foi "espetada" e em seguida fizemos o mesmo com algumas peças de picanha. Foi interessante aprender a espetar a picanha tal como na churrascaria, em miolos. Em casa, só sabia cortá-la em bifes para assar. Essa forma não era adequada, segundo ele, pois perdia a oportunidade de maximizar a ação da gordura da carne durante seu preparo.

Chegou então o momento de acender o carvão. Uma coisa complicadíssima até então para mim e para todos os que conhecia. Kleber pegou uma garrafa de cerveja e algumas folhas de jornal. Enrolou as folhas com as mãos até virarem tiras finas e torcidas. Envolveu a tira na garrafa e prendeu sua ponta, formando uma espécie de anel. Fez isso com umas oito folhas de jornal. As rodelas ficaram umas sobre as outras, em volta da garrafa. Depois colocou o carvão em torno da garrafa, fazendo um montinho, no formato de um vulcão. Em seguida tirou a garrafa, deixando apenas as rodelas de jornal empilhadas no local, no centro do pequeno "vulcão". Então acendeu o jornal. O fogo foi passando de rodela em rodela até atingir o fundo. Em poucos minutos, o braseiro estava formado e por igual. Daí, foi só espalhar. Eu simplesmente espalhava o carvão na churrasqueira, colocava álcool, jogava um fósforo aceso e rezava para o carvão pegar fogo. Agora, tinha na teoria e na prática um método eficaz.

Kleber me ensinou diversos outros segredos do preparo. Quando os convidados foram chegando, pedi licença para socializar. Em poucos minutos havia aprendido algo novo e ganhado um colega.

Conversei com dezenas de pessoas e aprendi muito aquela noite. Meu banco de dados de conhecimento era preenchido gradativamente. Atentei-me a cada detalhe do que ouvi, vi, toquei. Analisei o ambiente com todos os meus sentidos, como nunca fiz antes. Quase nem dei atenção a Janaína e Maurício, pois queria explorar todas as oportunidades possíveis naquela ocasião. Eles não ligaram – pelo contrário, pareciam orgulhosos.

Já era tarde quando fui me deitar, pronto para a aula de Maurício.

8. O reencontro de Maurício e Chun

O cheirinho do café moído na hora e preparado artesanalmente pela Júlia me indicava que era hora de levantar. Meu telefone celular não despertou, mas meu olfato fez seu trabalho, atraído pelo perfume que o café fresquinho espalhava no ar, misturado com o cheiro de terra molhada pela chuva que caía insistentemente desde o início da noite.

Ao abrir a janela deparei com Maurício sentado na varanda de meu chalé, com um olhar perdido no horizonte.

— Bom dia, Maurício!

— Bom dia, Ricardo! Estava aqui observando a chuva e a paisagem e...

— Deixe-me adivinhar: você se lembrou de Chun... – falei rindo.

Maurício ficou sem graça com aquele comentário e eu mais ainda, por ter acertado sem querer e feito piada com seus sentimentos. Sentei-me a seu lado e isso foi o bastante para que começasse a falar.

— Sabe, Ricardo, essa chuva me lembra o dia que reencontrei Chun. Mal finalizara uma viagem de negócios em San Francisco e já partiria rumo à China. Decidi ir direto dos Estados Unidos, pois seria muito mais rápido do que voltar ao Brasil. Era um voo direto, e chegaria no dia seguinte à tarde em Beijing. Descansaria o fim de semana e prestaria uma consultoria. Não contava, porém, com o aeroporto fechado para pousos e decolagens por conta de uma tempestade. Tinha a convicção de que meu voo atrasaria por horas, devido à chuva que insistia em cair torrencialmente, ao céu negro de nuvens carregadas e à fila que certamente seria formada por aviões no momento da decolagem.

"Não me aborreci tanto, pois viajaria de classe executiva; ao menos teria tempo para aproveitar a sala VIP da companhia aérea. Seguia para lá quando notei uma chinesa observando a chuva e os raios que riscavam o céu.

Quase enfartei ao constatar que aquela linda chinesa era minha amada Chun. Há dois dias minha cabeça estava explodindo, mas parou de doer na hora. Meu coração batia acelerado como em nosso primeiro beijo.

Estava mais linda que antes. Enquanto meus cabelos já começavam a ficar grisalhos, apesar de ainda nem ter chegado aos quarenta, ela parecia bem mais jovem. Na verdade, essa é uma característica interessante dos chineses. Todos parecem muito mais jovens do que são.

Quando meu olhar se cruzou com o dela, temi pelo pior. Como seria a sua reação? Será que ainda sentia raiva de mim? Qual seria a minha reação?

Acalmei-me quando vi aquele sorriso que reconheceria em qualquer lugar.

Falamos sobre o tempo, os voos atrasados, mas queria mesmo era saber dela. Prontamente a convidei para tomarmos um café – ainda que estivesse longe de ser um café brasileiro, eu teria o prazer de sua conversa.

Pedi dois cafés e dois *donuts*, após consultar Chun. Lembro que me surpreendi quando o atendente me perguntou o sabor do café. Acredite, ele não se referia ao sabor dos *donuts*, mas ao café. Havia me esquecido desse detalhe. Nunca consegui entender por que os americanos insistem nessa história de café com sabor. Já havia me rendido aos *donuts*, mas, no caso do café, ou "chafé", era impossível.

Mal sentamos e quis saber da história de Chun após nossa separação. O que fez da vida aquele tempo todo. Chun falou de diversos assuntos, até que, após muita insistência, resolveu falar de sua vida após nossa despedida.

Contou-me que não foi fácil para ela partir naquelas circunstâncias. Achava que eu a amava de verdade e eu agira como um menino mimado que preferia o colo quentinho da mamãe. Menos fácil ainda foi, para ela, chegar aos Estados Unidos sem apoio de ninguém.

Ela subestimou as dificuldades que teria, pois não fez nada planejado. Pagou o preço pela atitude precipitada. Passar na faculdade de cinema não foi tão simples quanto pensava e demandava tempo. Tempo este que foi o responsável por diluir suas economias rapidamente, pois demorou para conseguir emprego. A única opção que apareceu ela agarrou, que foi se prostituir. Ela disse que não se orgulhava do que fez, mas se aquele era o preço a pagar para realizar seus sonhos...

Ela teve sua "pureza" destruída na prostituição. Não entrou em detalhes, mas lembro quando disse que eu jamais imaginaria o que é ter o corpo usado por outra pessoa, feito um objeto.

De certa forma, ela venceu na prostituição. Nunca foi agenciada, nunca havia apanhado de cafetão, como disse ter visto acontecer com outras garotas.

"Ascendeu" rapidamente de uma garota de programa para uma acompanhante de luxo. Em pouco tempo tinha *flat* próprio, carro e joias. Tinha uma vida de alto padrão, mas nunca foi feliz.

Foi entrando em depressão, ainda que sem perceber, e chegou ao fundo do poço... jamais pensou em tirar a própria vida e nem em usar drogas, como alguns colegas fizeram, mas por um breve momento pensou em desistir de tudo.

Em um momento de desespero, sentada no quarto, após muito chorar e não ver solução, rezou. Lembrou-se de seus pais, do quanto queria que eles tivessem orgulho dela, e de nossos momentos felizes, de quando éramos o Tigre e a Fênix. Isso deu-lhe forças para querer recomeçar.

Sabia que não seria fácil renascer das cinzas, mas retomou sua coragem. O problema era como reagir.

A primeira coisa que fez foi procurar apoio psicológico e religioso. Na verdade, conseguiu ambas as coisas na mesma pessoa. Conheceu alguém que foi muito importante na sua vida e em seu recomeço. Claire era psicóloga e muito espiritualizada. Em momento algum Claire a julgou; limitou-se a ajudar. Nunca cobrou um centavo por sua ajuda. Dizia que Chun não devia nada a ela, mas ao universo, e que a ele deveria pagar assim que estivesse recomposta e que fosse capaz de fazê-lo. O pagamento seria ajudar futuramente pessoas que se encontrassem em situação análoga à sua. Não necessariamente na prostituição, mas no fundo do poço. E que ela saberia quando fosse chegada a hora. Em resumo, estaria pronta quando estivesse feliz, equilibrada, pudesse dar o exemplo e conseguisse falar de seu passado sem mágoa.

Deus sempre coloca em nosso caminho um anjo disposto a nos ajudar, todavia precisamos estar abertos à percepção.

Graças a Claire, Chun retomou o hábito de rezar e de se energizar. Voltou a ver beleza na vida e nas obras de Deus. Dedicou-se a uma religião, ainda que muitas vezes tivesse que mentir sobre o que fazia para fugir do julgamento alheio; mas aquele a quem ela buscava, Deus, jamais a julgou. Estava sempre de braços abertos e com olhos misericordiosos.

Quando se recuperou, finalmente viu uma luz no fim do túnel, quando lembrou-se de nossas aulas de empreendedorismo.

Decidiu, então, traçar um plano para reerguer sua vida e alcançar seus objetivos. Chun sempre foi muito precavida e econômica. Em "apenas" dois anos (ainda que parecesse uma eternidade), já havia juntado um bom dinheiro. Havia também acumulado um profundo conhecimento sobre seus clientes. Percebeu que muitos deles a procuravam por motivos comuns: a insegurança e a rotina.

A crescente necessidade de autoafirmação do ser humano e a busca por afeto e novidades eram os motivadores secundários. Como proporcionar isso comprometendo o seu corpo o menos possível e de forma que pudesse sair rapidamente daquele mundo sombrio?

Bom, ela era bonita, inteligente, tinha carisma, sabia conversar e era chinesa, e isso alimenta a fantasia de muitos homens. Ela era percebida como uma pessoa compreensiva. Diversas vezes, conseguia fazer seus clientes abrir mão do programa por uma simples conversa. Quantos e quantos a procuravam apenas em busca de um cafuné...

Mandou fazer um website. Seu conteúdo refletia meu plano de venda pessoal. Vendeu-se não como uma garota de programa, nem como uma acompanhante de luxo, mas como consultora de sexo. Seu público-alvo seria mulheres e casais de classe média alta. A ideia seria dar consultoria de como seduzir, como se portar na cama, como dar prazer a seu parceiro (ou parceira) e como não deixar seu casamento cair na rotina sendo criativo "entre quatro paredes". Enfim, ensinava a manter relações dinâmicas e sustentáveis. Ensinava ainda a como ouvir seu parceiro e como estabelecer um laço de amizade, além do sexual.

No site, expôs não seus atributos, mas sua vasta experiência e as qualidades que a capacitavam para tal função. Comprou roupas novas, se produziu, alugou um escritório e mudou de apartamento, pois o seu estava atrelado à prostituição. Aquele lugar lembrava um período que queria esquecer.

Para toda a questão psicológica recebeu ajuda de Claire. Na verdade, ela logo se tornou sua sócia no negócio. Empolgou-se tanto que se especializou em sexologia. Ela é sua sócia até hoje e o mais importante, sua amiga, segundo Chun.

Com criatividade e coragem é possível usar o "mal" para fazer o bem. Usou tudo aquilo que aprendeu e transformou aquela "podridão" do sexo pago na beleza do sexo consensual e equilibrado. Era fato que ela conhecia diversos segredos de como dar prazer que, se colocados em prática, com objetivos benéficos, poderiam salvar muitos casamentos. Por outro lado, Claire era especialista na arte do equilíbrio mental e espiritual. Tinha tudo para dar certo e deu.

Ela almejava que o negócio fosse um sucesso, mas confessou que se surpreendeu com a demanda, que foi muito superior ao que esperava. Em poucos meses tinham funcionárias contratadas e um enorme escritório.

Em menos de dois anos, após diversos *feedbacks* da clientela, transformou o espaço em algo muito maior, que incluía *spa*, centros de relaxamento, meditação e ioga, além de estúdios para foto e filmagem, onde as mulheres protagonizavam ensaios para seus maridos e vice-versa. Seus clientes aumentaram exponencialmente. Após pouco tempo, atendiam pessoas em busca de tratamento de beleza, orientação psicológica, sessões de relaxamento, meditação e ioga, e até mesmo algumas noivas.

Ficaram famosas. No começo, entrevistas eram frequentes e seu negócio virou estudo de caso de universidades. Não tinham concorrentes, o que as ajudou a conquistar uma clientela significativa que, com muita garra e criatividade, fidelizaram.

Todo esse barulho atraiu investidores. Já tinham acumulado oito filiais espelhadas pelos Estados Unidos. Com o aumento de capital que receberiam, tinham planos de implementar dezenas de filiais nos próximos anos e estavam pensando, inclusive, em expandir os negócios internacionalmente. Na verdade, confessou-me que estava aguardando o voo para Washington para assinar o contrato, que já tinha sido devidamente revisado por seus advogados, e para participar de uma festa de comemoração.

Quem diria, não? E o mais importante de tudo: estava muito feliz e realizada. Estava equilibrada financeiramente, mentalmente e espiritualmente.

No ano anterior havia conseguido, inclusive, retomar contato com seus pais. Foi difícil, mas contou a eles toda a verdade e agora estão orgulhosos dela.

Chun contou-me ainda que estava estudando cinema e que, no ano seguinte, se formaria por uma das universidades mais conceituadas dos Estados Unidos. Já tinha dirigido alguns filmes experimentais, participado de festivais, sido finalista em um prêmio para novos diretores do cinema norte-americano, enfim, estava quase lá.

Havia criado ainda uma fundação onde investia parte do lucro de sua empresa e recursos provenientes de isenção fiscal. Lá ensinava cinema, sua grande paixão, a crianças e adolescentes. Ajudava-os a sonhar e a realizar seus sonhos através das lentes mágicas da sétima arte.

Finalmente, disse aquilo que tanto temia: que estava envolvida com uma pessoa... um tal de Peter.

Pois é, quase tive um troço quando ouvi isso!

Segundo Chun, Peter foi uma outra grata surpresa que a vida lhe reservou. Ele entrou na sua vida também graças a Claire. Ele é seu irmão mais novo. Casaram-se um ano antes e tinham planos de ter filhos dentro de alguns anos.

Enquanto eu ouvia atentamente, procurava esconder meu espanto; afinal, ela se transformara em uma prostituta. De certa forma, isso era culpa minha. Mas ela renasceu e venceu... e eu a perdi para esse tal de Peter...

Estava viajando em meus pensamentos, julgamentos, raiva, orgulho e culpa quando ela pediu para que eu falasse de mim.

Com orgulho, falei que agora eu era executivo em uma renomada consultoria. Falei de minhas aventuras no exterior, que não tinha tempo para nada, mas que amava o que fazia. Amava tanto que trabalhava dia e noite, vivia para o trabalho e até dormia no escritório.

Para minha surpresa, quanto mais eu "enfeitava o pavão" em torno de meu poder, mais seu olhar se traduzia em decepção. "Mas, o que ela queria?" Havia me tornado o homem que ela sonhou, havia vencido na vida, tinha posses e poder. Com certeza muito mais que o Peter... Vagava em meus pensamentos, até que Chun me interrompeu.

Disse que tinha esperado muito por aquele momento, pois tinha algumas coisas muito importantes para me contar, mas, a seu ver, nitidamente, não era a hora.

Quando ia reagir e exigir que falasse, fui novamente interrompido, mas agora por um longo chamado de embarque. Dentre diversos voos anunciados simultaneamente, estava o dela para Washington. Nem percebi, mas a tempestade estava menos intensa e o aeroporto já havia reaberto suas pistas para decolagem e aterrissagem.

Chun então disse que queria me perguntar uma coisa antes de ir, com base no que havia contado sobre minha vida, queria saber se eu estava feliz. Na verdade, nem me deixou responder, pois disse ter certeza de que a resposta à sua pergunta seria negativa.

Naquele momento, perdi a paciência e cometi uma indelicadeza de que me arrependo amargamente, Ricardo. Perguntei quem era ela, uma prostituta, para falar daquela forma...

Com olhos marejados, não pela ofensa, acho, mas pela minha falta de noção, ela disse que havia se tornado, mas deixou de ser. Eu, por outro lado, ainda era um garoto de programa, na verdade pior. Eu me vendia por dinheiro, sem medir as consequências de meus atos, inclusive a minha saúde. Vendia meu corpo, mente e até a alma em troca de dinheiro. Disse que era explorado dia e noite, não importava meu cansaço ou minha vontade. Eu era o melhor no fazia, satisfazia meus clientes como ninguém, tinha tudo o que o dinheiro podia comprar, mas, apesar de tudo isso, não me sentia feliz. A razão daquilo? Ela disse saber, por experiência própria: porque nem tudo o dinheiro pode comprar ou pagar. A felicidade não estava à venda.

Chun disse que eu estava me desgastando, acabando com a minha saúde, estava obeso e, pelas minhas mãos tremulas, devia estar bebendo e muito...

Apesar de eu ter dito que tinha orgulho do que fazia, com certeza eu havia perdido todos os meus amigos.

A verdade é que Chun narrou minha vida, sobre a qual minha percepção passou de sucesso ao fracasso, em fração de segundos, ao vê-la sob seu ponto de vista.

Lembro que ela perguntou algo que me fez pensar. Se, futuramente, eu aconselharia meus filhos a seguir aquele caminho. Se queria aquela vida para eles...

Eu escutava a tudo aquilo calado. Lembro que Chun ironizou, dizendo que, se eu tinha tanto orgulho do que fazia, por que meus olhos demonstravam o contrário naquele momento. Lembro de suas palavras até hoje:

'Não se preocupe, Mau... você só fará seus "programas" por mais um tempo, certo? Só até juntar dinheiro para ser feliz... acertei? E quando será feliz? Tem certeza de que é um executivo, Mau? Não seria um garoto de programa fantasiado de executivo? Pense bem...'

Eu estava tão atordoado com aquele "bombardeio", que não conseguia reagir. Lembro que ela finalizou dizendo: 'não estamos aqui de passagem, Mau. Temos uma razão para estarmos aqui. E falando em passagem, preciso correr para não perder meu voo. Vou rezar por vocêeee...' – disse ela, correndo para seu portão de embarque.

Eu gritei, pedindo seu cartão, mas ela apenas gritou....

'Liberte-se... seja feliz, Mau!'

Eu, meio que em estado de choque por tê-la perdido novamente e pelo tanto de verdades que escutei, fiquei lá, parado, olhando para o nada.

Pouco tempo depois percebi que a liberdade à qual ela se referia tinha muitos sentidos... me libertar da prostituição, me libertar para a vida...

A cena me lembrava o que ocorrera tempos atrás: eu a havia perdido novamente e, agora, talvez para sempre. Pesquisei diversas vezes sobre ela na internet. Tentei contato na empresa, mas nunca consegui falar com Chun novamente.

Logo meu embarque foi anunciado e estava em pleno voo, e o pior: rumo à China, o que não me fazia parar de pensar nela.

Por horas e horas pensei sobre tudo o que conversamos. Depois de muito refletir, repensei minha vida.

Aquele voo foi o início de minha libertação. A perda de Chun pela segunda vez foi o estopim que me fez explodir em dor. Chorei por horas e horas, sozinho no meu assento, a ponto de despertar a atenção da comissária de bordo.

Enfim, mudei completamente minha vida graças a ela. Tive a coragem de me ver e de renascer. O resto você já sabe. Criei a Incubare, iniciei meus trabalhos na Fundação, hoje me sinto muito feliz. Na verdade, só me falta uma coisa para completar minha felicidade: Chun."

Maurício estava com os olhos marejados.

Não consegui me conter e decidi falar com meu mestre sobre algo que percebi:

— Sabe, Maurício, peço desculpas por me intrometer na sua vida... quem sou eu para falar algo a alguém que tanto tem me ensinado.

— Prossiga, Ricardo. Nessa vida todos estamos aprendendo, a cada momento. Deus fala pela boca das pessoas de boa vontade.

— Maurício, acho que você não compreendeu totalmente, ou não quis compreender, a última mensagem de Chun. Acho que, além de se libertar de tudo que se libertou, ela queria que você se libertasse dela. Ela continua sendo, de certa forma, uma prisão para você... um entrave na sua vida. Sei que, de certa forma, somos todos sua família, mas você deve ter um sonho de ser pai, de formar uma família sua, de ter alguém para quem possa ensinar o que aprendeu, um sucessor. Aqui percebi a importância da minha família, a qual não dei valor e farei de tudo para reconquistar. Ademais, você está tentando pegar a Fênix e colocar na sua gaiola, Maurício. Ela jamais se permitirá capturar, pois, se não for livre, não será feliz. Cabe agora a você sair também da gaiola em que se meteu.

— Acho que você tem andado muito com a Janaína, Ricardo – brincou Maurício – Mas você tem razão. Preciso mudar isso. Na verdade, tenho refletido sobre isso nos últimos meses.

— Que bom que citou a Janaína, Maurício. Pois há tempo quero lhe dizer uma coisa. Você nunca percebeu como ela olha para você? Mais do que gratidão, acho que tem algo mais ali, não? Não quero bancar o cupido, porém...

— Será? – divertiu-se Maurício, com um olhar de quem no fundo gostou, e muito, do que sugeri.

— Ela é uma mulher linda, Maurício e completa você. Pense bem. É viúva. Cuida de você como ninguém. É sua amiga, companheira, muito bonita e elegante. Para ser honesto, acho que vocês formam um casal perfeito!

— Certo, certo... chega por hoje! - falou dona Júlia – Olha que horas são! Vocês nem tomaram café ainda. Já para o café!

— Ok, mamãe, já vamos... – brincou Maurício, se divertindo e provocando nela um sorriso...

— Sabe Ricardo, após nossa conversa, vou até inverter a agenda e antecipar algumas disciplinas. Iria falar sobre inovação hoje, mas quero primeiro falar sobre outras considerações importantes.

"Explicarei como foi possível o recomeço de Chun e quais técnicas e atitudes ela usou para tal. Falarei sobre:

- Como construir e vender sua imagem para que prospere em sua carreira profissional ou empresarial

- A importância da comunicação, da argumentação e da negociação na gestão de sua vida pessoal e seus negócios
- Como mapear seu perfil e se conhecer para se aperfeiçoar
- Como assumir as rédeas de seu autodesenvolvimento
- Como saber seu valor e se dar o valor
- Como gerir suas finanças para que possa realizar seus sonhos pessoais e profissionais
- A importância do gerenciamento de projetos e da TI

O que você acha, Ricardo?"

— Nossa, excelente! Não vejo a hora e iniciar a aula!

— E Ricardo: obrigado!

Na verdade, em breve Maurício me agradeceria ainda mais. Mal sabia ele que sua história com Chun ainda não havia acabado.

9. Do planejamento estratégico pessoal ao planejamento estratégico empresarial

Mesmo após tanto papo, Maurício e eu chegamos pontualmente para a aula.

Ele parecia mais animado do que nunca. Como sempre, Janaína estava na plateia a assessorá-lo, mas percebi que ele a olhava de maneira diferente naquela manhã.

Maurício explicou sua proposta de aula e todos ficaram tão entusiasmados quanto eu. Falou ainda que antes revisaríamos a matéria anterior e ele comentaria a lição de casa que deixou para todos no último encontro.

Estava ligando o computador para tomar nota quando fui surpreendido pelo chamado de Maurício:

— Ricardo, soube pela Janaína que você fez um ótimo trabalho. Você gostaria de apresentar aos seus colegas? Não falo de seu conteúdo, pois parte envolve aspectos pessoais, refiro-me ao conceito.

Apesar de surpreso, não me fiz de rogado. Aceitei de pronto e fui explicando o que aprendi na pesquisa e como fiz cada parte de meu planejamento estratégico.

As pessoas escutavam atentamente cada palavra minha. Respondi a perguntas, debati. Estava feliz, pois não apenas havia lido e interpretado, mas entendido a lógica por trás dos conceitos. Consegui, inclusive, trazer sinergias do planejamento estratégico empresarial para o pessoal; estava orgulhoso.

Maurício então pediu a palavra e usou uma pequena parte, que autorizei, de meu trabalho para explicar algumas coisas que faltavam e exigiam complementação.

— Todos viram que o Ricardo fez um ótimo trabalho, mas agora falta uma parte importante: garantir sua implementação. E como faremos?

"Uma vez estabelecidas as metas e a estratégia, elas devem ser mais detalhadas, de forma a não apenas elencar o que precisa ser feito, mas garantir que seja feito. Esse detalhamento será um Plano de Ação.

Vamos exemplificar. No caso da meta do Ricardo de emagrecimento, ele precisa garantir que seu horário será regrado para fazer o exercício físico e se alimentar regularmente, a cada três horas. Os alimentos precisam estar disponíveis a cada refeição e nas calorias preestabelecidas.

Precisamos ainda definir prioridades, riscos e estratégias alternativas, para o caso de algo não ocorrer exatamente como planejado, para evitarmos ser pegos totalmente de surpresa. Por exemplo, Ricardo poderia ter sempre uma barra de cereais na bolsa, para o caso de sua alimentação original não estar disponível temporariamente por alguma razão.

Resta ainda estabelecer indicadores e métricas de performance ou desempenho, como queiram chamar. Em outras palavras, os mecanismos que usaremos para controlar se estamos no caminho certo para o cumprimento das metas estabelecidas.

Isso pode ser feito com uma tabelinha simples de três colunas, elencando a meta a ser controlada, o mecanismo e o método que usaremos para auferir a sua performance. Por exemplo, no caso da meta de perder peso, utilizaríamos uma balança para medir a performance, e o método poderia ser pesar-se toda segunda-feira em horário regular. Temos, portanto, um painel de indicadores.

A partir daí, devemos controlar. Precisamos extrapolar a meta para periodicidades menores e acompanhar a performance de forma progressiva. Por exemplo, para que o Ricardo perca mais de vinte quilos em um ano, quanto estimamos que ele perderia no primeiro mês? Digamos quatro quilos. Talvez uns dois quilos no segundo mês? E por aí vai, até chegar aos vinte e poucos quilos desejados no final.

Uma vez que essas metas progressivas estejam definidas, periodicamente (neste caso, mensalmente) cruzamos a performance real com o valor planejado para verificarmos se estamos no caminho certo ou se precisamos tomar uma ação corretiva.

Agora, mãos à obra. Como protagonistas que são, ou seja, curiosos e autodidatas, estou seguro de que pesquisarão na literatura com mais detalhes o que conversamos e em breve dominarão completamente a técnica do planejamento estratégico.

Inclusive, o método que reproduzimos aqui é muito similar ao planejamento estratégico empresarial, como Ricardo bem observou. Teremos apenas algumas coisas complementares. Por exemplo, precisaremos estabelecer qual será o *core business* da empresa, ou seja, qual o negócio principal da empresa.

Em seguida analisaremos o ambiente externo. Nesse caso, além da análise SWOT que Ricardo demonstrou aqui, é recomendado aplicar o modelo de cinco forças de Porter. Michael Porter criou esse modelo em 1979 e até hoje é utilizado para avaliar a atratividade e competitividade da indústria onde estamos inseridos. Nele são verificados o poder de barganha dos clientes e fornecedores, as ameaças de novos entrantes e produtos substitutos e a rivalidade entre os concorrentes. Criaremos ainda cenários, por exemplo, para simular mudanças na economia, mercado, política, sociedade e na parte legal e normativa e quais os impactos previstos na empresa.

É importante utilizar ferramentas que permitam fazer análises da competitividade do mercado. A famosa firma de consultoria *Boston Consulting Group* (BCG) criou várias ferramentas para realizar tais análises. Por exemplo, a matriz BCG *Strategic Environment Analysis* (Análise de Ambiente Estratégico), ou *Competitive Advantage Matrix* (Matriz de Vantagem Competitiva), serve para avaliar sua posição de vantagem competitiva e a de seus competidores, e a *Strategic Matrix* (Matriz Estratégica) avalia o seu segmento competitivo do mercado e saber, por exemplo, se sua empresa compete por preço ou se atua em um segmento específico, tal como um nicho de mercado; nesse caso, a diferenciação, para o cliente, é mais importante do que o preço do produto.

É fundamental ainda utilizar uma matriz para avaliar os riscos inerentes ao negócio, financeira e estrategicamente, assim como sua probabilidade de ocorrer, seu impacto e como mitigá-los. Devemos mapear quais competências e recursos são necessários para iniciar e manter o negócio desejado, assim como quais deles existem atualmente na empresa (via seus sócios-fundadores, no caso de uma empresa nova) e quais devem ser adquiridos.

Futuramente, caso julgue-se necessário, nossa ferramenta de avaliação de performance através de métricas e indicadores poderia ser substituída por outra um pouco mais completa e eficiente, o famoso *Balanced Scorecard* (BSC). Essa metodologia, criada pela *Harvard Business School*, serve para avaliar o desempenho de uma empresa a partir de fatores críticos de sucesso, indicadores de desempenho e do acompanhamento de resultados diante de metas estabelecidas. Esse trabalho é feito a partir da **visão** da empresa, que vimos hoje na explanação do Ricardo. Em linhas gerais, o método avalia quatro indicadores de forma integrada e determina suas relações de causa e efeito: financeiro, clientes, processos internos e aprendizado e crescimento.

Para termos nosso plano de negócios, precisamos realizar uma análise de viabilidade técnica, econômica e financeira do modelo de negócios pretendido, a partir de cálculos diferentes, que tomam por base o investimento necessário para seu início e o fluxo de caixa estimado da empresa, ou seja, a diferença entre aquilo que é gasto e recebido pela empresa em um determinado período de tempo (mensal, anual, etc.). Por exemplo, se em um dado ano tivermos uma despesa de R$ 50.000,00 e uma receita de R$ 120.000,00, a diferença seria de R$ 70.000,00 neste ano. No ano seguinte, dependendo da receita e das despesas, chegaríamos a outro valor, e por aí vai. Daí, agregando essas diferenças entre a receita anual e as despesas anuais, chegaríamos a uma sequência de diferenças, que seria um fluxo de caixa anual. Avaliações do valor investido em relação ao fluxo de caixa estimado nos demonstram o quanto a empresa é financeiramente viável.

A viabilidade técnica depende de uma série de fatores, tais como: a possibilidade real de se desenvolver o produto ou serviço tomando em conta as tecnologias disponíveis atualmente no mercado; a presença de fornecedores capacitados; a cadeia de suprimento dos insumos; a usabilidade do produto; e a aceitabilidade pelo cliente.

Não vou me aprofundar no assunto, pois passaríamos dias discutindo. Há uma imensidão de cursos disponíveis e vasta literatura específica à disposição, inclusive em nossa biblioteca, sobre planejamento estratégico empresarial, planos de negócio e análises de viabilidade técnico-econômico-financeira de modelos de negócios. Há vasta gama de profissionais especializados nesse assunto no mercado. Estou à disposição para esclarecer dúvidas, caso desejem se aprofundar. Mais ainda: caso tenhamos quórum aqui, eu mesmo posso ministrar módulos específicos sobre tais conceitos. Poderão ainda incubar seus projetos na Incubare – nesse caso, nossos especialistas farão tais análises em conjunto com vocês.

Meu objetivo aqui foi possibilitar que vocês entendessem ao menos a lógica dos conceitos. Assim, poderão avaliar quão eficientes serão as análises realizadas pelos especialistas que venham a contratar. E mais, se se aprofundarem, poderão explicar tais análises a terceiros, tais como investidores interessados em seu plano de negócio.

Dúvidas?

Agora, é a tradicional hora do lanche. Como sempre, estou à disposição para conversar."

9.1. Gestão estratégica e marketing pessoal

— Olá, amigos! Espero que o lanche tenha sido satisfatório. Pela quantidade de perguntas que tive no lanche, acho que atingi meu objetivo de abrir seus olhos para a temática e lhes fazer raciocinar. Ótimo isso!

"E, Ricardo, acho que você ficou famoso agora entre seus amigos, graças a seu *case*! Parabéns!

Bom, anteriormente falamos de planejamento estratégico pessoal e como aplicar tal conhecimento para o planejamento estratégico empresarial. Usei essa abordagem porque simplifica as coisas – afinal, se aplicamos os conceitos em nossa vida, fica fácil transpor sua aplicação ao mundo empresarial, não?

Agora é hora de aprendermos como aplicar nosso planejamento estratégico pessoal – em outras palavras, como gerir a nossa vida pessoal e profissional. Faremos isso de forma profissional e estratégica, como se estivéssemos em uma empresa. Dessa forma, os conceitos poderão ser facilmente transpostos ao ambiente corporativo."

— Mas, Maurício, não é pegar pesado demais, levar tão a sério a gestão de nossa vida como a gestão de um negócio? – indaguei.

— Depende, Ricardo. Você encara uma empresa como sendo mais importante do que a sua própria vida?

— Confesso que nunca tinha pensado nisso dessa forma...

— Pois é, e irei ainda mais longe. É necessário nos conhecermos bem e moldar nossas atitudes e ações à maneira como queremos ser percebidos. Acreditem em mim: independentemente de vocês serem gestores ou não, na vida pessoal e profissional vocês servem de inspiração para muitas pessoas: seus filhos, pais, amigos, alunos, colaboradores e por aí vai. Vocês estão sendo observados o tempo todo por essas pessoas.

— Acho que muitos nunca imaginaram que fosse tão difícil viver, Maurício – brincou Janaína da plateia.

— Sim, Janaína, viver exige responsabilidade, muita responsabilidade, para conosco, para com o próximo e para com o planeta onde vivemos.

9.2. Atenção à sua imagem

— Agora vamos falar de um assunto importante: imagem.

"Meus amigos, a sua imagem deve ser "compatível" com seu planejamento estratégico pessoal. Ela é refletida em tudo o que as pessoas percebem sobre você em seus seis sentidos, não apenas a visão.

Porém, para facilitar, comecemos pela visão.

Seu visual (roupas, cabelo, acessórios, maquiagem, etc.), seu perfume, seus comportamentos, sua educação, sua etiqueta, etc. precisam "refletir" a imagem que deseja vender aos seus diferentes *stakeholders.*

Comece por coisas básicas, como higiene pessoal (unhas, cabelos, banho, desodorante, perfume, etc.) e zelo por uniforme, equipamentos e área de trabalho. Como confiar na eficácia de um profissional que não consegue gerenciar sequer a baderna de sua mesa de trabalho? Se ele trabalha em um ambiente desorganizado, como esperar um resultado conciso?

Organize sua área de trabalho, sua casa, seu quarto, seu guarda-roupas, seus documentos. Organização é essencial na gestão de sua vida, de seu negócio e de sua carreira.

Esteja atento aos detalhes, pois somos observados, e até mesmo julgados, o tempo todo. A primeira impressão não é tudo, mas é importante.

É importante frisar que vestir-se bem, por exemplo, não é complexo ou caro. Com criatividade e inteligência, de forma barata, você consegue ficar elegante.

Lembrem-se, ainda, de que elegância e beleza são coisas diferentes. Esta última apenas reflete um padrão estabelecido pela sociedade e depende do gosto de cada um. Já a elegância é mais importante e totalmente gerenciável. Com ela você deve se preocupar.

Além do seu visual, cada mínima característica que forma a sua personalidade e está presente em seu comportamento é refletida na forma como você é percebido.

Portanto, as pessoas percebem você pela visão, audição, olfato e até mesmo pelo tato e paladar: sabe aquelas pessoas que só sabem se expressar se ficarem tocando em você? Ou aquele cumprimento diferenciado tal como um abraço reconfortante que só você sabe dar? Seu gosto apurado pela culinária que faz todos desejarem almoçar com você, à espera de uma nova descoberta gustativa? Suas habilidades na cozinha que você divide com as pessoas quando compartilha com elas aquele bolo delicioso?

Somos percebidos por todos os sentidos e o tempo todo, inclusive pelo sexto sentido. Seus comportamentos, seu estado de espírito, seu carisma, sua luz...

Sabe aquelas pessoas sempre para cima, brincalhonas, mas responsáveis, que você quer sempre perto de você? Com certeza você conhece alguém assim. As pessoas esperam a sua chegada com ansiedade, pois sua presença as inspira. Daí, se ela chega "murcha", isso atinge muitos outros, além dela mesma.

Cuidado, ainda, amigos e amigas, com o seu corpo, pois ele fala! Fala mais do que deveria, às vezes. Ele reflete seu estado de espírito, a veracidade ou não de suas argumentações, se está confortável ou não. Cada mínima reação é percebida. Portanto, atenção a ele. Já já torno a falar sobre isso. Continuando...

Tudo aquilo que o "padroniza" e diferencia na vida pessoal e profissional é percebido como uma espécie de marca, de identidade própria. Duvida? Se é mulher, por exemplo, e usa salto alto todos os dias para trabalhar, vá um dia sem eles e verá que todos notarão a diferença. Isso ocorre por causa da comparação com um padrão estabelecido, padrão este que, ainda que inconscientemente, foi definido por você.

Portanto, você precisa "construir" e gerenciar sua "marca" de forma tão séria como uma grande empresa e garantir que o valor percebido seja exatamente aquele que você planejou.

A sua identidade estará presente em tudo que faz. Ela inspira, motiva, atrai seguidores e clientes e fideliza. Seu estilo permitirá a qualquer um saber que foi você quem fez ou esteve ali, ainda que você não esteja presente.

Tal como em uma marca, detalhes como cores e fonte têm um significado diferente e deve ser compatível com a mensagem que você quer passar. Suas ações, conduta, moral, hábitos e costumes precisam ser compatíveis com a imagem que quer vender e com os objetivos de seu planejamento estratégico pessoal.

Diversos fatores contribuem para a formação de sua identidade, de sua "marca" pessoal, tais como:

- Sua comunicação corporal (gestos etc.)
- A maneira como expressa suas opiniões
- A maneira como toca nas pessoas
- Seu perfume
- Hábitos alimentares
- Seu vocabulário
- Suas convicções
- Seu jeito único de fazer as coisas, tal como escrever, se expressar e agir
- Suas características morais, materiais, intelectuais e espirituais
- Bordões, pensamentos e mantras
- Carisma, entusiasmo
- Proatividade e determinação, entre outros

Além de tudo o que falei, notem que é preciso ser exemplo. Você deve usar aquilo que vende. Muitas pessoas vendem produtos e serviços como ótimos, mas não o utilizam. Se nem você os usa, por que outros os usariam?

Caso o produto ou serviço que você vende seja de classe A, você precisa ter vestimenta e comportamento compatíveis. Se pretende ser um profissional da moda, vestir-se mal não combina. Teria lógica um vendedor de produto para emagrecer estar obeso? Pretende ter uma escola, mas não sabe ler, escrever e se expressar corretamente?

Essas coisas são impeditivas? Claro que não! Se não sabe, aprenda, mude, adapte-se, crie, trace uma estratégia, veja onde quer chegar e como o fará. Seja um visionário-protagonista estratégico e inovador, seja um vencedor.

É essencial, muitas vezes, uma repaginada geral para que sua percepção fique compatível com seu plano de negócios ou estratégia pessoal, claro, sem perder sua essência, seus valores e princípios.

Ok até aqui?"

9.3. A importância do *networking*

"Prossigamos com outro tópico.

Ao longo de nossas interações, falei por diversas vezes sobre a importância do *networking*, ou *network* (como queiram), ou seja, de nossa rede de relacionamentos, bem como das interações com os *stakeholders*.

Quero, entretanto, enfatizar um tema que acho muito importante: o *networking* e as relações formais e informais.

Antes de mais nada, quero dizer que gostar de pessoas, de gente, bem como de se relacionar, são características essenciais dos vencedores. Aquele que se isola em seu próprio mundinho reduz drasticamente suas chances de vencer. Vivemos em comunidade, precisamos uns dos outros, independentemente de cargo, status ou posição social; e isso é um fato. Caso você sofra um acidente na rua, "doutor", pode ser que aquele humilde vendedor informal, que você tanto despreza, seja o único apto a ajudá-lo naquele momento. Sua vida pode depender dele, pense nisso...

É necessário vermos as virtudes das pessoas e não apenas seus defeitos. Isso é simples de falar, mas nem sempre é simples de fazer, não é mesmo?

E atenção para o mais importante *networking* de todos: a sua família. É a sua ligação com ela que seus inimigos sempre tentarão destruir. Ela estará sempre a seu lado, não importa o que aconteça, portanto, jamais a menospreze ou abandone, consciente ou inconscientemente.

Isso nos faz pensar, não?

Bom, vamos ao tema que quero abordar...

Quando trabalhamos em uma empresa, é comum nos orientarmos pelo seu organograma para identificarmos quem são as pessoas-chave da corporação em cada área do negócio, assim como quem são alguns de nossos *stakeholders* e patrocinadores.

Não obstante, cuidado com *stakeholders* ocultos (aqueles que nem sabemos que nos influenciam ou que são influenciados por nossas ações, direta ou indiretamente), os potenciais (futuros) e os informais também.

Um equívoco comum é achar que o organograma é a única maneira de mapear nossos *stakeholders* atuais e futuros (potenciais). O organograma reflete apenas os gestores por direito, mas é fato que, às vezes, colaboradores vistos como mais simples influenciam muito mais no processo decisório do que tais gestores.

Líderes de fato, formadores de opinião, influenciadores, nem sempre estão mapeados formalmente, na organização ou em nossos registros pessoais.

Muitas vezes uma secretária tem muito mais "poder" do que um gestor, dependendo de sua capacidade de influência. A secretária de um diretor pode ter muito mais "acesso" a ele do que outro diretor, por exemplo. Ela pode ter convivido com ele muito mais tempo que seus pares e gestores. Se precisa que ele dedique alguns segundos de seu tempo para assinar um documento importante em meio a uma reunião, ela pode ser o caminho mais efetivo. Mas e se ela não gostar de você? Talvez ela possa, no mínimo, dificultar a sua vida, ainda que seja hierarquicamente inferior a você.

Um engenheiro parente do presidente da empresa, seu motorista, colega de bar e companheiro de golfe não exercem influência, de certa forma, sobre esse gestor? Se você comentar algo com eles, talvez seja a forma mais efetiva da mensagem chegar ao presidente do que através dos meios corporativos formais.

E tais influências podem ser positivas ou negativas, não?

Claro, você não é obrigado a tê-los como amigos, mas deve saber que, se os temos como inimigos (não é recomendável ser inimigo de ninguém), pode ser que eles tentem atrapalhá-lo de alguma forma e, mais do que isso, tenham êxito na tarefa.

Isso se aplica não apenas ao ambiente corporativo como também ao mundo de negócios e à vida pessoal. Aprenda, portanto, a mapear esse mundo informal estrategicamente para que saiba sempre com quem está lidando e maximize o potencial de sucesso de suas ações.

Guarde esse mapa consigo, de forma segura. Ele pode ser tão precioso quanto um mapa do tesouro, se você souber usar. Atualize-o constantemente e não subestime ninguém.

A vida é uma roda-gigante. Quem hoje está embaixo pode estar em cima amanhã e vice-versa. Aquele seu colega de escola que senta no fundo da sala pode ser o seu gestor de amanhã. Aquele seu colega do futebol pelo qual você não dá nada pode se tornar o seu cliente de amanhã. O mesmo se aplica a seus alunos: eles podem se tornar líderes, futuramente.

E não esqueça que o *networking* pode ser hereditário. Seus filhos e pessoas próximas podem herdar as consequências de suas ações, inclusive de relacionamento.

Outra coisa: aprenda a conhecer as pessoas, e não os profissionais no cargo. Conheça quem é aquela mulher por trás do *tailleur*, por exemplo, e não a advogada. Ela pode ser mais importante e útil do que você imagina.

Saiba quem são as pessoas de verdade e qual a rede de relacionamento delas. Conheça, inclusive, seus colaboradores.

Jamais subestime o potencial de ninguém! Não olhe apenas para os gestores, líderes, influenciadores e formadores de opinião. O poder é uma referência ilusória, temporária e depende do referencial e do meio onde estamos inseridos. Uma "simples" copeira pode ser superior hierarquicamente a você ou exercer maior liderança ou influência em outro ambiente que não a empresa.

Valorize-se sempre, mas não menospreze as outras pessoas.

Cuidado, quem só olha para cima em sua "caminhada" corre maior risco de tropeçar! E quanto mais altos e distraídos estamos, maior o impacto da queda. E quando caímos, e todos vez ou outra caem, a quantidade de mãos amigas esperando para nos ajudar dependerá de nossas ações pregressas, de como fomos percebidos em nossa trajetória. Pense nisso!

Portanto, mapeie constantemente:

- Quem são os *stakeholders* (inclusive os ocultos), atuais e potenciais?
- Eles têm família? Filhos?
- O que gostam de fazer?
- Como vivem? Quais são os seus ganhos?
- Como utilizam seu tempo livre?
- Quais são suas ambições?
- Quais são seus valores?
- Estão estudando? Gostam de ler?
- Estão vivendo um dilema pessoal?

Diversas pessoas têm sucesso em seus relacionamentos catalogando tais informações. É comum, por exemplo, gerentes de contas de bancos e outras instituições saberem detalhes da vida de seus clientes. Em um encontro para vender um novo serviço, começam falando: "como vai seu filhinho fulano?", "ele está melhor da alergia?". Além de "quebrar o gelo", isso faz a pessoa sentir-se como um ser humano e não apenas um cliente potencial; evidentemente, quando isso é feito de forma sincera.

Coloque-se sempre no lugar do outro. Empatia é fundamental – e para nos portarmos empaticamente é preciso conhecer de fato o indivíduo com quem estamos lidando.

Vejamos um outro exemplo prático para fixarmos o assunto. Como orientar a carreira de um colaborador se você não conhece suas necessidades e suas ambições? Muitas vezes achamos que estamos agraciando alguém com uma promoção e, na verdade, o estamos prejudicando.

Será que aquele aumento de salário não mudou sua faixa do imposto de renda e, na verdade, reduziu seus ganhos, por conta da maior tributação? Será que não o fez trabalhar em um horário diferenciado que prejudicou a vida familiar que ele tanto valoriza? E, mais do que isso, ele lhe contou sobre o ocorrido? Ele lhe contaria? Tem intimidade para isso?

Aprenda a saber o máximo possível sobre as pessoas. Às vezes perdemos um colaborador-chave porque sua performance diminuiu drasticamente, "do nada", o que leva à demissão. Mas será que ele não estava passando por um processo de separação matrimonial, por exemplo?

Outras vezes você busca uma competência específica. Será que um de seus colaboradores não a possui e a utiliza como *hobby* ou como uma fonte de renda alternativa, por exemplo? Será que ele não conhece alguém que possua tal qualificação? O mesmo se aplica quando se está em busca de um investidor, parceiro de negócios, cliente, etc.

Há vários testes psicológicos que mapeiam o perfil e os valores dos colaboradores. Eles podem ser úteis no processo de *coaching*. Mas não se esqueça: nada como o bom e velho bate-papo informal.

Participe dos ambientes informais. É no lazer que as pessoas costumam mostrar quem realmente são. Mas esteja atento, pois você também está sendo mapeado. Cuidado com suas interações em ambientes informais, com o que fala, como fala e como age.

Aprenda a usar as redes sociais com sabedoria, para ampliar seu *networking*. Elas também lhe dão "acesso" à rede de relacionamentos de seus amigos.

Por outro lado, tome muito cuidado com essas redes. Elas foram feitas para unir pessoas, mas muitas vezes as desunem, isolando-as em seu mundo virtual. Cuidado com essa armadilha!

Para muitos, ainda, a sensação da comunicação virtual é a de que fica faltando "algo", devendo ser complementada pelo contato no mundo real. Por mais que a tecnologia avance, o contato virtual não substitui o pessoal.

E cuidado com o que escreve, pois sua mensagem pode ser compartilhada com milhares de pessoas, em questão de segundos.

Ademais, o mundo virtual pode não expressar seus sentimentos e intenções na íntegra. Afinal, a interpretação das palavras depende também do receptor e de seu estado (situação emocional naquele momento, tempo disponível para ler a mensagem etc.) – e, como saber disso virtualmente? Além do mais, nem sempre recebemos seu *feedback* para sabermos se o processo de comunicação teve êxito – ou seja, se a sua mensagem foi percebida como desejado. Explicarei melhor este processo mais adiante.

Enfim, quer estejamos conscientes disso ou não, o *networking* é um recurso muito importante que pode nos ajudar ou prejudicar, ainda que não percebamos – afinal, muito é feito e dito sobre nós sem que sequer saibamos. Gostar de gente, de se relacionar, saber mapear os *stakeholders*, atuais e potenciais, formais e informais, inclusive os ocultos, e usar nossa rede de relacionamentos com sabedoria são fatores essenciais para vencermos."

9.4. A importância da comunicação

"Então vamos agora falar de um assunto interligado: a comunicação.

A comunicação é a disciplina que estuda o processo de interação humana. Embora possua várias ramificações, enfatizaremos a comunicação interpessoal.

Na teoria da comunicação interpessoal, aprendemos que esta envolve emissores e receptores (ou locutores) e que diversas pessoas podem interagir no processo de comunicação (interlocutores).

A comunicação interpessoal promove a troca de informações entre duas ou mais pessoas. O processo parece simples, não?

Então por que temos tantos conflitos?

Porque o processo de comunicação acontece de forma equivocada. A mensagem que se queria transmitir foi diferente daquela que foi percebida. E isso pode ocorrer por diversos fatores: por exemplo, porque sua comunicação não verbal (gestos, postura, visual) não condizia com seu discurso.

Portanto, um fator imprescindível na comunicação é confirmar se a mensagem foi compreendida conforme o pretendido pelo receptor. Disfarçadamente e educadamente, fazê-lo repetir o que entendeu ajuda. Observar sua expressão corporal e facial também. É comum que as pessoas concordem apenas por concordar, sem entender do que estamos falando. É tarefa do emissor se assegurar de que sua mensagem foi bem compreendida.

Porém, se um erro ocorreu no processo de comunicação, escute atentamente o ambiente. Se o fizer, de alguma forma você saberá ou perceberá; daí, corrija o equívoco.

A importância da comunicação é tão grande que lhes deixarei refletir por alguns segundos a seguinte citação do poeta, orador e sacerdote anglo-galês, George Herbert:

> *Quando falares, cuida para que tuas palavras sejam melhores do que o teu silêncio, e lembre-se que alto deve ser o valor de suas ideias, não o volume de sua voz. Falar sem pensar é disparar sem apontar.*

O que concluem?"

— Que é preciso estratégia também no processo de comunicação – responderam várias pessoas em coro.

— Sim, além de capacitação e responsabilidade, não?

"Palavras curam, mas também ferem. E muitas vezes ferem sem intenção.

Vamos explorar um pouco o assunto. Para isso, dividiremos o processo de comunicação em três tipos:

- Comunicação verbal oral
- Comunicação não verbal
- Comunicação verbal escrita

A comunicação verbal oral é aquela que ocorre através do som, quando você fala para expressar suas ideias, opiniões, sentimentos.

Não tenho o intuito de promover um curso de oratória nesse momento, mas devo chamar atenção para a importância de seis aspectos do processo de comunicação oral:

- Voz
- Cadência
- Dicção
- Vocabulário
- Expressão corporal
- Fluência

A **voz** demonstra mais coisas do que se possa imaginar. Seu estado de espírito, segurança, convicção, etc. Ela tem o poder de motivar, entusiasmar, contagiar, intimidar, etc. Portanto, cuidado com a entonação e com as mudanças de tom no meio do discurso. Só os faça se tiver certeza da reação que acarretará.

A **cadência** define o ritmo de sua fala, a velocidade que se imprime ao falar. Ela pode entusiasmar ou dar sono. É a melodia associada à sua fala.

A **dicção** é igualmente importante, pois reflete a maneira como pronunciamos as palavras. Erros de dicção incomodam e desviam a atenção da mensagem que se quer passar.

Vocabulário é fundamental, pois ele traduz as suas ideias ao receptor. Como podemos falar sobre algo se não temos recursos? É importante ampliar seu vocabulário continuamente. Faça palavras cruzadas, adquira o hábito de ler. E aprenda a empregar as palavras, pois de nada adianta ter conhecimento e não saber empregar.

A **expressão corporal** é tão importante que existem diversos estudos específicos sobre o tema. Esse processo de comunicação é quase universal e não precisa de tradução. Em um processo de comunicação, grande parte da percepção da mensagem é obtida através da expressão corporal e facial.

Portanto, muito cuidado. Somos observados o tempo todo, ainda mais quando estamos "de posse" da palavra.

Pare por um momento em um local público e observe as pessoas atentamente. Quer seja real ou não, você terá uma percepção sobre elas sem que digam nada.

Se alguém tem uma postura curvada, cabisbaixa, você concluirá que está triste, por exemplo. Se estiver sorridente falando ao telefone, concluirá que transborda de alegria, e por aí vai.

Sorria e diga "eu te odeio"! A não ser que seja um sorriso sarcástico, a mensagem será percebida de maneira confusa pelo receptor, e este achará que se trata de uma brincadeira, não?

Cuidado com posições clássicas, tais como ficar de braços cruzados (percebido como uma rejeição à mensagem), gestos com a cabeça enquanto escuta, tiques (movimentos involuntários e sem razão ou propósito), cochichos, inclinação da cabeça, contato visual, aperto de mão forte ou leve demais, sorriso ou seriedade excessivos, etc.

Cuidado com o contato "olhos nos olhos". Sua ausência pode indicar timidez ou que você está mentindo, e seu excesso pode indicar agressão e indelicadeza.

Outro ponto importante é a **fluência**. Não quero dizer fluência no idioma, mas leveza ao se comunicar. Quando você nota alguém "preso" (feito um robô), a sensação é de insegurança, mas, na maioria das vezes é apenas timidez e falta de prática.

Para lidar com esse problema, eu aconselho a prática do teatro ou de atividades similares que o obriguem a se expressar.

Outra coisa importante é praticar. Se está com amigos, em família, discurse, chame a atenção de todos para si e fale; perceba sua reação. Depois passe para locais públicos – por exemplo, faça uma oratória na igreja, em um grupo de trabalho ou um fórum social. E vá progredindo até que seja capaz de discursar tecnicamente a superiores hierárquicos, investidores e plateias com centenas de pessoas.

Acreditem, é questão de prática e capacitação. Para tal, procure um profissional especializado, porém não ignore os *feedbacks* das pessoas sobre sua performance. Eles podem ser de grande valia.

Também é essencial o relaxamento. Existem várias técnicas de respiração que podem ser ensinadas por pessoas especializadas para ajudar a relaxar antes de palestras, reuniões, enfim, antes de interagir com o público. São coisas simples, mas eficazes. Há locais e técnicas de relaxamento e meditação que ajudam e muito nesse processo, tal como a ioga.

Toda criança respira corretamente, mas, ao longo dos anos, desaprendemos a fazê-lo. Respirar corretamente garante equilíbrio. Se observar uma criança dormindo, verá que a barriga cresce e murcha calmamente. Isso ocorre porque sua respiração é abdominal ou diafragmática. Ao longo dos anos, adotamos a respiração peitoral. Isto ocorre principalmente quando estamos ansiosos e aumenta a concentração de gás carbônico no corpo. Utilizar o diafragma ajuda a relaxar, pois garante maior concentração de oxigênio.

Além disso, aprenda a usar as figuras de linguagem, que podem ser aliadas no processo de comunicação, mas cuidado com os vícios de linguagem.

E o que são figuras e vício de linguagem, alguns devem estar se perguntando?

Pesquise: exerça seu autodidatismo, lhes darei essa oportunidade!

Agora que já falamos da comunicação verbal oral e não verbal, vamos à comunicação verbal escrita. Ela ocorre quando você registra as informações em uma mídia qualquer ao invés de falá-la.

Sua importância é tão grande, e quem sabe até maior (ao menos essa é a percepção das pessoas), em alguns casos, do que os tipos de comunicação anteriormente discutidos. A razão disso é que, uma vez registradas, as palavras têm valor maior do que quando apenas ditas.

Escrever bem é de suma importância para que consiga documentar suas ideias com clareza. Até porque, ainda que você fale, em diversos casos a formalização deve ser feita de forma escrita. Por isso, escrever bem é fundamental.

Quantos e quantos de nós não demos a devida importâncias às aulas de redação? Pois é, agora é preciso recuperar o tempo perdido. Não vou explicar técnicas de redação, mas, em termos práticos, ela é dividida em três partes:

- **Introdução:** como diz o nome, é quando introduzimos o leitor ao contexto.
- **Desenvolvimento:** aqui o assunto é desenvolvido, a "história" é narrada e realizamos análises e ponderações.
- **Conclusão:** no final resumimos os aprendizados da fase de desenvolvimento, expomos resultados, recomendações e conclusões.

Não explicarei em mais detalhes cada item, pois o farei quando falarmos sobre argumentação e negociação, e quero aqui falar sobre algo igualmente relevante: como estruturar suas ideias.

Às vezes pode ser uma tarefa difícil traduzir algumas ideias que temos para palavras em uma comunicação oral. Quantas e quantas vezes desejamos ter algo conectado no cérebro que, num "passe de mágica", traduzisse nossos pensamentos? No caso da comunicação verbal escrita, a dificuldade é ainda maior.

Você precisa fazer-se entender apenas através das palavras escritas no documento. Nem sempre, em caso de dúvidas, alguém lhe perguntará o que você quis dizer com esse ou aquele termo. Daí haver o risco de má interpretação, não compreensão, etc. Aspectos legais também devem ser observados. Não que não observemos tais aspectos quando se trata de comunicação verbal oral, mas na escrita a materialização é geralmente maior, pois há registros, feitos de boa-fé.

Cabe apenas a nós aprendermos a escrever e nos assegurarmos da eficiência de nossos documentos, artigos e até mesmo e-mails.

Antes de tudo, precisamos planejar o que escreveremos. Para isso é preciso identificar algumas coisas muito importantes, tais como:

- Quem é o nosso principal público-alvo?
- Quem são os *stakeholders*?
- Qual é a circulação (quantas pessoas terão acesso) e o impacto do documento?
- Qual é a minha motivação para escrever o texto?
- Qual é objetivo principal que queremos atingir?
- Para tal, quais mensagens precisam ficar bem entendidas pelo público? (não recomendo ultrapassar três, sob risco de confundir a plateia)
- Tais mensagens serão transmitidas de forma direta ou subliminar?
- Quais são os objetivos secundários ou indiretos?
- Alguém já fez algo similar ao que estamos fazendo?
- Quais são as fontes de pesquisa?
- Quais são as opiniões formadas sobre o assunto?
- Quem são os possíveis apoiadores e oposicionistas?
- Quais são as nuances do atual ambiente político, econômico, social, tecnológico, regulatório, corporativo ou qualquer outra área que tem relação com este tema?
- Há riscos envolvidos? Estou tratando de algum assunto polêmico? Que cuidados devo tomar?
- Como materializar o assunto e trazer para o meu contexto?
- Há alguma norma de formatação ou escrita a ser respeitada?
- Há alguma limitação (número de páginas, número de palavras, questões proibitivas, etc.)?
- Há algo que quero evitar abordar?
- Preciso limitar o acesso do documento (restrito, confidencial, etc.)?
- Há a necessidade de alguma proteção legal, tal como escrever um contrato de confidencialidade? Por quanto tempo preciso

proteger tal informação? Quais são os riscos e as sanções para mitigá-los? Quais são as recomendações ao receptor?

- Há a necessidade de registrar o material antes de sua divulgação?
- Há a necessidade de pedir autorização a alguém para falar do assunto? Há direitos autorais envolvidos?
- Há algum requerimento especial (papel timbrado, escrita de próprio punho, etc.)?
- Há necessidade de análises prévias antes da divulgação (advogados, especialistas, comunicação social, etc.)?

Com base nos itens mencionados, traçaremos uma estratégia de escrita. *Ah, mas isso é muito trabalhoso.* Deixe de preguiça! A falta de planejamento e estratégia para as coisas mais simples pode ter consequências enormes. Uma vez prontos a escrever, recomendo que seja feito como um processo independente da elaboração do documento propriamente dito, um "esqueleto" do documento.

Criaremos uma lista de tópicos relevantes e que não podem ser esquecidos. Esses itens serão relacionados ao contexto, aos suportes argumentativos, às citações e referências bibliográficas, conclusões, recomendações, entre outros.

Com esses itens definidos, vamos colocá-los em ordem cronológica e começaremos a preencher as lacunas entre eles com texto. Por exemplo, imagine que falemos sobre comunicação interpessoal. Nesse caso, poderíamos:

1. Explicar o conceito de comunicação e de comunicação interpessoal
2. Definir os tipos de comunicação: verbal oral, verbal escrita e não verbal
3. Falar sobre a relação entre a comunicação verbal, oral e a comunicação não verbal
4. Falar sobre os desafios à boa comunicação
5. Fazer recomendações para obtermos uma boa comunicação

É importante ressaltar que os itens poderão ser obtidos por experiência própria, mas também por pesquisa. Ainda que tenhamos opiniões formadas sobre um assunto e conteúdo para falar dele, a pesquisa é importante para nos testar, para validar nossos argumentos e para verificar quais serão as possíveis opiniões contrárias.

Recomendo sempre analisar os diferentes pontos de vista dos autores em relação ao assunto, avaliar linhas de pensamento ou conduta, pesar os prós e contras, contestar o que lemos e contextualizar para a nossa realidade.

Não esqueça da obrigatoriedade de dar créditos, seja na bibliografia, seja no próprio texto, conforme o caso, a seus objetos de pesquisa e devidos autores. Além disso, tenha sempre acesso a um bom dicionário e uma boa gramática.

Com os tópicos elencados, começaremos a criar os elos entre eles através de texto. No caso, começarei pelo tópico desenvolvimento. Prefiro fazer assim, mas fica a critério de cada um, pois a ordem da escrita pouco importa, desde que ela fique estruturada no final com introdução, desenvolvimento e conclusão. Ligando os itens, teríamos:

(1) A comunicação é a disciplina que estuda o processo de interação humana. Uma de suas ramificações é a comunicação interpessoal.

(2) Esta se estabelece quando duas ou mais pessoas decidem trocar ideias. Segundo seus tipos, ela pode ser classificada em: verbal oral, não verbal e verbal escrita.

Uma vez concluída essa etapa, com base no texto desenvolvido, eu costumo fazer um resumo para a "venda" do artigo. Ele será utilizado na introdução. Afinal, é lá que fazemos a venda ao introduzirmos o leitor sobre o que queremos falar. Precisamos nos empenhar para conquistar sua atenção.

Em seguida, faço uma síntese do texto, que permita ir direto ao ponto. De forma concisa, abordaremos os pontos mais importantes, nossas argumentações e concluiremos com nossas recomendações sobre o que analisamos.

Enfim, enviaremos o documento para revisão técnica e ortográfica. É sempre bom ter uma segunda opinião. Pessoas de "fora" verão o assunto por uma perspectiva diferente e podem dar *feedbacks* ótimos. Se possível, dependendo da importância do documento, submeta-o a um profissional para revisão gramatical.

Em seguida, é submeter o documento a eventuais trâmites formais, como homologação por advogados, registros, etc."

9.5. Aprendendo a argumentar e a negociar

— Agora vamos falar de dois conceitos importantes associados à temática: argumentação e negociação.

"O primeiro diz respeito à maneira como você utiliza argumentos para embasar e justificar o seu discurso, sua tese. É a estratégia que você utiliza para defender o seu ponto de vista.

Saber argumentar é fundamental ao vencedor. É através de uma boa argumentação que você pode conseguir investidores para sua empresa, uma promoção, uma venda e por aí vai.

É essencial ser conciso, indo direto ao ponto. Pessoas prolixas cansam o público e dão a sensação de que não têm conteúdo a apresentar. A mensagem principal deve ser clara e objetiva. Em linhas gerais, não recomendo que se adotem mais de três mensagens, diretas ou subliminares, a serem transmitidas, sob o risco de confundir o público.

A argumentação não deve ser feita de improviso. Ela exige planejamento e estratégia. Você está defendendo uma ideia, e sua argumentação terá êxito se ela não for derrubada.

Tal como uma redação, ela deve ter:

- **Introdução:** é a primeira impressão. Dela dependerá se alguém continuará a lhe dar atenção ou não, pois o receptor, consciente ou inconscientemente, julgará se você merece ou não sua atenção. Nela você apresentará a síntese de sua tese, sua motivação, aplicabilidade e relevância. Mostrará ainda o ponto de vista que você defenderá e quais argumentos você utilizará para defendê-lo. Nesse momento você elaborará ainda quais as perguntas que você pretende responder ou qual problema a elucidar, se for o caso.

- **Desenvolvimento:** aqui você narrará de fato sua tese e apresentará suas justificativas e seus argumentos. Para tal, use fontes confiáveis e fatos (achados, ensaios, leis, etc.). Não se apoie em achismos e nem no emocional e apresente dados estatísticos. Aproveite ainda o momento e derrube teses opostas às suas, mas guarde elementos para uma eventual réplica. Elementos surpresa são imprescindíveis. Não mostre todas as suas cartas, a não ser que seja uma tese definitiva que não permita tréplica (sua resposta após a réplica do "adversário").

- **Conclusão:** resuma o assunto abordado e seus argumentos e conclua. Se não tiver um veredito 100% garantido, se restar dúvidas a elucidar, utilize expressões abrangentes como: "somos levados a crer que... e nos resta esperar que". Se tiver experiência e domínio no assunto, às vezes é valido contradizer a introdução. Em outras palavras, iniciar com uma tese preliminar e concluir com algo diferente, argumentando o porquê. A surpresa costuma motivar a plateia.

Cuidado adicional é necessário em casos de réplica. Fale pouco na sua argumentação. Poucas palavras, mas certeiras. Não dê margens a divergências. Aquele que vai desmontar o seu argumento não tentará provar que ele está certo, mas que você está errado. Para isso, prestará atenção aos mínimos detalhes de seu discurso, pois a melhor maneira de fazer isso é usando palavras suas contra você. Pode ainda usar pequenos erros, tais como de dicção, para tentar tirar o foco de seu discurso e levá-lo ao ridículo.

Independentemente se a argumentação durará cinco minutos ou duas horas, se for um discurso para investidores, uma defesa de tese ou uma palestra, use a técnica mencionada; não tenha preguiça, ela é sua inimiga. Planeje e trace uma boa estratégia, inclusive de "contrarréplica", ou seja, tente imaginar o que irão questionar e tenha a resposta pronta na "manga".

Outra coisa: ensaie exaustivamente.

O ensaio é muito importante. Não se faz qualquer tipo de argumentação sem ensaiar. É a prática que leva à perfeição. De preferência, treine primeiro sozinho na frente de um espelho e, em seguida, com sua equipe (se for o caso). O ensaio fará você perceber seus pontos falhos, os tópicos em que você não está tão seguro e se suas expressões corporais e faciais estão compatíveis com seu discurso.

Cuidado ao se prender na expressão facial e corporal do público, inclusive no contato com jornalistas e debatedores. É muito comum que façam expressões de concordar com a cabeça para então discordar verbalmente – por exemplo, para tentar confundir seu cérebro. Ou ainda fingir concordar verbalmente para então discordar agressivamente.

A palavra-chave aqui é: evite ser surpreendido. Para isso, preparação prévia é fundamental.

E se for você a fazer a réplica, tome cuidado com armadilhas na argumentação. É comum um bom argumentador deixar pontos obscuros, pouco claros ou que parecem errados no discurso. Isso é feito para induzi-lo a focar sua atenção neste ponto, para o qual ele está preparado para responder com maestria, e não observar outros.

Lembre-se: apesar de toda a preparação prévia, esteja pronto para improvisar. Para tal, estude o assunto exaustivamente, de forma multidisciplinar e multiangular (sob várias correntes de pensamento e pontos de vista). Improvisação sem conteúdo e domínio da matéria é "suicídio".

Mas e a negociação?

Essa é uma habilidade essencial para que um protagonista e empreendedor faça com que seus negócios ou carreira "decolem". Afinal, nem sempre basta estar certo.

A negociação utiliza os argumentos discutidos anteriormente não para ganharmos a "batalha", mas para maximizarmos as oportunidades em questão. Por exemplo, ao barganharmos um preço, haverá um limite que seu fornecedor não deve ultrapassar, pois o fará perder dinheiro ou até mesmo ir à falência. Nesse caso, se ele permitir que você ultrapasse tais limites, você poderá ter ganhos aparentes mas danos muito maiores no futuro, tal como perder o fornecedor de repente ou ter a qualidade de seus produtos e serviços afetada.

Portanto, uma coisa básica na negociação é que ela seja ganha-ganha, ainda que um possa ter ganho mais do que o outro. Por isso, deixe sempre uma saída digna a seu "adversário". Isso garante bons negócios e respeito mútuo.

Uma negociação bem feita exige preparação prévia e estratégia – e se envolver números (em uma negociação de preços, por exemplo), exige o conhecimento detalhado dos custos do produto ou serviço e de suas margens de flexibilização.

Não tenha vergonha de ter consigo documentos, planilhas e demais materiais de suporte, assim como especialistas. A comunicação não verbal com sua equipe também é muito importante nesse momento, pois nem tudo você poderá falar explicitamente – afinal, há alguém do outro lado da mesa negociando.

Cuidado com as artimanhas do negociador adversário. Ele pode ter feito você sentar contra a luz ou diminuído a temperatura excessivamente para causar desconforto, ter sentado em uma cadeira mais alta, enfim, quanto menos confortável você estiver, pior será sua performance. Além disso, ele pode estar gravando ou filmando a conversa ilegalmente.

Atenção ainda aos blefes. Tal como o jogo de pôquer, nem tudo é real em uma negociação. Mentiras ou exageros são comuns. Exija fatos, seja racional. Não se iluda por oratórias lindas e emotivas. Tudo pode ter sido treinado.

E não acredite naquela falsa técnica do "policial bonzinho e do policial malvado", dos filmes policiais. Por exemplo, se um se irritar e deixar a sala e o outro colocar panos quentes e tentar mostrar que o que propuseram é aceitável. Tudo pode ter sido armado.

E como já dizia minha avó: *não seja inocente nem se deixe guiar pela vaidade!*

Portanto, uma outra dica importante tanto para a argumentação e para negociação é não subestimar seu "adversário". Lembre-se: se ele fez o "dever de casa" como deveria, ele também está preparado. Ele pode ser tão ou mais capacitado do que você. Ademais, ele pode estar escondendo suas verdadeiras intenções. Mas não tenha medo. Apenas respeite. O temor é perceptível e é seu oponente.

Finalmente, não leve a coisa para o lado pessoal. A negociação ou argumentação não deve influenciar o seu emocional nem gerar inimigos declarados.

Além disso, cuidado na sua comemoração para não ofender, ainda que involuntariamente, a moral alheia. Ninguém gosta de perder. Seja profissional.

E se foi derrotado? Reflita sobre tudo o que aconteceu. Faça uma lista das lições a serem aprendidas e ponha em prática ações corretivas. Levante a cabeça e siga em frente. Foi apenas uma batalha e não a guerra. Muitas outras surgirão e você há de vencer, caso aproveite a oportunidade para se preparar, se autodesenvolver e se fortalecer.

Permita-se ficar triste se for o caso, mas por pouco tempo. Levante-se logo e saia do chão, pois isso é coisa de derrotados e quem fica no chão é pisado. Levante a cabeça e "bola para frente".

Ao final da negociação, sempre documente tudo. Faça constar em ata, formalize contratos, solicite assinaturas, oficialize. Assim você evitará mal-entendidos reais ou ilusórios, apenas com o intuito de recomeçar o processo de negociação."

9.6. Assumindo as rédeas de seu autodesenvolvimento

— Antes de continuar, quero fazer uma pequena pausa para refletirmos sobre um assunto importante: o autodesenvolvimento.

"Vejamos algumas dicas que se aplicam a todos os aspectos relacionados a seu autodesenvolvimento.

Não se bitole, não se torne um robô e nem se amedronte porque parece coisa demais a aprender. Seja você mesmo. Você é capaz! Adote seu próprio ritmo. Vá aprendendo lentamente tudo o que falamos aqui. Mas faça um planejamento estratégico de seu autodesenvolvimento e vá melhorando aos poucos.

Esqueça dos outros, faça seu ritmo que você chega lá, pode ter certeza.

Pratique! Pratique muito! A prática leva à perfeição! Tente, "retente", erre, corrija, isso tudo faz parte do processo de otimização e autodesenvolvimento.

Conheço diversas pessoas que vão a cursos de idioma, por exemplo, mas evitam falar. Afinal, falta-lhes vocabulário e falarão errado. Na verdade, sempre faltará algum vocabulário – e se não praticar, como aprender? Fale errado, mas fale!

Relaxe, ninguém sabe tudo nem nasceu sabendo! Coragem!

Pratique, erre sem medo e vá corrigindo seus maus hábitos. Permita-se errar! Por que se julga superior? É apenas errando e corrigindo continuamente que você evoluirá.

Ademais, permita-se sair de sua zona de conforto.

Esse termo, na psicologia, refere-se a situações e comportamentos com os quais você está habituado e, portanto, faz naturalmente. Contudo, para evoluir é necessário sair dessa zona.

Evidentemente, isso não é fácil. É muito mais sedutor fazer aquilo a que estamos acostumados, aquilo que já conhecemos. Tendemos a evitar desafios, novas situações onde tenhamos que aprender e às quais precisemos nos adaptar. Essa aparente segurança impede pessoas de evoluir e as fazem estagnar na vida pessoal e profissional, desperdiçando seu talento e potencial.

Um vencedor deve buscar desafio, deve ser ousado e estar sempre disposto a mudar e recomeçar.

De que maneira? Como sempre, passo a passo, através da prática. Busque sempre coisas novas, arrisque-se. Obrigue-se a experimentar e ousar.

Comece por coisas simples como experimentar uma comida diferente, fazer um programa inusitado, aprender coisas novas, encarar aventuras, viajar com pouco planejamento. Permita-se descobrir coisas novas e leia coisas diferentes.

E, finalmente, sobretudo, aprenda a lidar com críticas, pois são elas que o ajudarão a evoluir. A rejeição a críticas faz com que as pessoas deixem de dar *feedback*, o que é um péssimo negócio para quem está aprendendo. Isso cabe em qualquer tipo de processo de comunicação, quer você esteja ensinando, aprendendo, liderando, sendo liderado. Aprenda a ouvir, a analisar e a tirar proveito das críticas.

A palavra-chave é: experimente!

Falando nisso, vamos ao almoço. Na volta teremos muitos assuntos interessantes."

10. Aprendendo a gerir suas finanças, carreira e negócios

O papo foi intenso no almoço, assim como a troca de olhares entre Maurício e Janaína. Acho que fiz uma boa ação, no fim das contas. Eles estavam soltos. Ele nitidamente não perdeu tempo e tentava se aproximar. Ela, que há muito aguardava, estava bem receptiva.

O papo da manhã havia mexido comigo. Não queria perder Clara tal como Maurício perdeu Chun. As oportunidades são únicas e passam. A hora era essa. Não podia deixar para amanhã aquilo que poderia fazer hoje.

Fui até o Maurício e expliquei que havia planejado ficar um mês direto em Faxinal do Soturno, mas precisava ir para casa naquele final de semana. Voltaria segunda-feira para a aula sobre inovação.

Seria um bate-volta sacrificante, pois regressaria na segunda, mas precisava começar a pôr em prática meu planejamento estratégico; mais especificamente, o plano de ação de aproximação com meus familiares. Expliquei a Maurício, que compreendeu perfeitamente.

Após refletir sobre a palestra, cheguei à conclusão de que queria abrir um negócio que estivesse associado a crianças, jovens e adolescentes. Algo que pudesse facilitar-lhes o aprendizado da escola da vida. Que pudesse fazê-los chegar mais preparados ao mercado de trabalho, que lhes conduzisse ao sucesso...

Distraído com minhas ideias, percebi que estava sozinho com meus pensamentos no refeitório. A aula já ia começar...

10.1. Quanto você vale?

— Boa tarde, amigos e amigas, bem-vindos à continuação de nossa aula da manhã.

"Queria fazer algumas perguntas importantes:

1. Quanto vocês valem?
2. Quanto valem seus serviços?
3. Por que eles têm tal valor?
4. Quanto lhes pagam de fato?
5. Tais valores são aproximados? Não? Por quê?"

Silêncio...

— Ué, ninguém nunca pensou nisso?

"Mas todos nós queremos uma promoção, não?

Ou, então, queremos vender um produto ou serviço mais caro e ter mais lucro, não?

Para ilustrar nosso papo, perguntarei: quanto vale um guarda-chuva?

R$ 5,00? R$ 15,00? Depende?

Eu diria que depende da necessidade. Por exemplo, quanto vale um guarda-chuva para uma mulher que precisa sair exposta ao tempo e acabara de fazer uma escova para uma entrevista de emprego, para um encontro especial ou mesmo para o seu casamento? Muito mais de R$ 15,00, não?

Dessa forma, o valor de um bem ou serviço é maximizado de acordo com seu valor percebido, o que dependerá da necessidade que ele atenderá naquele momento e não apenas do produto ou serviço em si.

Isto também se aplica a sua carreira ou negócio. O ideal é alinharmos a necessidade do cliente com a nossa "solução" (nosso diferencial – potencial, currículo, experiência, etc. –, produto ou serviço). Ilustrarei para facilitar o entendimento.

Tive uma aluna, no MBA de Gestão Estratégica de uma renomada instituição de ensino, que era advogada e engenheira e havia feito as duas formações simultaneamente não por estratégia, mas por indecisão. Ela trabalhava em uma empresa de engenharia, onde era projetista.

Após se dar conta de que suas formações se complementavam, ela fez capacitações em marcas e patentes e em Direito Tributário. Na área da engenharia, fez cursos de inovação e pesquisa e desenvolvimento.

Ela era superespecializada. Após concluir o curso onde eu lecionava, ela colecionaria sua quarta pós-graduação.

O objetivo dela era se especializar mais. Por mais que tentasse, ganhava como uma "simples" especialista em projetos, mas não por falta de esforço. Tentativas não faltaram. Ela convenceu, inclusive, seu superior a, além de suas atribuições correntes, responsabilizá-la pelo registro de patentes da empresa... as pessoas têm uma falsa ideia de que acumular tarefas lhes dará a promoção que buscam... ledo engano.

Seu gerente até gostou da ideia, pois vez ou outra registrava uma patente e ela lhe pouparia um custo extra, mas não valorizou a iniciativa a ponto de lhe conceder um aumento, por exemplo. No seu entender, o valor agregado não era tão grande assim. Mais do que isso, ele achava que fez um "favor" a ela, pois no fundo não tinha tal necessidade e os ganhos de qualidade e custo foram "irrisórios" – afinal, esse não era o *core business* de sua empresa. Pelo contrário: ela volta e meia propunha aumentar os custos da empresa, pois queria registrar "tudo o que via". Na verdade, como era especialista na área, sabia da importância do registro, porém ele se limitava a "cortar suas asinhas" e isso a deixava frustrada.

Mas quem está certo?

Os dois, se usarmos de empatia.

Um dia, na aula, ela me contou essa história, criticando seu superior, e mostrei que o erro não era necessariamente dele. Ela estava semeando em terreno não fértil. Falei que precisava de alguém cuja necessidade se encaixasse com o seu perfil. De preferência, uma empresa cujo *core business* fosse compatível com seu fator de diferenciação.

Orientei-a a elaborar um bom currículo e um plano de negócios, e a partir para a venda da ideia. Ela apresentou a proposta a grandes escritórios de advocacia. Assim ela fez. Em sua terceira tentativa, tornou-se sócia de um escritório renomado. Lá ela criou e se tornou responsável por uma nova diretoria que registraria marcas e patentes, angariaria incentivos e isenções fiscais e proveria consultoria tributária para projetos de seus clientes relacionados a pesquisa e desenvolvimento e inovação (P&D&I).

Hoje, além de ter se tornado uma referência no setor, ela está feliz, ganha bem e recebe altas comissões.

Os clientes a procuram por dar valor à matéria. Não é ela que está "forçando a barra" para vender algo em que acredita, mas que não é uma necessidade de seu cliente.

Procure direitinho e poderá achar algum empreendimento cuja necessidade se encaixe perfeitamente em seu perfil. E lhe será dado o devido valor, pois se perceberá algo diferenciado em seu trabalho.

É importante capacitar-se estrategicamente e ter consciência das características que o diferenciam. Se quer uma promoção, prepare-se para ela, capacite-se, invista no seu futuro (tempo e dinheiro). Mas não se engane: isso vai exigir um sacrifício, como tudo na vida que se consegue de maneira lícita.

A diferenciação não está apenas associada a uma capacitação, ela pode ser comportamental.

Portanto, não basta capacitar-se – é preciso ter estratégia para definir exatamente onde, como e quando se quer chegar e coragem para buscar o lugar ou negócio onde seu perfil "se encaixe como uma luva" e onde sua capacidade será aproveitada de forma plena.

Ela soube vender-se, bem como o seu plano de negócios. E você, será que você se vende bem? E seus projetos?

Já falamos da importância de sua imagem, da comunicação verbal, oral e escrita, além da não verbal e de saber argumentar e negociar. Tudo isso colaborará para o sucesso de sua venda.

Não se esqueça de documentar seu perfil e seu projeto através de currículo e plano de negócios efetivos. Tal como o plano vende seu negócio, o currículo é seu cartão de visitas. Sua atratividade é essencial para que seja convidado para entrevistas, onde terá a oportunidade de exercer sua argumentação na defesa de sua candidatura a uma empresa ou de seu plano de investimentos a investidores.

Algo essencial é saber o que vender.

Ela até sabia o que tinha "nas mãos". Faltou estratégia e a coragem de buscar uma oportunidade melhor. Mas há aqueles que nem sabem o que têm "nas mãos" e seu respectivo valor. E você, sabe?

É preciso conhecer nossos pontos fortes e os pontos a melhorar e desenvolver o mais rápido possível esses últimos. Falaremos posteriormente como você pode fazer uma avaliação de seu perfil usando alguns testes;

por ora, assumamos que você conhece suas qualidades, ok? Quais delas são diferenciais?

Um dos principais equívocos que percebi em minha vida de executivo foi a maneira como meus colaboradores vinham pedir aumento de salário e promoções. Chegavam totalmente despreparados:

– *Eu preciso de um aumento porque estou ganhando pouco...* (é mesmo? Em relação a quê? A quem? Você fez um *benchmarking*?)

– *Eu preciso de um aumento porque eu tive um filho...* (legal. Explica, mas não justifica. O filho é seu, não?)

– *Eu preciso de um aumento porque eu sou pontual e cumpro meu dever dentro da empresa...* (estou enganado ou essa é a sua obrigação?)

Eu podia passar dias elencando argumentações "furadas" como essas. Qual sustentação elas têm? Caem por terra em segundos, até mesmo perante o mais despreparado dos chefes. Mas o que fazer?

Antes de mais nada, recomendo fazer uma análise minuciosa da empresa, de sua estratégia, política de remuneração, situação financeira e de seus *sponsors* (patrocinadores), tais como seu chefe, o chefe dele e por aí vai.

Avalie ainda o que a empresa valoriza e entenda a sua estratégia. Conheça seus valores, missão e visão (geralmente são públicos). Avalie quais são as características das últimas pessoas que foram promovidas. Qual era o perfil delas? Que competências tinham?

Analise seus diferenciais. Tudo aquilo que é sua obrigação não é um diferencial. Ser pontual, entregar o resultado prometido e ser ético são obrigações. Ser criativo e proativo e exercer tais características, por exemplo, é um diferencial. Você pode ainda ter alguma formação ou conhecimento complementar que possa agregar valor ao negócio. Ou ter um bom *networking* que possa agregar valor.

Uma vez conhecidos, seus diferenciais precisam ser demonstrados.

Faça uma análise e veja onde deseja chegar e quais são os pré-requisitos para tal. Se quer ser um gestor, por exemplo, quais são as capacitações e formações obrigatórias e desejadas?

Em seguida, passe a se vender. Demonstre que tem a capacidade para tal, sem atropelar ninguém nem se expor excessivamente. Apenas use de proatividade e criatividade.

Proponha ideias, soluções. Mostre interesse, seja participativo. Faça isso de forma estratégica e planejada e demonstre que sabe o que está falando.

Avalie se há algum problema a resolver atualmente. Veja o que pode ser melhorado, de preferência que traga retorno financeiro à empresa.

Cuidado com a armadilha de se mostrar imprescindível. É uma falsa ilusão achar que isso traz segurança. Todos podem ser substituídos, o que muda são os recursos envolvidos e as consequências, nada além. Essa postura atrapalha a sua carreira. Os imprescindíveis jamais são promovidos, pois não podem deixar seu posto. Forme sucessores, não tenha medo de passar o conhecimento adiante.

Quer ser um vencedor? Porte-se como um!

Sua "proteção" não está em guardar conhecimento, mas em inovar sempre, estar atualizado e à frente de seu tempo, em fazer acontecer. Em ser um visionário-protagonista estratégico e inovador.

Para ilustrar, contarei uma história de outro ex-aluno que trabalhava em uma indústria de bebidas como supervisor de produção. Ele cumpria suas obrigações à risca e resolveu fazer mais: ficou analisando a linha de produção, proativamente, e percebeu que esta ficava muito tempo parada quando faltava algum componente. Ele estava fazendo engenharia de produção e aprendeu sobre o Kanban. Tal palavra tem origem japonesa e significa "placa visível". Essas plaquinhas, geralmente de cor verde, amarela e vermelha, são colocadas em locais estratégicos da linha de produção e demonstram quando determinadas peças estão se esgotando ou se esgotaram, o que facilita sua reposição.

Ele me falou sobre o assunto e o orientei a preparar um plano estratégico e trocamos ideias de como deveria proceder.

Ele conversou com o seu chefe, em quem confiava, e vendeu a ideia. Disse que tinha uma maneira de reduzir os custos da empresa e que gostaria de ter uma participação em tal redução.

Seu chefe o orientou a formalizar a ideia e preparar um *business plan* que contivesse uma análise de viabilidade econômica e que explicasse exatamente como pretendia se remunerar.

Mal sabia ele que Pedro, esse é o nome de meu ex-aluno, já o tinha feito, assim como uma apresentação em PowerPoint. Ele foi persuasivo o suficiente para convencer seu chefe a deixá-lo fazer a apresentação na presença do diretor. Ele tinha convicção de que seu superior estaria disposto a recebê-lo, pois sabia que a empresa encontrava-se em situação financeira frágil, visto que o preço de seus concorrentes era mais atraente e que seu diretor buscava uma solução imediata.

Sabia ainda que a empresa nessas condições não podia lhe conceder um aumento imediato. Fez alguns cálculos e chegou à conclusão de que seus métodos reverteriam a situação da empresa, pois reduziriam em 20% os custos de produção.

Ele mesmo fez um esboço do software que seria necessário. Não daria conta de fazer isso e suas atividades simultaneamente, logo, apenas orientou o processo. Isso fez com que a operação tivesse custo muito baixo. Pediu que tivesse remuneração apenas em caso de êxito e da seguinte forma: pagamento de bônus de até cinco salários no ano seguinte (de acordo com o percentual que reduzisse de custos), um MBA quando terminasse seus estudos (terminaria no final daquele ano), para que pudesse crescer junto com a empresa, e uma promoção de carreira do nível médio para o nível superior no ano seguinte.

Pedro havia pesquisado e sabia que a empresa possuía um mecanismo de gestão que possibilitava tal arranjo. Em uma semana ele assinou seu contrato de gestão.

Ele conseguiu 25% de redução efetiva de custo no piloto. Em poucos meses seu piloto foi massificado. A empresa cumpriu o prometido. Hoje ele é gerente de produção.

Vejam que ele traçou uma estratégia com uma linha de argumentação e não tinha como a empresa dizer não. Ele pesquisou, se preparou e, ao confiar na sua capacidade, conquistou."

Nesse momento Maurício é interrompido por uma participante:

— Mas, Maurício, eu sou uma simples dona de casa. Você falou de pessoas com pós-graduação. Teria como dar um exemplo mais palpável a minha realidade?

— Claro, e obrigado pela pergunta, Carolina.

"Fui certa vez a uma loja de plantas e a senhora que lá estava trabalhava na área de limpeza da consultoria em que eu trabalhei. Ela era muito querida e carismática, e sua ausência foi notada. Fiquei muito feliz em saber que estava empreendendo.

Conversamos e ela me disse que sua loja ia bem, mas que, embora tivesse uma receita considerável para o seu porte, após cobrir suas despesas, seus ganhos finais eram poucos. Seus clientes eram muito sensíveis ao preço e ela estava tendo dificuldades em competir com seus rivais. Ela queria trocar o negócio por um que desse maior retorno e me pediu aconselhamento.

Perguntei a ela: *por que não permanece no negócio e muda de clientes?*

Sugeri que especializasse seu negócio, voltando-o para um segmento específico de clientes. Seus arranjos tinham qualidade superior, mas estes eram um fator de difícil percepção ao cliente leigo que lá frequentava.

Coincidentemente, eu tinha uma colega que dava aulas gratuitas de ornamentação para festas em uma ONG e sugeri que ela frequentasse tal curso e que usasse o que aprendeu, sinergicamente, para diferenciar seus produtos para que fossem percebidos como presentes diferenciados, e não apenas artigos para jardins. Falei ainda que deveria dar uma repaginada nela e na loja, pois o novo público-alvo exigiria.

Ela estava capitalizada para tal e teve a coragem necessária para aprender e se reinventar.

Meses depois, segundo ela, seus negócios iam de "vento em popa". Pela quantidade de clientes na loja, pelo preço de seus produtos, alto valor percebido e baixo custo que notei, constatei que era um fato. Ela descobriu uma espécie de rede plástico-metálica, branca e dourada, que enfeitava seus arranjos, assim como vasinhos decorados de papelão que sobrepunham os vasos pretos plásticos onde as plantas estavam enraizadas. O material era muito barato, usado em ornamentação de festas, mas o valor agregado era inestimável. Os arranjos eram lindos – eu mesmo comprei uma orquídea para presentear uma pessoa. O visual de sua loja também era diferenciado. Era um sucesso tão grande que ela estava até pensando em abrir uma franquia de seus negócios.

Ela conservou o negócio original nos fundos e criou essa loja de presentes na frente. Seus buquês e ornamentações eram uma verdadeira obra de arte. Colocou ainda alguns artesanatos lindos à venda. Segundo suas próprias palavras, descobriu um dom que nem sabia que tinha.

Observem as marcas e os restaurantes de luxo, por exemplo. A qualidade de seus produtos e pratos é notória, pois devem corresponder à expectativa, mas seu valor percebido maior está no *status* e na experiência que agregam. Quando você vai a uma churrascaria de renome, há música ambiente, garçons bem vestidos, sorridentes e educados, comidas ornamentadas e o ambiente é finamente decorado. Tudo isso para proporcionar uma experiência diferenciada. Uma experiência "cinco estrelas". Daí a sua percepção de valor superior em relação a uma churrascaria comum, fazendo-lhe pagar mais não só pelo churrasco e demais pratos, mas por uma experiência degustativa e de socialização diferenciada.

Darei outro exemplo. Eu tinha uma *personal trainer* muito competente. Ela possuía mestrado, criou um método próprio e, dessa forma, conseguia motivar seus clientes e garantir que atingissem seus resultados. No entanto, estava começando no ramo e quase não tinha clientes.

Ela me pediu para indicá-la a amigos. Lembrei-lhe que o "boca a boca" era uma ótima estratégia para divulgar seus serviços, mas não a única. Ela reagiu dizendo que não tinha capital para investir em outras mídias, pois seria muito oneroso. Fui obrigado a discordar totalmente. Treinávamos sempre na praia, e sabia que era onde frequentemente treinava seus alunos, pois é um lugar de que muitas pessoas gostam. A praia permite um ambiente descontraído, o contato com outras pessoas e com a natureza. Ela não era filiada a nenhuma academia e nem todos têm academias em casa, logo, seu público-alvo era restrito.

A praia, porém, estava repleta de clientes potenciais caminhando, papeando, malhando. Uma providência simples foi sugerir que ela colocasse uma camisa escrita *personal trainer* e uma mensagem do tipo "procure-me se quiser monitoria". Parece simples, mas foi efetivo. Como alguém saberia que ela era uma profissional do ramo em meio a tantas pessoas?

Ela criou ainda um perfil em mídias sociais para que as pessoas pudessem pesquisar por ela e saber seus diferenciais.

Outra providência foi fazer um cartão de visita. Afinal, além de dar um tom profissional, seria uma forma das pessoas manterem contato.

Finalmente, sugeri que investisse em equipamentos destinados a circuitos de praia: cones, bolas, bambolês, elásticos, dentre outros, colocados na areia da praia, com os quais as pessoas pudessem se exercitar. Havia visto isso na Europa, e no Brasil era um nicho a ser explorado.

Gastou menos de R$ 100,00 para fazer a camisa e os cartões de visita. Os equipamentos do circuito de praia ela foi comprando aos poucos. Hoje várias pessoas trabalham para ela.

Espero ter exemplificado bem, Carolina...

Para finalizar, vamos a algumas reflexões importantes:

Primeiramente, ousarei dizer uma coisa: todo mundo devia mudar de emprego, negócio ou segmento de negócio, nem que fosse uma vez.

Isso ajuda no autodesenvolvimento, pois a pessoa sai da zona de conforto e é obrigada a rever conceitos, voltar a aprender, a lutar e a se superar. Quando não o faz, volta e meia a vida faz isso por ela. Muitos tomam como uma derrota, mas, se soubessem aproveitar, seria uma oportunidade para ampliar seus horizontes e evoluir, inclusive financeiramente.

Você está no emprego ou negócio certo, aquele que maximiza seus diferenciais e suas oportunidades? Está feliz? Dinheiro não é tudo: analise todos os aspectos que agregam valor, ou não, tais como ambiente de trabalho, perspectiva de crescimento, de aplicar seus conhecimentos e sua qualidade de vida.

Por falar nisso, exceto se for extremamente necessário, nunca pule "sem rede de proteção". Em outras palavras, se você quer mudar de ramo, não deixe seu negócio ou emprego atual sem a certeza de que será contratado por outra empresa ou sem antes obter a estabilização do seu próximo negócio.

Sempre tenha um plano de contingência, uma porta de saída.

Ousar é diferente de agir por impulso. Lembre-se: devemos ser prudentes e agir com estratégia; afinal, tratamos não apenas de nossa vida, mas da de nossos dependentes.

Quero destacar ainda a importância do *networking* e do relacionamento. Obrigue-se a se relacionar com as pessoas e escolha companhias que compartilhem de seus princípios morais e que expandam seus horizontes. Para tal, é importante ter flexibilidade e agir com diplomacia. Seja extrovertido, mas objetivo. Saiba relacionar-se com estratégia.

Expanda sua rede de relacionamentos pessoalmente, mas também virtualmente. Por exemplo, o LinkedIn é uma ferramenta útil para buscar oportunidades profissionais. Cuidado, porém, para não se tornar refém ou escravo das mídias sociais, principalmente agora, com a facilidade da conectividade em todo lugar (*smartphones*), isolando-se em seu mundo virtual e afastando-se das oportunidades e dos prazeres da vida.

Outra coisa: explore a "carreira em Y". Trata-se de um conceito de plano de carreira adotado por várias empresas que oferece oportunidades de progressão profissional similares aos especialistas e aos gestores. Antigamente, todos buscavam crescimento profissional galgando cargos de chefia. A letra Y representa a bifurcação entre as duas carreiras: gestores e especialistas. Mas lembre-se: caso opte pela última opção, seja um especialista-generalista. Meio antagônico? Na verdade não. As pessoas acreditam que ser um generalista é uma característica que apenas gestores deviam ter (ainda que não se veja isso na prática), mas estão enganadas. Ser um generalista é vital para alimentar nosso banco de dados mental e para identificarmos e explorarmos sinergias, para sermos criativos. Portanto, saiba e faça de tudo um pouco, apesar de se especializar em algo. Isso será essencial no seu processo de diferenciação.

Finalmente, não aceite migalhas! Não coma no chão!

Se quiser lá comer, ok, mas não reclame da vida nem inveje as outras pessoas.

Quantas e quantas pessoas se deixam ser exploradas por achar que aquela é a única opção, ou pelo medo de se impor ou do desconhecido?

Enfim, para vencer é preciso saber seu valor e também se dar valor."

10.2. Qual é o meu perfil pessoal e profissional?

— Falemos agora de outro assunto importante. Qual é o seu perfil profissional e pessoal?

"O Ricardo fez uma autoavaliação utilizando uma análise SWOT, mas ela pressupõe que nos conheçamos bem. Nem sempre isso é verdade, não é? Você se conhece? E será que há meios de se conhecer? De traçar um perfil pessoal e profissional seu?

Há várias ferramentas que podem ajudar nesse processo. Citarei uma delas, o que não quer dizer que seja melhor ou pior que outras, mas está acessível na internet, basta pesquisar. Ela é comumente utilizada no âmbito de negócios. Ela se chama MTBI (em inglês, o acrônimo significa *Myers-Briggs Type Indicator*). Ele leva o nome de suas criadoras (Katharine Cook Briggs e Isabel Briggs Myers) e é utilizado para identificar características e preferências pessoais. Ele se baseia nas teorias do famoso psiquiatra e psicoterapeuta Carl Gustav Jung. Segundo seus aplicadores, trata-se de um dos instrumentos para avaliação de personalidade mais utilizados do mundo. Como em qualquer outra ferramenta, há os que critiquem o método.

Há profissionais que indicam o MTBI para avaliações acadêmicas, profissionais e psicológicas, e outros divergem em utilizar tal teste.

Como em qualquer outro caso, não recomendo que ninguém fique bitolado com a ferramenta e nem que a use como verdade absoluta. Raciocinar é um dever. Porém, ela pode ser mais um parâmetro a ser considerado para auxiliar as pessoas a se conhecer um pouco melhor.

Adicionalmente, acredito que, como qualquer avaliação psicológica, o MBTI carece de avaliação profissional complementar sempre. Logo, procure um psicólogo especializado.

O resultado do teste pode vir a ser um dos parâmetros utilizados em seu autodesenvolvimento para a vida profissional, acadêmica, empreendedora e pessoal.

Não pretendo me aprofundar na metodologia, mas, de maneira simplificada, o teste utiliza sempre parâmetros que se opõem (ou isso ou aquilo) para traçar um perfil com base em quatro aspectos ou polaridades:

- Se você é naturalmente **Introvertido** (I) ou **Extrovertido** (E), ou seja, o quão social você é. Como você foca a sua atenção. Você pensa antes de agir ou age e depois mede as consequências (como costumo brincar, aquelas pessoas que têm o "cérebro muito próximo da boca")? Prefere comunicação escrita ou verbal? Você se sente melhor quando socializa, convive com outras pessoas ou prefere o isolamento?

- Se você é **Intuitivo** (N) ou **Sensorial** (S), ou seja, como você coleta informações. Você prefere fatos concretos ou o abstrato? É preciso crer para ver? Você usa seu sexto sentido? Sua intuição? Permite-se imaginar? Tem *insights*? Consegue ver padrões e lógicas por trás das coisas? Você toma a iniciativa para construir novos relacionamentos? Aprende melhor executando ou interagindo? Você tem facilidade de se concentrar e focar em algo? Prefere conhecimentos superficiais ou aprofundados? Está atento aos detalhes? Prefere a teoria ou a prática?

- Como você organiza as informações e toma decisões? Os critérios são **Pensamento** (T) ou **Sentimento** (F). Você é uma pessoa empática? Estratégica? Analisa o ambiente? Você pondera todos os pontos antes de decidir? Como você lida com conflitos? Você é analítico? Lógico? Você se guia por valores nas tomadas de decisão?

- E como você se identifica com o mundo exterior? Nesse caso, as duas categorias são **Julgamento** (J) ou **Percepção** (P). Você comunica a forma como você toma decisões a terceiros? Você é metódico? Organizado? Sistemático? Gosta de planejar? É espontâneo e imprevisível? Prefere o formal ou o informal? Como você lida com mudanças? Como você lida com a pressão?

Ao fazer o teste, o resultado lhe dará as suas quatro letras, conforme a tabela:

ISTJ	ISFJ	INTJ	INFJ
ISTP	ISFP	INTP	INFP
ESTJ	ESFJ	ENTJ	ENFJ
ESTP	ESFP	ENTP	ENFP

Elas são atreladas à descrição de sua personalidade e a conselhos sobre como agir perante os pontos fortes e a melhorar o perfil, que você pode adotar, se julgar que é o caso. Elas podem ser uma das formas de demonstrar se você lidaria naturalmente melhor com administração ou exatas, por exemplo. O que não significa dizer que não deva fazer o oposto – afinal, nós podemos desenvolver as virtudes de qualquer uma das características.

Na minha opinião, você precisa de um pouco das qualidades de cada opção, ou seja, ser um pouco extrovertido e um pouco introvertido e gozar das virtudes de ambos.

Você precisa ter as oito características e não apenas quatro. Evidentemente que uma delas será dominante em você, o fará se sentir mais confortável quando age dessa forma. Porém, você deve buscar complementar a sua personalidade com a característica oposta.

Isto o ajudará a desenvolver sua empatia, a tomar decisões mais equilibradas, enfim, a se tornar um visionário-protagonista estratégico e inovador, a vencer.

Querem fazer o teste? Ótimo, busquem, façam, contestem, analisem!

Querem saber a característica de cada perfil, segundo a metodologia? Que bom! Pesquisem! Não falta material na literatura.

Ele não foi assertivo? Preferem outro teste? Vocês já sabem o que fazer... busquem e raciocinem."

10.3. Qual é o perfil dos meus clientes?

— Maurício, com licença – interrompeu um senhor da plateia – Você disse que, além de nós, são importantes nossos *stakeholders*, certo? Dentre eles, nossos clientes. Já entendemos como avaliar nosso perfil, mas como avaliamos o perfil de nossos clientes? Se estão dispostos a aceitar ou não nossos produtos e nossa marca, por exemplo. Se saberão usar? Além disso, eu sou uma pessoa só, é mais fácil avaliar. Os clientes são muitos e não são iguais. Tenho que aplicar um MTBI em cada um?

— Ótima pergunta!

"Existe um método chamado Personas que pode ser utilizado para responder a sua pergunta no tocante à usabilidade, a ações de marketing, etc. Quando criado por Alan Cooper, um pioneiro em desenvolvimento de sistemas de informática, o método tratava apenas da interação dos usuários com sistemas. Se tais sistemas seriam amigáveis tomando por base suas diversas características, tais como afinidade tecnológica, níveis de educação, níveis sociais, idade, cultura, etc. É notório, porém, que o método pode ser adaptado para muito mais áreas, incluindo avaliação da usabilidade não apenas de software mas hardwares, marketing e até mesmo vendas.

Em termos simples, o método consiste em criar personagens com base em entrevistas e análises realizadas com os clientes em questão, que são agrupados em *clusters*, isto é, grupos que tenham características e necessidades similares. Para cada *cluster* é criado um personagem. A partir daí os perfis são validados e utilizados para orientar o desenvolvimento de produtos e serviços que tenham este público-alvo.

Cada perfil tem uma história de vida associada. Tal como Dona Maria, que tem 78 anos de idade, estudou até a quarta série do ensino fundamental, possui renda de dois salários mínimos mensais provenientes da aposentadoria de seu marido e se interessa por tudo o que diz respeito à cozinha, porém não é muito adepta de tecnologia. Não sabe usar o computador, mas aprendeu a manusear seu telefone celular para trocar mensagens. Sabe ainda utilizar diversas funções de seu micro-ondas, que aprendeu com a prática, pois não é adepta de ler manuais; e por aí vai.

Esses personagens fictícios são muito úteis para orientar o desenvolvimento de produtos e serviços, mas nada substitui o contato com o cliente. Por isso, pesquisas quantitativas e qualitativas são muito importantes. Na quantitativa os clientes respondem de maneira rápida e com base em questões e opções de respostas pré-formuladas. No caso da pesquisa qualitativa, as respostas são mais elaboradas.

Questões podem ser formuladas de acordo com o que se queira descobrir. Por exemplo: a faixa etária dos clientes, seus gostos, suas necessidades, o quanto estariam dispostos a pagar por um dado produto ou serviço se agregasse o valor tal, sua renda mensal, etc.

Tais pesquisas podem ser aplicadas antes, durante e após a implantação do produto ou serviço e para fins diferentes, tais como para avaliar sua aceitabilidade, usabilidade, se os clientes ficaram satisfeitos com o que viram e qual o valor percebido.

É importante ainda dizer que há uma ampla fonte de pesquisas já feitas por institutos sérios e que podem servir a seu propósito. Elas vão desde características político-geográficas até meteorológicas. Portanto, pesquisem muito. Não há por que "reinventar a roda".

Vale a pena realizar avaliações em grupo (*focus group*) de produtos e serviços, onde clientes são convidados para um mesmo ambiente e diversos assuntos são colocados abertamente em discussão.

E nada substitui a degustação, vulgo "provinha". Os vendedores de cachaça já ofereciam provinhas aos clientes do bar, para facilitar a venda do produto aos donos dos estabelecimentos. Como disse, às vezes a prática é tão importante quanto a teoria.

Ação similar ocorre em relação a qualquer produto que se queira lançar. A "provinha" facilita a concretização do que realmente será ofertado, com o cliente podendo usufruir do produto ou serviço em caráter experimental.

Há diversos outros métodos interessantes, mas não os tirarei o prazer de pesquisar e exercer seu autodidatismo.

Respondido?"

Nossa! Que aula!

Agora é correr para arrumar as malas e tomar o rumo do aeroporto...

Aproveitarei para pensar melhor na ideia que quero incubar. Tenho certeza de que desenharei uma empresa de sucesso que ajudará crianças, adolescentes e jovens. Agora só preciso identificar qual será o seu *core business*. Tenho muito o que pensar e trabalhar...

11. Exercendo a criatividade e descobrindo um nicho de negócio

Mal entrei no carro para seguir viagem rumo a Porto Alegre e minha cabeça começou a fazer um retrospecto de tudo o que havia aprendido.

Dentre outras coisas, fiquei muito impressionado com a capacidade de Maurício de traduzir a teoria para a prática e de identificar sinergias. Engraçado como entendemos muito melhor a teoria quando a colocamos em prática.

Lembrei-me do churrasqueiro ateando fogo no carvão, das aulas de química e de meus tempos de escoteiro, mais especificamente de quando aprendi sobre a teoria do fogo. O fogo nada mais é que uma reação química que resulta em calor e luminosidade.

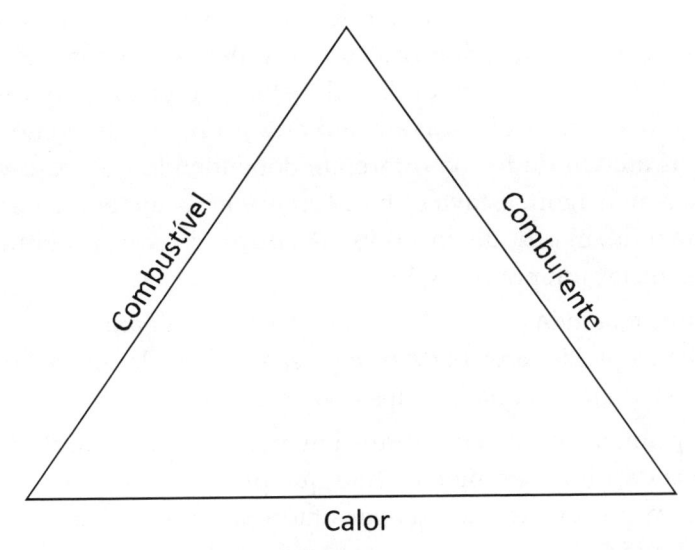

Triângulo do fogo

Após escolher na floresta um local seguro que não oferecesse riscos de incêndio, fazíamos um amontoado de gravetos finos e folhas secas. Isso formava uma "bucha". Após acesa, esta ia acendendo naturalmente os demais gravetos, mais grossos, que ficavam devidamente empilhados na vertical, formando uma espécie de túnel. Como o processo de "busca" pelo oxigênio tende a ser vertical, dado o "túnel formado", o fogo atinge os demais gravetos naturalmente durante essa busca e a fogueira se acende de forma mais eficiente.

Foi exatamente o mesmo princípio que o Kleber utilizou para atear fogo no carvão na churrasqueira. Ao empilhar o carvão em um formato de "vulcão" e fazer uma espécie de bucha com os jornais, ele se utilizou desse princípio de maneira sábia, consciente ou inconscientemente. Afinal, quantas e quantas pessoas não conhecemos que aprenderam através da prática? Podem até não saber a teoria que origina suas ações, mas inovam e realizam a cada dia.

Estava tão entretido em meus pensamentos que, quando dei por mim, havia aterrissado no Aeroporto Internacional do Rio de Janeiro. Após ter enfrentado a estrada de Faxinal do Soturno a Porto Alegre e o voo até a cidade maravilhosa, tinha consciência de que este era apenas o início do meu trajeto para casa.

Após certa espera, finalmente estava a bordo de um táxi. Como previ, havia um trânsito insuportável na Linha Vermelha, via "expressa" que liga o aeroporto à zona sul. Apesar de, teoricamente, estar contra o fluxo, pois seguia para a zona sul, sofria com os reflexos do engarrafamento da ponte Rio-Niterói e da avenida Brasil. Sabia que passaria horas parado, mas isso já não me incomodava como antes. Engraçado como coisas similares nos afetam de forma diferente, dependendo de nosso estado de espírito; e o meu agora estava ótimo. Tempos atrás eu teria passado o trajeto reclamando, mas fiquei fazendo meu dever de casa, procurando uma ideia para iniciar um novo negócio.

Aproveitei ainda para refletir sobre como faria para reconquistar minha família e apreciar a vista da bela paisagem da orla do aterro iluminada e da selva de pedra criada pelos homens.

Pela primeira vez, chamou-me a atenção uma comunidade carente, às margens da Linha Vermelha. Não que nunca tivesse visto, pelo contrário, nunca gostava de ficar engarrafado ali, pois temia ser vítima de arrastões. Ouvi falar que eram frequentes naquele local. Devido à retenção do tráfego, o táxi ficou parado por dezenas de minutos na frente daquela comunidade carente. Em vez de sentir apreensão (ao contrário do taxista, visivelmente incomodado, que não parava de socar o volante do carro), decidi observar atentamente o local. Muitas dessas comunidades servem de refúgio para traficantes de drogas que, de certa forma, as gerem sob suas regras. Trata-se de um poder paralelo ao estado de direito.

De dentro do táxi pude avistar algumas ruas e pessoas que nela trafegavam. Pareciam moradores chegando de uma longa jornada de trabalho. Imaginava como seria chegar às suas casas, cansados após passar horas a bordo de um transporte público lotado, e ter que enfrentar aquela situação caótica de falta de saneamento básico, energia elétrica de qualidade e o perigo de balas perdidas em trocas de tiros e retaliações diversas. E talvez o pior de tudo: enfrentar a falta de perspectiva de um futuro melhor. Não que aquela situação condicionasse as pessoas a um futuro predefinido, pelo contrário – agora acreditava que o nosso destino dependia apenas de cada um de nós –, mas pelo fato de muitas daquelas pessoas já terem desistido de lutar por um futuro melhor, dados os obstáculos que enfrentavam no dia a dia, e outras por conta do "comodismo" de receber auxílios daqui e dali, que as ajudavam a sobreviver. Agora via claramente que a vida não tem sentido se não houver a luta constante pela evolução e superação. Desistir disso seria um suicídio inconsciente que nem uma doença silenciosa que aos poucos vai tirando a vitalidade das pessoas, até não sobrar mais nada. O brilho nos olhos vai sumindo pouco a pouco, tal como uma vela a se extinguir. Como poderia reacender a chama daquelas pessoas?

Decidi que meu novo negócio precisaria ter uma motivação especial. Teria que gerar o bem coletivo. Aquele poderia ser um ponto de partida. Temos a mania de esperar pela intervenção do estado, mas todos podemos fazer a diferença. Não obstante a necessidade daqueles adultos, estava mais preocupado com as crianças. Que futuro teriam?

Precisava entender o que aqueles cidadãos brasileiros, vítimas do esquecimento, desejavam, ou melhor, necessitavam. Para entender, precisava ser empático. O que faria? Empatia...

Eu vim de baixo, logo tinha uma boa noção daquela realidade. Mas ser empático àqueles pais e mães de família? Opção melhor não havia que me imaginar vivendo naquela situação com minha linda filha, aquela que mais amava na vida. O que eu desejaria para ela?

Após refletir, concluí que não seria diferente do que qualquer pai e mãe deseja para seus filhos. Gostaria que ela tivesse uma oportunidade de vencer na vida e não passasse pelos sacrifícios que passei, que não cometesse os mesmos erros. Gostaria que tivesse acesso a um futuro melhor e que trabalhasse para isso. Gostaria que se tornasse uma cidadã exemplar e vencedora, tanto na vida pessoal quanto na profissional.

E a minha filha, do que gostaria? Por certo, vencer na vida e dar orgulho aos pais. Ajudar a dar um futuro melhor a sua família e vê-la feliz.

Lembro de um documentário que assisti sobre como o tráfico de drogas atraía dezenas de menores de idade todo mês em uma comunidade. Neste, aliciadores e aliciados expunham suas motivações e suas verdades. Apesar de existirem esforços isolados e sérios de ONGs e outras organizações, a percepção por muitas daquelas crianças era de que a única força eficiente, com a qual conviviam diariamente e que lhes oferecia constantes oportunidades, era de fato o tráfico de drogas. Eles ofereciam uma "carreira", dita promissora, àquelas crianças, adolescentes e jovens. Por muitos, os traficantes eram vistos como heróis, afinal exerciam o poder no local. Crianças com apenas oito anos de idade serviam de "aviões", estudavam na escola do crime e, por sorte, seriam promovidas a "fogueteiro", vigias e quem sabe um dia chegariam a gerentes de uma "boca de fumo".

Por um lado, há restrições para o recrutamento legal daqueles adolescentes. Para uma empresa se candidatar a dar um futuro melhor àqueles adolescentes como menores aprendizes existem várias regras a serem seguidas e processos burocráticos a serem enfrentados. Por outro lado, o tráfico age sob seus próprios regulamentos e está disposto (e capitalizado) a oferecer um futuro "melhor" a essas pessoas, ainda que curto. Não adianta tapar o sol com a peneira. É fato que esse recrutamento existe e que se não houver um concorrente de peso, ele continuará a ser efetivo, visto que muitas daquelas pessoas o veem como a única opção possível. E quais são os concorrentes que hoje existem?

Bom, há escolinhas de futebol que atraem jovens e adolescentes que sonham em se tornar um craque no futuro, mas tal sonho só é possível para poucos. Há ainda iniciativas similares nas artes, na culinária, no artesanato... só que tudo isso ensina ofícios – e a vencer no mercado de trabalho, quem ensina? A vencer no mundo de negócios, seja como profissional, executivo ou empresário? Mais do que isso: quem ensina aquilo que aprendi com Maurício no período em que estive em Faxinal do Soturno? Quem ensina as mudanças comportamentais necessárias ao vencedor?

Nossa, seria muito bom se eu conseguisse multiplicar os ensinamentos de Maurício... mas como?

Como mudar a cultura e fazer com que essas pessoas se tornem visionárias e protagonistas estratégicas, para que tenham a oportunidade de vencer? Como fazer isso de forma autossustentável? De onde viriam os recursos? Como dar àquelas pessoas a mesma educação e oportunidade que desejava para a minha filha, apesar das diferenças culturais, sociais, econômicas e de afinidades tecnológicas envolvidas? Sim, pois não haveria por que impor condicionantes àquelas pessoas, pois, "trabalhadas", elas teriam no mínimo a mesma capacidade de minha filha, e até mesmo superior, pois aprenderam a lutar pela sobrevivência desde cedo.

Além disso, o negócio precisa ser lucrativo, afinal preciso manter o meu padrão de vida e, de preferência, gerar mais riquezas para minha família e para a sociedade.

Mas espera aí... pensando bem, isso não é um problema restrito às comunidades carentes. De maneira geral, independente da classe social, quem ensina isso? Quem ensina crianças, adolescentes e jovens a prosperar no mercado de trabalho, seja como empresários ou empregados, e não apenas na teoria, mas na prática? Sim, na prática. Ela é fundamental para o aprendizado efetivo, conforme constatei no caso do Kleber acendendo a churrasqueira.

As escolas fundamentais preparam os estudantes para o ensino médio, que os prepara para a universidade, que, por sua vez, forma academicamente os profissionais, mas não os prepara para o mercado de trabalho e nem para a vida. O ensino acadêmico foca a teoria, mas e quanto à prática?

Lembro que, quando estava na Europa, esse era exatamente o diferencial dos profissionais que lá encontrava. As grandes universidades da Alemanha e da França, por exemplo, focam na prática como fator de diferenciação de seus profissionais. Exemplos similares podem ser encontrados na China e nos Estados Unidos. Na Europa, tive a oportunidade de ser o tutor de estágio de profissionais de diversos níveis acadêmicos. Ao contrário do Brasil, onde lidei com diversos profissionais recém-formados que saiam "crus" das universidades, pois não haviam praticado a teoria aprendida, lá eles sabiam como agir. Dessa forma, ministrávamos treinamentos específicos, e não aquilo que supostamente já deveriam saber.

Como disse Maurício, formações, especializações e demais recursos curriculares são apenas ferramentas – o que influencia nossa trajetória rumo ao sucesso é a maneira como nos equilibramos (corpo, mente e alma), pensamos, agimos e tomamos decisões.

Criarei uma iniciativa que ensine os aspectos comportamentais defendidos pelo Maurício e que complementará o ensino acadêmico nacional com a prática! Preencheremos a lacuna existente e nos tornaremos o elo de ligação entre a teoria e a prática.

E muito mais: agregaremos aspectos comportamentais que conduzirão os alunos à vitória, tudo isso de forma assistida e apoiados por um ambiente propício à inovação e à sua implementação efetiva.

Eis aí um nicho a ser explorado! Formar vencedores! Com base não apenas na teoria, mas na prática; não apenas em aspectos acadêmicos, mas comportamentais; através de um ensino realizado não através de professores, mas de mentores que proverão constante orientação profissional e pessoal, além de dar o exemplo de que é possível vencer.

Sempre procuramos um mentor, seja em religiões ou em outras instituições. Quando conseguimos achar um em quem confiamos, temos mais chances de sermos bem-sucedidos, pois nos momentos de fraqueza e de provações, quando nos sentimos fracos, desorientados ou em dúvida, temos com quem contar, a quem recorrer.

Na vida profissional também precisamos de mentores que estejam dispostos a nos orientar continuamente ao sucesso. Que possam não apenas ensinar a teoria, mas atrelá-la à prática, à sua vivência, dar o exemplo.

Sem dúvidas, nosso centro de formações terá mentores!

Ele será complementar ao currículo das escolas ora existentes, que poderão ser nossas parceiras. Isso poderia ser vendido ao público em geral, que pagaria por tais serviços, ou seja, o negócio seria lucrativo. As pessoas carentes poderiam ter acesso a tal ensino através de bolsas de estudo, patrocinadas por fundações sociais e pela iniciativa privada.

Também prepararemos vencedores para o mundo, não apenas para o Brasil. A meu ver, os cursinhos de idioma existentes não ensinam o bilinguismo profissional. Eles não se estendem ao mercado de trabalho e à cultura no exterior, por exemplo. Como empreender na Inglaterra? Como preparar um currículo e se portar em uma entrevista nos Estados Unidos? Como os clientes se comportam em relação à venda de produtos e serviços em diferentes segmentos e países, e quais são as leis locais envolvidas?

Ensinaremos as pessoas a vencer em esfera mundial e a usufruir de oportunidades nacionais e internacionais.

Ensinaremos também a independência e o autodidatismo. O potencial de aprendizado e de oportunidade se multiplica para pessoas com esse perfil. Isso é essencial aos vencedores.

Sempre tive a preocupação com o local onde minha filha estudaria, pois queria para ela uma educação diferenciada. Infelizmente não tive essa ideia antes, mas agora que terei um novo filho, ele ou ela estudará de forma complementar nesse centro de capacitação que desenvolverei. Lá poderá aprender a ter uma postura diferenciada e será treinado ou treinada para vencer. Ajudarei não apenas meu filho, mas o filho de nossos clientes, a vencer.

Os filhos são os bens mais preciosos de qualquer pai, logo, por certo, clientes não faltarão, pois todos querem o melhor para seus filhos e o alto valor agregado de nossa oferta é claro.

Sempre acreditei que vencedores são "moldados" desde cedo – evidentemente, sem abrir mão das brincadeiras, sem deixar de curtir a infância. As crianças serão levadas a ter comportamento de vencedores, que, se bem observado, pode ser visto nas atitudes mais simples, tais como a curiosidade, a coragem e a criatividade.

É preciso "semear" valores e princípios nas crianças. A formação acadêmica é apenas mais uma ferramenta, seja ela uma formação universitária ou um MBA. O verdadeiro diferencial é saber usar essa ferramenta – e, para tal, os aspectos comportamentais são essenciais. Se o aluno aprender sobre princípios de associação da teoria à prática, estratégia, protagonismo, empreendedorismo, inovação, visão, autodidatismo etc., utilizará tais ferramentas de maneira muito superior a quem não tem tais princípios "correndo nas veias".

Por exemplo, lembro que Estella, quando tinha de seis para sete anos, adorava ouvir histórias para dormir. Comprei dois livros com mais de trezentas histórias cada um que foram rapidamente "devorados" por ela, seja ouvindo ou lendo. Todas elas possuíam alguma lição importante, mas, respeitados seus limites pedagógicos, nunca expliquei os ensinamentos a ela.

É comum lermos histórias para crianças, mas nós as explicamos, ensinamos as lições aprendidas e as atrelamos a sua vida cotidiana?

Um exemplo prático é a história dos três porquinhos. Ela surgiu na Inglaterra, mas tornou-se popular nos Estados Unidos através de Walt Disney e provê ensinamentos importantes. Analisando as sinergias entre a história e as aulas de Maurício, se prestarmos atenção, ela ensina, por exemplo:

- que devemos trabalhar duro para termos sucesso (a casa de tijolo foi mais trabalhosa de construir, mas foi a única que resistiu às intempéries);
- a importância do fazer bem feito, ou seja, que devemos fazer as coisas bem feitas para fazermos "uma vez só" (aqueles que fizeram a casa "de qualquer jeito", sem planejamento, a tiveram por pouco tempo);
- a importância de sermos visionários-protagonistas (o porquinho projetou e construiu a casa de tijolos), inovadores e estratégicos (a casa foi feita de forma pensada, sabendo da existência do lobo e de intempéries); e
- que as características citadas superam a violência (o lobo soprou, soprou, usou de violência, mas não derrubou a casa).

No entanto, para ensinar temos que entender. E os pais entendem as lições que podemos tirar das histórias? Se sim, as praticam? Dão o exemplo? A máxima do "faça o que eu digo e não faça o que eu faço" não funciona mais (se é que algum dia já funcionou).

E como ajudar aqueles jovens, crianças e adolescentes sem mudar a cultura de seus pais e dar a estes também oportunidades?

Definitivamente, tal iniciativa deveria englobar também os adultos, ainda que o foco inicial fosse em crianças, jovens e adolescentes. Eles seriam treinados para participar das atividades extraclasse dos filhos, o que seria ótimo, pois uniria ainda mais as famílias.

É importante garantir a interação das crianças com os adultos e fazer com que aprendam uns com os outros e que os adultos atuem ativamente na evolução de seus filhos.

Antigamente era comum que os pais tivessem oficinas "de garagem" em casa. De certa forma, sabiam de tudo um pouco. Eram generalistas e ensinavam seus filhos a serem também, e com base na prática.

Essa cultura foi perdida, porém precisa ser resgatada. E já sei bem como fazer. Em nosso centro de formações, as crianças aprenderiam com base na prática. Teríamos laboratórios onde fariam coisas que gostam em uma espécie de oficina de garagem do século XXI, como, por exemplo, robótica e automação. Lembro que a empresa onde trabalhava usava uns *kits* de desenvolvimento, compostos por placa-mãe e sensores, para ensinar técnicas de automação e robótica nos treinamentos dos funcionários desse setor.

Através de programação básica, eles aprendiam a ligar e a desligar um eletrodoméstico à distância, a receber dados de temperatura de um termômetro e *status* de sensores e muito mais. Como o assunto da cidade e das casas inteligentes está em voga, nada melhor que jovens aprendam a automatizar sua própria casa, em um ambiente seguro e tutorado. A sua criatividade seria o limite para seus desenvolvimentos.

Poderiam portanto automatizar suas mochilas, por exemplo, para saber quanto peso estão carregando, criar plataformas de jogos, *kits* de automação etc.

Quem não gostasse de programação em hardware estudaria programação em software, aprendendo a criar jogos, aplicativos para computador, celular e *tablet* e websites.

Em homenagem a Chun, teríamos aulas práticas de comunicação audiovisual (propaganda, publicidade e marketing). Crianças, jovens e adolescentes fariam documentários, filmes, programas para a web e TV, ilustrações, animações, histórias em quadrinhos, revistas, jornais, *design* gráfico e digital etc.

Independentemente da escolha, conforme sua aptidão e vontade, todas as crianças, jovens e adolescentes, levando em conta suas limitações pedagógicas, poderiam pôr em prática seus aprendizados em um ambiente laboratorial controlado. Elas exerceriam sua criatividade de fato, da ideia até a inovação. Idealizariam e, em seguida, colocariam a "mão na massa" para concretizar o projeto, tendo à sua disposição instalações e tecnologias de ponta.

Em comum, o fato de aprenderem computação corporativa (sistemas operacionais, editor de textos, planilhas, apresentações, banco de dados etc.) e audiovisual (*design*, edição de imagens e vídeos etc.).

Teriam ainda acesso a jogos de negócios, onde aprenderiam a protagonizar, seja como empreendedores, gestores ou como especialistas.

Teriam acesso a cursos de idiomas diferenciados, onde aprenderiam o bilinguismo profissional e não apenas a falar outro idioma. Seriam imersos na cultura internacional. Aprenderiam, por exemplo, a trabalhar, estudar e empreender no exterior, além de regras de etiqueta e bom costume. Lidariam com estudos de caso internacionais, mentores que morassem de fato no exterior, palestras internacionais etc. Finalmente, seriam poupados do choque cultural aprendendo muito mais do que um idioma e aplicando-o em múltiplas culturas e áreas pessoais e profissionais.

Com o *networking* que formei, posso conseguir parcerias com as melhores universidades do mundo. Seria maravilhoso!

Ao chegar na idade de entrar para o mercado de trabalho, o jovem teria aprendido a ser um visionário-protagonista estratégico e inovador, unindo a teoria à prática, e saberia se dedicar de corpo e alma, com a resiliência do tigre e a flexibilidade e a maturidade da fênix, à realização de seus sonhos e missões. Aprenderia a ter a coragem e a ousadia de "fazer acontecer", a ser vencedor. Tudo isso com o apoio de disciplinas, metodologias e técnicas de ponta.

Chamarei Maurício para ser meu sócio. Utilizaremos a metodologia *Insight Driven* que ele desenvolveu e seu conteúdo programático. Claro que adaptações pedagógicas seriam necessárias para garantir a aplicação customizada e a compatibilização dos conteúdos com as idades e as capacidades pedagógicas dos alunos.

Além das matérias básicas relacionadas a visionarismo, protagonismo, inovação e estratégia, cujas aulas decidi assistir, o conteúdo programático de Maurício conta com uma série de disciplinas de suporte. Imagine ter jovens preparados em temas como:

- Finanças pessoais
- Economia e contabilidade
- Gestão de projetos
- Empreendedorismo
- Estatística
- Gestão de pessoas e organizações
- Governança corporativa e responsabilidade social
- Ética
- Criação de negócios inovadores
- Gestão de TI
- Gestão de investimentos financeiros
- Gestão de processos
- Matemática financeira com aplicações em análise de investimentos e plano de negócios

- Gestão do conhecimento e inovação
- Noções de direito (contratos, consumidor...)
- Marketing de produtos e serviços
- Negócios e estratégias internacionais (como fazer negócios e trabalhar no exterior)
- Autogestão da saúde

Na nossa empresa, ensinaríamos o autodidatismo e o autodesenvolvimento. Tal como na escola da vida, crianças, adolescentes e jovens de diferentes níveis conviveriam em uma mesma sala de aula. Isso seria possível porque aprenderiam em módulos. Assim, crianças, adolescentes e jovens de faixas etárias pedagogicamente similares poderiam frequentar a mesma aula e os que já estivessem em módulos mais avançados poderiam transmitir seus conhecimentos, já contextualizados, a seus colegas.

Todos contariam com tutores e mentores para conduzi-los no processo de autodidatismo, autodesenvolvimento e maturidade rumo ao sucesso pessoal e profissional.

A empresa complementaria as escolas fundamentais, de ensino médio e universidade, ao preparar profissionais não para a academia, mas para o mercado de trabalho, através da metodologia *Insight Driven*.

O aluno poderia trabalhar ou estudar em um turno (ex.: de manhã) e passar o outro (ex.: à tarde) no nosso centro de formação, mentoria e capacitação.

Poderíamos oferecer mentoria contínua durante a trajetória profissional ou empreendedora de nossos alunos, desde antes de sua entrada efetiva no mercado de trabalho.

Estaríamos ajudando crianças, adolescentes, jovens e adultos a se entregar, de corpo e alma, rumo ao verdadeiro sucesso. Estava tão empolgado que já estava até filosofando, quanto tomei um susto ao ter meus pensamentos interrompidos por alguém que batia no vidro do carro. Meu coração disparou! Era um adolescente malroupido que, sorridente e sambando, colocou uns pacotes de bala no retrovisor e chamava atenção para seu show no semáforo. Já estava perto de casa e nem notei o tempo passar.

Havia um bilhetinho grampeado no pacote de balas que dizia que ele morava em uma comunidade próxima e que vendia balas para sobreviver. Pedia que o ajudasse comprando seus produtos e, se gostasse do show, contribuísse com ele, como se fosse uma espécie de *"couvert* artístico".

Prestei atenção na performance: primeiramente, o rapaz levantou a camisa para mostrar que estava desarmado (triste realidade da violência urbana); na sequência, subiu nas costas de outros dois jovens, formando uma espécie de pirâmide humana, passou a fazer um show improvisado equilibrando cinco laranjas no ar, sobre os ombros de seu companheiro. Depois passou recolhendo os pacotes de balas não vendidos e o dinheiro da venda.

Enquanto assistia ao show, pensei: *está aí um visionário-protagonista estratégico e inovador*. Ele não apenas teve uma ideia, mas a colocou em prática, ainda que de forma arriscada e improvisada, em um sinal de trânsito. Pelas moedas que recebeu, aparentemente sua iniciativa teve sucesso.

Imagine o que esse adolescente poderia fazer se lhe fosse dada uma oportunidade de estudo e carreira, além de um mentor que o orientasse continuamente em sua jornada rumo ao sucesso?

Era notório, ainda, que garra e alegria não faltariam para que o rapaz, assim como muitas outras pessoas em condições similares, alcançasse seus sonhos. Faltava orientação, capacitação e motivação. Basta ver a alegria das pessoas ao lutar, com esforço e determinação, por suas escolas de samba de coração no sambódromo ou pelo seu time enquanto jogam suas "peladas" em campos improvisados.

Tal como no caso do churrasco, crianças, jovens e adolescentes precisam de ignição, combustível e comburente constantes para vencer. A ignição seria a motivação e a oportunidade de aprender. O combustível, a capacitação em si, bem como os constantes incentivos oferecidos pelo mentor. O comburente, o ambiente propiciado que os ajudará a ser visionários, protagonistas, estratégicos e a ter resiliência, flexibilidade e maturidade para colocar suas ideias efetivamente em prática e vencer.

Esse será meu novo negócio! Agora preciso incubar, validar, estruturar e maturar a ideia e transformá-la em realidade!

Depois preciso apresentar e alinhar os detalhes com Maurício – e, claro, pensar em um nome para a empresa...

12. A reaproximação da família

Elas devem ter achado que eu estava louco, pois acordei Clara e Estella às sete da manhã de sábado. Tomei um banho, fiz uma pequena ceia e coloquei meu relógio para despertar às 5:30h da manhã. Fiz uma caminhada matinal na orla, cumprindo fielmente a meta que estabeleci, e fui acordá-las. Estava decidido a cumprir na íntegra o plano de ação do planejamento estratégico pessoal que fiz. Estava convicto de que nada adiantaria falar; eu precisava provar que estava disposto a mudar e que já tinha "arregaçado as mangas".

Queria fazer uma surpresa para as duas e sair cedo para fazer um programa diferente. Um programa sem planejamento... um voo às cegas. O dia estava lindo e o final de semana prometia muito sol e temperatura agradável.

Depois de passada a irritação de serem acordadas no susto, ambas estavam felizes com minha iniciativa. Soube depois que notaram algo diferente em mim.

Sob meus gritos entusiasmados, exigindo pressa, às 8:30 já estávamos com roupas guardadas no carro e partindo para a estrada. Elas achavam que seria uma surpresa para elas, mas seria para mim também, pois eu não tinha a menor ideia de onde iríamos.

— Fale uma letra, filha, por favor – pedi.

— "I" – disse Estella, meio desconfiada.

— Agora fala um lugar para irmos, Clara... rápido, rápido...

— Itatiaia.

— Ótima ideia! – exclamei – Vamos adentrar a mata amanhã. Faremos uma trilha, em contato com a natureza, desvendando seus mistérios.

— Pai, você está bem? – disse Estella, incrédula.

— Melhor do que nunca! E dessa vez, filha, não faremos apenas dez minutos de caminhada até a cachoeira Véu das Noivas, como seu pai a obrigou a fazer na última vez; adentraremos a trilha rumo às cachoeiras mais distantes. E prometo que não vou reclamar.

O sorriso de minha filha era a maior recompensa que poderia ter, assim como o olhar feliz de Clara ao ver minha mudança de comportamento. Sempre que possível acariciava seus cabelos. Há muito não fazia isso.

No fundo eu sabia que elas não achavam que aquilo duraria, mas estavam curtindo o momento, e muito. Eu, no entanto, estava disposto que tudo aquilo perdurasse e fosse sustentável.

Ainda no caminho, Clara nos reservou um hotel muito acolhedor. Chegando, encontramos chalés maravilhosos. Fiz questão de, ao contrário do que fazia usualmente, reservar um chalé só para Estella. Ela precisava de sua independência e Clara e eu precisávamos de um tempo só para nós dois.

O primeiro dia foi maravilhoso. Chegamos no horário do almoço e degustamos um delicioso churrasco contemplando a vista linda da serra. Fiquei a todo tempo de mãos dadas com Clara, que, apesar de resistir, aos poucos ia se entregando. Precisava reconquistar a minha mulher. Finalmente havia entendido o sentido do ditado "o verdadeiro homem não é aquele que conquista muitas mulheres, mas que reconquista a mesma várias vezes".

À tarde fomos à Lagoa Azul. Descemos a trilha, aproveitamos ótimos momentos e suamos (e como) na subida, no trajeto de volta.

Tivemos um jantar em família como não tínhamos há muito tempo. Após o jantar, chamei as duas no chalé e abri meu coração. Foi horrível mostrar minhas vulnerabilidades ao me emocionar na frente de minha esposa e filha. Mas era hora de pedir perdão e uma oportunidade de recomeçar. Tive a convicção de que viram sinceridade em meu olhar e em minhas palavras. Na verdade a oportunidade sempre me fora dada, eu que me afastei. Agora precisava aproveitar a chance.

Fiz amor com Clara aquela noite como há anos não fazia. Sentia minha esposa de volta, aquela que havia conhecido anos atrás. É fato que, tal como nós, nosso amor também amadurecera. Sentia-me novamente seu amigo, seu amante, seu companheiro.

Na manhã seguinte, Estella já reclamava do quanto sua mãe e eu estávamos melosos. Estávamos em clima de lua de mel.

Aproveitei o café da manhã para contar a elas tudo o que aprendi em Faxinal. Contei ainda do novo negócio que teríamos e pedi ajuda e apoio da família.

Ainda no café da manhã, rolou (como dia Estella) um *brainstorming* voluntário sobre o nome da nossa futura empresa. O nome teria que unir mentoria e inovação.

Teria que refletir ainda os nove pilares básicos que fundamentavam a metodologia *Insight Driven*:

- Felicidade
- Protagonismo
- Visionarismo
- Estratégia
- Inovação sustentável
- Empreendedorismo
- Teoria aliada à prática
- Liderança vencedora, ética e equilibrada (corpo, mente e alma)
- Autodesenvolvimento meritocrático

Não tardamos a chegar em um nome: **I9mentor**.

Tinha convicção de que ele seria validado pelos especialistas, pois eu tinha razoável conhecimento no tema. Convicção esta que foi confirmada dias depois.

O nome tinha tudo a ver, pois reinventaríamos o conceito de mentoria (*mentoring*, em inglês). Além disso, mentor é uma palavra com o mesmo significado em diversos idiomas, tais como inglês, francês, espanhol, sueco e galês.

E, para a alegria de Estella, que ama mitologia grega, Mentor é o nome de um personagem da odisseia de Homero. Ele era o sábio e fiel amigo de Ulisses. De tão próximos e com tamanha confiança, Ulisses deixou sob seus cuidados seu filho Telêmaco, ao partir para a guerra de Troia. A tarefa de Mentor era lhe transmitir sua sabedoria e educá-lo, não apenas no tocante a sua trajetória material, mas moralmente, espiritualmente e intelectualmente. Dizem, inclusive, que daí saiu o significado do termo "mentor" dos dias atuais (mestre, conselheiro, guia, orientador...).

Não havia dúvidas, o nome da empresa seria **I9mentor**.

O *slogan* foi prontamente sugerido por Estella e aceito pelos especialistas da Incubare:

I9mentor: formação de vencedores!

Melhor nome não haveria de encontrar para nossa empresa, pois surgiu de nossa família.

Aproveitei para pôr em prática meu plano estratégico pessoal e expor à Clara uma oportunidade. A região da Quarta Colônia, onde fica inserido o município de Faxinal do Soturno, era rica em fósseis de dinossauros.

Um dos colegas do curso mencionou ainda que estavam para abrir um centro de apoio à pesquisa paleontológica (CAPPA) na região, mais especificamente em São João do Polêsine, um lindo município vizinho a Faxinal do Soturno, especializado nos estudos da paleontologia. Existem ainda vários sítios paleontológicos nas proximidades.

Sugeri que Clara viajasse comigo na segunda-feira para conhecer meus novos amigos e verificar oportunidades que a reconduzissem ao mercado de trabalho. Além disso, voltaria às suas origens e poderia aproveitar a viagem para rever sua família no Rio Grande do Sul, ocasião da qual gostaria de participar, pois queria me reaproximar deles.

Ela sorriu como uma criança. Passou o dia fazendo planos para a sua volta àquela que era e sempre será a sua paixão: a paleontologia.

Falei com ela ainda do plano de termos um outro filho, o que ela amou. Surpreendentemente, quem amou mais ainda a ideia foi Estella, que se prontificou a ajudar a cuidar do bebê.

Quanto à Estella, propus que finalmente fizéssemos nosso sonhado mochilão em família. Ela sugeriu que fôssemos para a China, o que aceitei de pronto. Recomendei que iniciássemos por Shenzhen porque queria conhecer aquele lugar que parecia lindo. Muitas vezes lá estive e nada aproveitei. Sugeri que ficássemos em um belo hotel que tem praia artificial e uma caravela enorme, em tamanho real, na piscina. Estella era só entusiasmo. Responsabilizei-a, deixando a ela a incumbência de organizar tudo.

Falei a todos dos sonhos que queria realizar em família, tal como comprar uma casa nova e ter lazer contínuo. Falei da responsabilidade de cada um, inclusive no tocante às finanças. Todos se mostraram dispostos a ajudar e compartilharam o meu sonho.

Falei a elas sobre minha intenção de voltar a estudar e emagrecer. Clara se prontificou a procurar um MBA na área de inovação e empreendedorismo e de contatar uma amiga sua nutricionista. Ela prometeu, ainda, me ajudar a me reaproximar de minha família de sangue e de nossas amizades verdadeiras.

O dia passou voando, infelizmente. Às 20h, depois da missa (estava disposto a retomar minha espiritualidade), pegamos a estrada. Não sem antes combinarmos de fazer orações semanais em família. Sempre líamos o evangelho às quartas-feiras, hábito perdido que queria retomar.

Cheguei em casa exausto, mas satisfeito e feliz como nunca.

Clara preparou rapidamente suas malas e me ajudou com as minhas. Partiríamos na manhã seguinte rumo a Faxinal do Soturno.

13. Aprendendo a inovar

De manhã cedinho, Clara e eu já estávamos no aeroporto do Galeão para partir rumo a Porto Alegre. Janaína nos esperaria no aeroporto de destino. Mandei uma mensagem para ela no domingo falando sobre a ida de Clara e ela gentilmente ofereceu-se para nos buscar.

Mal fomos recebidos e Janaína e Clara já papeavam como velhas conhecidas. Deviam estar na mesma *vibe*, como diria Estella. O papo fluiu muito bem até Faxinal do Soturno. Clara estava muito curiosa sobre a cidade, os sítios paleontológicos da região, os cursos ministrados na fundação e a aceleradora. Estava entusiasmada como não a via há anos.

Almoçamos no caminho, em uma churrascaria maravilhosa. Pelo avançar da hora, chegaríamos a tempo de pegar a palestra de Maurício. Liguei para ele e pedi que me esperasse, se possível, para iniciar a temática da inovação, pois eu estava muito interessado. Estava bastante empolgado com a ideia que tive da I9mentor e queria aprender como avaliar sua factibilidade técnica, econômica e financeira e como proceder para transformar a ideia em realidade.

Mal chegamos, corri para a sala de aula, e Clara decidiu me acompanhar na palestra.

— Boa tarde a todos! Espero que tenham gostado da aula da manhã, onde revisamos a aula anterior – iniciou Maurício.

"Agora que Ricardo juntou-se a nós, vamos falar sobre um assunto muito importante e fundamental para seu sucesso: **inovação**.

Antes de iniciar, quero dar as boas-vindas à Clara, esposa de Ricardo, e ratificar e justificar o que já falei em outras ocasiões: para sermos vencedores precisamos ser visionário-protagonistas estratégicos e inovadores.

O que é inovação? Como sempre, recorreremos à etimologia.

A palavra vem do latim *Innovare*, da junção de *In* (em) e *novus* (novo). Significa, portanto, fazer algo novo, mudar algo ou uma situação, romper paradigmas. Note que não basta apenas ter a ideia – para que a mudança ocorra precisamos que ela tenha sido colocada em prática, certo?

Não basta inovar e ter visão, é preciso pôr a mão na massa para garantir que a ideia seja colocada em prática.

Não adianta sermos acumuladores de ideias e não colocá-las em prática. E nem sermos apenas práticos, abrindo mão da criatividade e da visão sistêmica e de longo prazo.

Precisamos ainda ser independentes e autodidatas, para que busquemos sempre e por contra própria novos conhecimentos e oportunidades. Essas características são essenciais a quem quer vencer.

Assim, ao contrário do que muitos pregam, de que devemos ser visionários (ou planejadores) ou protagonistas (fazedores ou implementadores), ou seja lá quais palavras se usem com esse sentido, um vencedor deve ter ambas as características. Deve ser visionário-protagonista, além de estratégico e inovador. Do contrário, resta uma lacuna a ser preenchida entre a teoria e a prática. O visionário-protagonista preenche esta lacuna e garante o elo entre a teoria e a prática, o planejamento e a execução, o abstrato e o concreto.

Como já dizia em 1978 o empresário, professor, político e escritor Ney Suassuna, em seu livro "É proibido ter ideias inovadoras":

> Falta, isto sim, um elo de ligação; algo que, unindo teoria à prática, possa tornar concretas, em termos de execução, as excelentes ideias delineadas em forma de concepção. Alguém deveria escrever em qualquer lugar e para qualquer pessoa, das mais graduadas às mais humildes, algo parecido com isto: É proibido ter ideias novas, enquanto não forem postas em prática as ideias boas de ontem. Quer dizer, não basta o impulso criador, se, depois dele, como forma que dá contorno à matéria, não vem o impulso executor, ambos indispensáveis em um mundo que, vivendo tantos problemas já equacionados, deseja, no final das contas, ver postas em prática algumas das soluções já conhecidas.

Vejo pessoas tendo ideias e até abrindo novos negócios e, em vez de pôr a mão na massa, querer ser "chefes". Daí contratam um número enorme de pessoas no início do negócio ou de serviços terceirizados, reduzindo seu lucro ou aumentando seus preços excessivamente. Dizem ainda alguns teóricos que para gerir um negócio não é necessário entender dele em detalhes. Eu discordo. Vamos exemplificar.

Há pouco tempo tive uma experiência real com um colega que resolveu abrir um bar. Por mais que o orientasse, ele decidiu que apenas o gerenciaria. Contratou inúmeros funcionários. Comprava bebidas já geladas, salgados prontos e galetos pré-assados. Por consequência, seus custos subiam, o que o levou a tentar repassá-los para o valor de seus produtos. Esse preço se mostrou superior àquilo que os clientes estavam dispostos a pagar, então não conseguia vender. As mercadorias encalharam e, como muitas eram altamente perecíveis, logo se reverteram em prejuízo. Então resolveu reduzir o preço, porém, devido aos seus altos custos, passou a ter mais e mais perdas. Sem entender nada do negócio e com prejuízos acumulando, foi à falência em poucos meses. A ideia era até boa, mas foi mal implementada.

É claro que não prego a verticalização excessiva do negócio. Há coisas que devem ser terceirizadas por conta do nível de expertise requerido e dos ganhos em volume. Contudo, ainda que seja terceirizado, é necessário entender do segmento para que se possa realizar uma boa contratação. Adicionalmente, não recomendo terceirizar o *core business*, ou seja, o negócio principal da empresa. Isso pode levar a um descontrole total do processo. Negócios totalmente geridos por terceiros, sem controle estrito, acarreta em prejuízo na certa. Já diz o ditado: "é o olho do dono que engorda o gado".

Portanto, não basta sermos visionários, devemos fazer acontecer, é preciso pôr a mão na massa e entender do negócio."

13.1. Somos predestinados a inovar, desde os primórdios

— Analisemos agora as origens da inovação. Será que estamos predestinados a inovar?

"Sem dúvida, não apenas a inovar mas a sermos visionários, estratégicos e protagonistas. Vejamos em que me baseio para fazer tal afirmação...

É normal o constante questionamento do homem sobre quem é, qual o sentido de sua vida e seu destino. Será que é possível modificar o mundo? Seria possível criar?

O homem, por sua imagem e semelhança a Deus, sempre buscou a imortalidade. Isso é refletido nos princípios de diversas religiões, seja no processo de evolução contínua através da reencarnação, seja através de uma estada eterna no paraíso ou nas trevas, seja através de outros princípios que, em geral, dependem de nossas ações na Terra, ou seja, se fazemos o bem ou o mal.

Diga-se de passagem, as definições de bem e mal dependem do ponto de vista e dos princípios éticos envolvidos. O bem de uns pode significar o mal de outros. Quem inventou o CD, por exemplo, ao mesmo tempo que fez o bem a si, pode ter criado inimigos e desavenças, por exemplo, no tocante aos donos das fábricas de discos de vinil, que foram à falência. Ainda que, nesse caso, na minha opinião, não tenha sido culpa do criador, mas daqueles que não se atualizaram de acordo com os novos tempos, com o dinamismo do mercado.

Se fomos criados com princípios morais e espirituais, todos aprendemos a distinguir o bem do mal. O mais importante neste caso é sermos sempre coerentes com nossos valores e princípios em nossas tomadas de decisão.

Não obstante tais crenças, existe uma outra forma de imortalidade: pessoas vivem eternamente através de seus feitos. Grandes obras sobrevivem ao tempo e às transformações da sociedade. Os que as deixam viverão eternamente na memória das pessoas.

A inquietude, a eterna insatisfação e a criatividade fazem parte da natureza humana. Seria isso coincidência ou uma prova cabal da necessidade do real progresso, da evolução? Se não for para aprendermos e evoluirmos constantemente, para que estamos aqui neste mundo?

Pesquisar, indagar, contestar, criar, pôr em prática, trabalhar, ousar e fazer acontecer são características essenciais à evolução humana, ao vencedor.

Desde os primórdios, o homem se deparava com desafios para os quais necessitava ser criativo para vencer. Em meio a tantos animais ferozes e enormes, lá estava o pequeno homem: frágil e sem mecanismos naturais de defesa. Teria Deus sido injusto para com esse "ser"? Absolutamente! Não obstante sua capacidade articular diferenciada, o homem gozava de forças superiores a de qualquer outro ser que na Terra habitava; ele possuía a inteligência, a fé, a capacidade de tomar decisões de forma lógica e analítica e a capacidade criativa.

Mas não bastava ter tais características e guardá-las. Nesse caso, teria sido extinto como tantos outros animais. Era necessário pôr tais habilidades em prática, trabalhar e evoluir.

Para fugir das intempéries, aprendeu a se abrigar em cavernas. Para saciar sua fome, aprendeu a caçar, a achar água potável e a distinguir os alimentos comestíveis dos venenosos. Tudo estava à sua disposição na natureza, mas era preciso inovação e estratégia.

Possivelmente o homem aprendeu a analisar detalhadamente os ambientes. Por exemplo, deve ter observado a reação dos animais ao se alimentar para que soubesse o que poderia comer sem riscos a sua saúde.

Alguns homens aprenderam voluntariamente, outros através da necessidade e da dor. Conscientemente ou por osmose, o homem aprendeu a se reinventar a cada dia, a inovar.

Diversos homens se comportaram como vítimas, coadjuvantes e expectadores do que ocorria, e ficaram para trás. Os protagonistas avançaram, inovaram, mudaram o mundo.

Desde os primórdios a meritocracia é uma lei do universo. O mérito é pré-requisito para a verdadeira evolução.

A visão, a criatividade, a estratégia e o protagonismo foram fatores decisivos na sobrevivência humana e em sua evolução. Era preciso ser visionário, mas também protagonizar, fazer acontecer!

E se o homem é uma fagulha de Deus, teria mesmo que ser assim, não? Afinal, quem consegue igualar a criatividade divina nas magníficas e inovadoras obras da natureza, em constante evolução?

Portanto, evoluir é preciso e criar faz parte da natureza humana.

Voltando ao homem das cavernas, este já devia se questionar sobre seus limites. Mal sabia ele, mas essa era sua arma mais poderosa. Dada sua capacidade de se tornar um visionário e protagonista, seus limites inexistem. É o homem que se limita.

Quantas e quantas descobertas tivemos desde o tempo das cavernas? A eletricidade, a telefonia, a aviação, a televisão... e todas foram benéficas à humanidade?

Uma inovação poderia não apenas ser insustentável, como até mesmo implicar em nossa extinção.

O homem tem o poder de criar e de destruir. A descoberta do átomo possibilitou usufruir da energia nuclear, para o bem e para o mal. Dela gera-se energia que abastece cidades e países inteiros. Graças a ela, porém, tivemos a destruição, em Hiroshima e Nagasaki, pela bomba atômica. Fato similar ocorreu com a invenção da pólvora, não? E a dinamite?

O famoso prêmio Nobel foi criado por Alfred Nobel, químico e industrial sueco e inventor da dinamite. Os prêmios são entregues anualmente no aniversário de sua morte. Ele ficou tão desgostoso com a utilização de seu invento para fins militares que, ao morrer, designou em seu testamento que sua fortuna fosse utilizada para premiar aqueles que no futuro viessem a fazer o bem à humanidade em diversas áreas, tais como literatura, física e química.

13.2. Por que inovar?

Então, para que criamos? Apenas para acumular riquezas, não importa como? Para construir ou destruir? As respostas a essas perguntas dependem de cada um de nós. Mas, como já dizia Jesus Cristo, na Bíblia, em Marcos 8:36:

De que vale o homem ganhar o mundo inteiro e perder sua alma?

Desconheço pessoas que sejam realmente felizes que criaram apenas para si, sem compartilhar, e que não mediram as consequências de suas criações. Por convicção, eu não participo de negócios que não gerem o bem ao próximo e à sociedade. É claro que o negócio deve ser lucrativo e gerar riquezas para seu inventor, mas deve ser sustentável, ético e gerar riquezas e benefícios para a sociedade como um todo.

Na minha opinião, se não incorporarmos à evolução material e intelectual a evolução moral e espiritual, de nada vale a criatividade, ainda que implementada, pois não evoluiríamos com tal inovação. De que adiantaria trabalhar por algo sem alegria, sem satisfação, sem orgulho do feito?

Uma pergunta simples para realizar uma avaliação preliminar é: você contaria com orgulho sobre o seu feito a seus filhos e a seus pais? Essa questão costuma nos colocar no rumo, se tivermos sido criados com princípios morais e espirituais.

Como já dizia o empresário, professor, político e escritor Ney Suassuna, em seu livro "É proibido ter ideias inovadoras", publicado em 1978:

Humilhado pela sua pobreza interior, o homem se sente, no mundo de suas próprias realizações, como um mendigo num palácio.

Portanto, inovemos com responsabilidade e para um bem maior.

Já entendemos que a inovação pode contribuir para a evolução do mundo, certo? Mas como exatamente?

A maneira que nos vem à mente quando falamos em inovação é através da criação de um novo negócio. No entanto, essa é apenas uma das suas vertentes. A inovação ocorre mediante uma necessidade, seja ela explícita ou não, tal como uma necessidade vindoura e que nem sabíamos que tínhamos antes. Por exemplo, quem sabia da necessidade dos *laptops*, telefones e outros dispositivos portáteis "inteligentes" antes de sua invenção?

Dentre outras necessidades, podemos portanto inovar para:

- **Criar um novo negócio, método, produto ou serviço:** um exemplo é a exploração de um nicho, tal como ocorrera recentemente com o negócio das mídias sociais, que serviram para aproximar pessoas através de uma comunidade virtual.
- **Reestruturação (voluntária ou impositiva) de um negócio, produto, serviço ou método:** diversas fábricas foram obrigadas a mudar seu ramo de atuação ou tipo de produto ou serviço dada a descontinuidade da necessidade de um certo produto ou serviço. Exemplos são os disquetes, as fitas VHS, discos de vinil e até mesmo os chapéus.
- **Inovação de produto, serviço, método ou estratégia para atender a uma necessidade (conhecida ou vindoura).**

Quanto ao último item, vamos recorrer à História para exemplificar. Reza a lenda que nos tempos da Grécia Antiga havia um rei chamado Hierão, que mandou fazer uma coroa de ouro maciço. Dada a aparência da coroa e os boatos, ele suspeitou que o ourives teria misturado algum outro metal na composição da coroa. Mas como ele poderia ter certeza sem derretê-la?

Chamou então Arquimedes, um sábio renomado da época, famoso até hoje por suas teorias e inovações, e lhe deu a missão de verificar se a coroa fora feita só de ouro ou se fora misturada.

Não havia tecnologia ou teoria para realizar tal façanha. A questão não saía da cabeça de Arquimedes em momento algum. O problema estava incubado em seu cérebro, que buscava sinergias e formas diversas para achar uma solução. Um dia, ao tomar banho em sua banheira, com a coroa em mãos, teria saído pelado pelas ruas gritando *eureka, eureka!* ("descobri, descobri", em grego). Ele acabara de descobrir o Princípio de Arquimedes, que relaciona o peso de objetos ao líquido. Descobriu isso a partir da quantidade de água que transbordou, que era igual ao volume do corpo em questão.

Diz a teoria que:

> *Todo o corpo mergulhado num fluido (líquido ou gás) em repouso fica sujeito a uma força vertical de baixo para cima, cuja intensidade é igual ao valor do peso do fluido deslocado pelo corpo.*

Em termos práticos, Arquimedes mergulhou blocos de ouro e blocos de prata e avaliou o quanto de água transbordava.

Reza a lenda que descobriu que a coroa era uma mistura de ouro e prata.

Ainda em relação ao último tema, quem não conhece a história do cavalo de Troia? Na ocasião, foi possível aos gregos adentrarem a muralha intransponível de Troia.

Depois de inúmeras perdas em batalha tentando transpor a muralha, Odisseu teria tido a ideia de fazer um enorme cavalo de madeira para presentear os troianos. No filme, sugere-se que a ideia foi obtida através de um soldado que esculpia um cavalo de madeira para seu filho.

Ingenuamente, estes aceitaram e o moveram para dentro de sua muralha. Em seu interior, porém, havia soldados gregos. Estes teriam saído do cavalo à noite, dominado as sentinelas e aberto os portões para a entrada do exército grego.

Enfim, processos, métodos, conceitos, produtos, serviços etc. podem ser inventados. Até mesmo pessoas podem ser "reinventadas", conforme aprendemos quando falamos de planejamento estratégico pessoal.

E às vezes a inovação está em explorar negócios de maneira diferente. Por exemplo, diversas lojas e segmentos de negócios existentes têm êxito por focar em áreas específicas do negócio, como venda restrita a cidades pequenas e a um público de alto poder aquisitivo apenas (produtos de luxo)."

13.3. Integrando a inovação ao nosso dia a dia

— Outra coisa essencial à inovação é cultivar hábitos que nos obriguem a aprender continuamente. É preciso ter alma de fênix, ou seja, ter a inovação e o "visionarismo" em sua alma, em sua essência, como parte de sua vida, de seu dia a dia.

"E de que maneira fazemos isso?

Como sempre, praticando, praticando, praticando... continuamente, até que seja algo natural nos pensamentos e nas ações.

O hábito da leitura, de ver filmes e viajar é muito importante nesse ínterim. Mas não devemos apenas vivenciar, e sim garantir nosso aprendizado.

Para inovar precisamos ter escuta ativa todo o tempo e para cada coisa que vivenciamos:

- Interpretar
- Analisar
- Entender a ideia, a lógica e o ponto de vista por trás do texto
- Contestar e formar opinião inicial
- Pesquisar *brainstorming* e revisar a opinião formada
- Criticar e propor melhorias, correções e alternativas
- Fazer sínteses e relacionar o aprendizado à nossa realidade
- Aplicar o conhecimento

É preciso viver, conviver, ter lazer. Esse é seu laboratório, portanto viva e viva a inovação. Seja numa troca de ideias, praticando esportes e atividades físicas em grupo ou em contato com a natureza, analisando uma obra de Deus.

Conheça outras culturas, outras formas de pensar. Há coisas feitas no exterior e em outros estados que, com uma simples customização, podem se tornar um sucesso na sua cidade.

Se não pode viajar fisicamente, faça-o com sua imaginação, na internet, lendo um bom livro, no cinema... só não vale é dar desculpas para não aprender.

Seja através da leitura de livros, revistas, sites na internet, jornais e artigos, assistindo a um filme, utilizando um aplicativo, usufruindo de um produto ou serviço profissional ou no lazer, fazendo compras ou apenas socializando por meio de uma conversa informal, pense no que poderia ser melhorado, e de que forma, e traga o aprendizado para o seu contexto.

Vamos às aplicações práticas.

Se possível, crie o hábito de escrever as sínteses e contextualizações de seus aprendizados e guardá-las. Elas poderão ser úteis no futuro.

Obrigue-se a aplicar o que aprendeu a seu favor. Pode ser mais simples que você imagina.

Analise e aprenda também com as pessoas em seu benefício e no deles:

- Analisando os passos de alguém bem-sucedido, você pode ter aprendizados que se apliquem ao seu contexto.
- Conversando com seus filhos, você identificará hábitos nocivos. Por exemplo, colar na prova é um sinal de tendência a trapaça. Isso vai de encontro com os princípios morais que você prega para ele ou ela? Eduque, inspire, mostre como fazer, tenha empatia, elogie e repreenda. Entre no mundo deles e use um exemplo que eles entendam. Leve seus filhos em festinhas, ajude-os a interagir com os coleguinhas e converse com outros pais. Aprenda com as boas práticas e exerça seu papel de pai ou mãe e os eduque; não os crie apenas – afinal, animais irracionais também criam seus filhotes.
- Analisando as características do seu professor, tal como a maneira como explica e fundamenta o conteúdo, aquilo que enfatiza, você pode antever as perguntas da prova.

Em cada conversa, procure ainda identificar os diferenciais de cada pessoa, identificar talentos.

Por fim, não fuja dos que contestam com argumentos, pois trata-se de ótima fonte de aprendizado. Fuja dos que concordam sempre, pois nada agregam, só aumentam sua vaidade e comodismo."

13.4. Inovando estrategicamente – transformando ideias em realidade

— Certo, certo, certo, Maurício... mas como inovar? Qual é o passo a passo para sair da ideia até a inovação? – perguntei da plateia, mesmo me sentindo como o Daniel San no filme Karatê Kid, ao não me conter em esperar a síntese e aplicabilidade dos aprendizados.

— Não há formula mágica, Ricardo, mas, primeiramente, vamos definir a palavra "inovar". Na minha opinião, inovação engloba não apenas a ideia, mas sua efetiva implementação na prática. Quando o "produto" gerado resulta em algo novo, totalmente diferente dos padrões anteriores, podemos dizer que temos uma inovação. Mas isso não quer dizer que ela seja efetiva e sustentável, pois para tal ela deve ser factível e atender às necessidades reais (atuais ou futuras).

"Como tudo o que fazemos, é preciso estratégia para conduzir com sucesso o processo desde a ideia até a sua efetiva implementação.

Então vamos ao primeiro passo: **ter ideias**.

Alguns fatores são fundamentais:

- A curiosidade (buscar continuamente entender a lógica por trás das coisas)
- A inquietude
- O inconformismo
- O não aceite de padrões como definitivos (padrões se aplicam a uma época, a um cenário específico, raramente duram para sempre)
- A insatisfação
- A busca contínua pelo novo (pesquisar, se atualizar)
- A atenção aos detalhes em tudo o que fazemos ou presenciamos (usando os seis sentidos)
- A busca constante por sinergias
- A coragem e a ousadia (afinal, barreiras não faltam a quem deseja inovar – por exemplo, não cansarão de ouvir dos outros: *fazendo assim funciona, para que mudar?... não sei por quê, mas não vai dar certo...*)

Agora, devemos entender que inovações só ocorrem quando temos algo a resolver. O próximo passo então é procurar um "problema". Qual processo, tecnologia, método, serviço ou qualquer outra coisa queremos inovar e por quê? O que ganharíamos com isso?

Vamos tomar o problema do Arquimedes como exemplo. O rei achava que fora enganado. Não tinha certeza se a coroa era mesmo toda feita de ouro ou se estava misturada com algo – prata, por exemplo. Havia boatos. Seriam as pessoas mesquinhas ou o ourives teria cometido um ato ilícito?

Ok, temos um problema a resolver. Agora precisamos ter uma ideia para fazê-lo. Para tal, me basearei no método idealizado em 1939 por James Webb Young, um grande especialista do marketing, e adaptado pelo professor Ney Suassuna, no qual também farei algumas adaptações.

Primeiramente isolaremos o problema, ou os problemas. Às vezes um problema é composto de um conjunto de problemas.

O primeiro passo para isso é elaborar uma ou mais perguntas, de forma clara, para resolver todo o mistério.

Nesse caso a pergunta seria: quais materiais foram utilizados na confecção da coroa do rei?

Agora vamos avaliar o quão livres estamos para criar. Há algum pré-requisito ou restrições criativas? Há especificações a serem atendidas?

Caso positivo, vamos elencar requisitos e restrições em uma lista e classificá-los como mandatório, recomendável, opcional ou desejável.

Definiremos ainda quão prioritários são tais itens, para o caso de não ser possível implementar todos eles.

No nosso caso, temos apenas uma restrição: precisamos manter a coroa intacta e, ao final, devolve-la sã e salva ao rei.

Observe que isolamos o problema (a composição da coroa) e o decompomos em requisitos que foram obtidos a partir da necessidade do cliente. Criamos ainda uma ordem de prioridade para estes e mapeamos as restrições ao processo criativo. Caso não entreguemos a solução de acordo com os requisitos, não será satisfatório ao cliente.

Ok, problema isolado. E agora?

Agora procuramos uma solução. Se for óbvia, dada nossa expertise, ótimo. Do contrário, precisaremos nos esforçar mais. Em ambos os casos, devemos fazer uma pesquisa de problemas similares e respectivas soluções e ver se podemos identificar sinergias.

Vejamos algumas perguntas a serem feitas neste momento:

- Alguém já lidou com o problema?
- Se sim, como resolveu?
- Há histórico disso? Posso contatar alguém?
- Há algum especialista no assunto?

Não achei nada. Bom, então devemos incubar a ideia no nosso cérebro. Devemos nos concentrar no problema durante todo o tempo. Focar.

Agora devemos observar atentamente tudo o que fazemos ou vivenciamos com todos os nossos sentidos. Das coisas mais simples às mais complexas, devemos estar atentos aos detalhes.

No caso de Arquimedes, ele estava tomando banho quando encontrou a solução.

Tenha sempre com você um objeto ou dispositivo para anotações, inclusive ao lado da cama, pois não há hora para a ideia vir. Elas virão a todo o momento e você deve estar pronto para anotar.

Não tenha tanta pressa nesse período. Pesquise e vivencie coisas. A solução tende a aparecer. Evidentemente que a vivência pregressa ajuda muito também. Portanto, caso já preste sempre atenção às coisas diariamente e seja curioso, por certo encontrará mais rápido a solução, pois seu "banco de dados" mental estará repleto de elementos e seu cérebro buscará automaticamente por sinergias, até mesmo durante o seu sono.

Mas e se não achei uma solução? Bom, nesse caso devemos procurar um ou vários especialistas no assunto ou em assuntos similares e realizar *brainstormings* criativos.

Eureka! Achei a solução!

Ok, eu tive uma ótima ideia, e agora é hora definir o "objeto" a ser desenvolvido, caso necessário. Não me refiro a objeto no sentido de produto, mas no sentido do que objetivamos desenvolver.

Uma vez definido o "objeto", precisamos entender a nossa motivação para desenvolvê-lo, por que nossa inovação é necessária e por que estamos dispostos a fazê-la acontecer (o que ela nos agregará de valor intelectual, material, moral e espiritual).

Depois é hora de uma primeira avaliação para vermos se a inovação pretendida deve ser colocada em prática. Para tal, algumas perguntas precisam ser feitas:

- A ideia atende mesmo ao problema proposto?
- Será que ela é mesmo uma ideia nova?
- Ela é exequível?
- Ela é aplicável?
- Ela é relevante?
- Ela atende às necessidades (atuais ou futuras) de alguém?
- Ela é viável técnico-econômico-financeiramente?
- O valor percebido dela é equivalente ao preço pelo qual preciso vendê-la?
- Estaríamos diante de uma inovação?

Na literatura existem alguns métodos de como realizar a avaliação de uma inovação.

Aqui, vou me basear nos parâmetros utilizados pela Agência Nacional de Energia Elétrica (ANEEL) para a avaliação de projetos de pesquisa e desenvolvimento do setor elétrico brasileiro. Eles devem ser aplicados não apenas na fase de concepção (uma vez que a ideia tenha sido maturada e decidamos colocá-la em prática), mas também uma vez que o produto, serviço, método ou seja qual for o "objeto" pretendido estiver prestes a ser colocado à disposição do mercado, do público-alvo.

Os critérios são:

I. **Originalidade:** aqui avaliamos o que o "objeto" criado está agregando de novo em relação ao estado da arte, ou seja, ao produto, serviço, método ou qualquer outro "objeto" similar mais inovador existente.

II. **Aplicabilidade:** este item avalia como e onde a inovação será aplicada e quais benefícios diretos e indiretos gerará e a quem (público-alvo).

Outra coisa a ser observada é se a inovação é viável técnico-tecnologicamente (exequível) e se atende às necessidades de alguém (alguém está disposto a usar ou comprar?).

III. **Relevância:** avalia os impactos da inovação pretendida no segmento onde inovará, sejam estes impactos científicos, acadêmicos, tecnológicos, econômicos, ambientais, de negócios ou quaisquer outros.

IV. **Razoabilidade dos custos:** aqui avaliaremos se o produto é viável econômico e financeiramente.

    a. Qual é a relação custo-benefício do produto criado?

    b. Há volume suficiente de "clientes" dispostos a utilizar o produto para viabilizá-lo?

    c. Estes estão dispostos a pagar o preço pretendido (que cubra os custos e dê lucro ao idealizador)?

Muitas pesquisas e análises são requeridas para realizarmos as avaliações propostas. Se bem feitas, elas ajudam a garantir o sucesso da inovação pretendida.

No caso de Arquimedes, ele "atirou no que viu e acertou no que não viu"! Isso é muito comum e devemos estar atentos a isso, pois em diversos casos nossas inovações vão além do problema pretendido. Ele descobriu uma lei da física e resolveu problemas diferentes do dele.

Ok. A inovação pretendida aparentemente será um sucesso se passar com louvor nos itens mencionados. Então acabou, certo?

Não! Agora é hora de maturá-la, refiná-la, materializá-la, otimizá-la, trazendo-a para o "mundo real". Faremos isso exaustivamente.

E não se surpreenda: o "objeto" final será bem diferente daquele que você idealizou inicialmente. Não há nada de errado com isso se a evolução for para melhor. Ela é normal e reflete que a ideia pouco a pouco vai ficando mais concreta, pois, apesar de ainda estar no papel, já é possível imaginar sua aplicação.

No processo de maturação, Arquimedes deve ter decidido utilizar um recipiente padronizado e não sua banheira, pois, para início de conversa, seu corpo dentro da água interferiria no processo.

Nesse momento de maturação é importante criticarmos e testarmos exaustivamente as ideias, fazendo o papel de críticos severos e aos poucos ir trazendo a ideia para o mundo real, materializando-a de acordo com as exigências práticas, normativas, estratégicas e legais.

Devemos submeter a inovação pretendida a diversos cenários de mercado, o que automaticamente o levará a ir otimizando a ideia no processo de transformação desta em produto, serviço, método ou qualquer outro "objeto" pretendido.

Buscaremos ainda sinergias com outras ideias, áreas de negócios e necessidades. Será que não podemos, com uma modificação mínima, aumentar significativamente o público-alvo pretendido?

Prestemos atenção, inclusive, nas invenções que dão errado mas podem servir a outros propósitos. O *post-it*, por exemplo, criado pelo ex-cientista da 3M Arthur Fry, foi o resultado de uma cola que "não colava", desenvolvida no passado pelo seu colega Spencer Silver.

O *post-it* uniu uma invenção única a uma necessidade que surgiu posteriormente. Às vezes, ao procurarmos soluções para problemas específicos, criamos soluções para problemas que ainda estão por vir. Em outras palavras, ao contrário da lógica inicial onde procuramos soluções para problemas, às vezes soluções criadas esperam por um problema a ser resolvido. Por isso, mantenha sempre os históricos de suas invenções, quer elas resolvam o problema pretendido ou não.

Agora devemos idealizar a tecnologia de suporte à inovação, caso necessário. No caso de Arquimedes, o dispositivo através do qual testaria a densidade dos sólidos.

Nesse momento, tal como na busca pela solução do problema, devemos aprender com os erros e acertos alheios. Faremos uma pesquisa de todos as inovações similares, de preferência já implantadas, e aprenderemos com tais experiências.

- Há sinergias entre nossos negócios (ou produtos, etc.)?
- Quais lições podemos aprender a partir de sua implantação?

No caso de Arquimedes:

- Será que já existe algum compartimento similar ao que precisarei?
- Será que existe algum líquido mais apropriado do que a água?

Tal como na busca por uma solução para o problema, se não achamos soluções, partimos para a busca por sinergias, *brainstormings*, prepararemos requisitos, etc.

Não se esqueça de refinar sua lista de requisitos com as lições aprendidas nesses processos (*benchmarking, brainstormings*, etc.)

No caso de um produto a ser desenvolvido, precisaremos transformar os requisitos em especificações técnicas. Ou seja, em vez de apenas dizer que queremos um compartimento que armazene água, especificaremos suas dimensões, marcas de nível para avaliarmos o movimento da água após a inserção do sólido, as características do material que o comporá, etc.

Definiremos ainda quais testes realizaremos, onde (em laboratório, no campo, etc.), como, em que momento (ensaios específicos na aprovação do modelo e ensaios no processo produtivo), onde serão armazenados etc.

Outras perguntas cabem:

- Há normas, leis e regulações a serem seguidas?
- Onde é mais viável produzir o produto em questão?
  - Qual é o custo da mão de obra?
  - Qual é o nível de qualidade?
  - Há cadeia de suprimento para garantir pronta entrega?
  - Preciso de moldes, máquinas e estrutura fabril para produzir tal produto?

- Quais são as regras de tributação?
- Qual será o preço do produto para pagar seu custo e garantir a margem de lucro desejada?
- Qual é o volume mínimo de vendas para amortizar meus custos de desenvolvimento?
- Onde estão meus clientes e qual é a logística envolvida?
- Quem serão meus possíveis concorrentes? Como garanto minha vantagem competitiva após sua entrada no mercado?
- Preciso contratar serviços de terceiros?
- Preciso contratar funcionários? Quando? Quais? Onde?

Cabe ressaltar que o produto não será criado e colocado em produção diretamente. Primeiro faremos maquetes (não necessariamente amigáveis), depois adequaremos o protótipo à fabricação (ex.: especificidades da linha de produção) e realizaremos outras adequações pré e pós-inserção de mercado até chegarmos ao nosso produto "final". Raramente teremos um resultado verdadeiramente final, pois continuamente o produto sofrerá *upgrades* por exigências do mercado (clientes, normas, etc.).

Para atender às questões elencadas, e inúmeras outras, antes de iniciar nosso novo negócio e colocar o produto em produção (se for o caso) faremos algo essencial de que já falamos antes: um plano de negócios.

Conforme já discutimos, este conterá uma análise de mercado, uma análise de viabilidade técnico-econômico-financeira e um planejamento estratégico (concorrentes, aceitabilidade do produto pelos clientes, áreas de atuação e diferenciação, quanto estão dispostos a pagar, produtos substitutos, etc.).

Durante esse processo, construiremos também a nossa marca, criaremos um nome para o produto ou serviço, faremos uma síntese de venda (para clientes e investidores) e registraremos nossas marcas e produtos nos órgãos competentes (no Brasil, no INPI – Instituto Nacional de Propriedade Industrial). Dependendo do que for o objeto do registro, este também pode ser feito na Biblioteca Nacional.

Advogados especializados são essenciais para a decisão de onde e como proceder com o registro. Há muitos aspectos a serem considerados ao registrar uma marca ou patente. Todo cuidado é recomendado, vide as eternas brigas por patentes das gigantes de tecnologia. Economias mal feitas neste momento podem gerar sérias perdas futuras.

Finalmente, uma vez vencidas as fases anteriores, é chegada a etapa de preparar a ideia e o produto ou serviço para que sejam apresentados a terceiros, como clientes e investidores.

Muitos temem os riscos inerentes à implementação mas se esquecem de um perigo ainda maior: o de não conseguir sequer vender a ideia a investidores nem viabilizar sua implementação.

Não cometa o erro de apresentar ideias brutas ou demasiadamente técnicas. Ótimas ideias deixam de ser implementadas porque o cliente (ou investidor) não entende a proposta ou o seu valor agregado. A criação é como uma pedra bruta: ela deve ser lapidada, polida, embalada... do contrário, ela pode não ter o valor percebido desejado.

A apresentação é fundamental para maximizar as chances de sucesso na venda da ideia. Quanto maior o valor da ideia, maior rigor deve ser dado na preparação de sua apresentação. Contrate designers gráficos e crie ilustrações e apresentações profissionais. Prepare vídeos e animações que ajudem a vender a ideia de forma intuitiva, ágil e clara.

Consolide a ideia de forma clara e objetiva e adapte o discurso e a linguagem a seu público-alvo. Utilize termos compreensíveis pelos *stakeholders*, levando em conta sua realidade, seu nível de educação e de conhecimento sobre o assunto. Finalmente, escolha um bom orador, aquele que venderá a ideia, e faça-o treinar e otimizar exaustivamente o discurso, através de críticas contínuas e construtivas."

13.5. Mãos à obra: a perfeição vem da prática

— Acho que já temos um bom material para vocês começarem a criar seus próprios negócios. Agora basta começar e praticar tudo o que falamos.

E podem ter a certeza de que, se parece difícil agora, assim que começarem a praticar, tudo ficará simples e automático na sua mente. Farão as coisas sem sentir. Como já dizia Albert Einstein:

> *A mente que se abre para uma nova ideia jamais voltará ao seu tamanho original.*

Pensem em uma ideia e se preparem para a próxima aula, onde falaremos de como incubar ideias e inovar. Pensem grande, mas ponham suas ideias em prática, em etapas. Devagar e sempre, mas com grandes ambições.

Por hoje é só. Estou à disposição para conversar, caso desejem, enquanto desfrutamos do famoso e saboroso lanche da Dona Júlia."

Impressionante a palestra de Maurício, pensei. Conhecia grande parte dos conceitos de MBAs que cursei, mas agora compreendo-os melhor e estou bastante interessado em aprofundá-los. E, mais importante, tenho a base que preciso para pôr em prática o projeto I9mentor.

Apresentei Clara a Maurício. Ela não cansava de elogiar sua abordagem e de me deixar sem graça ao contar a ele que eu era carrancudo e agora estava mais leve, mais acessível... enfim, pelo visto ela estava feliz com o novo "eu" e não estava gostando nem um pouco do antigo.

Nós nos despedimos, mas não sem antes marcarmos um jantar para aquela noite.

14. Despertando e desenvolvendo o protagonista, o líder e o empreendedor que há em você

O mês passou voando e muita coisa aconteceu.

Clara ficou todo o tempo a meu lado. Estella vinha todo final de semana e também adorou o lugar. Trabalhar na companhia de Clara foi muito mais produtivo. Aos poucos recuperávamos nossa sintonia de antigamente. Ela visitou algumas universidades e centros de pesquisa, e sua volta ao mercado estava cada vez mais concreta.

Maurício, agora meu sócio na I9mentor, também estava cada vez mais próximo de Janaína. Na verdade, ele e Janaína haviam se entendido e oficializado o namoro. De tão empolgados, já faziam planos de se casar. Nada precipitado, visto o quanto se conheciam. Clara e eu fomos convidados para ser padrinhos e estávamos muito felizes.

A ideia agora estava muito mais madura. A equipe da Incubare já estava trabalhando na preparação da versão final do *business plan*. Em versão preliminar, o negócio mostrou-se muito rentável e não tínhamos dúvidas de seu sucesso. Na versão final, além de ajustes finos no estudo técnico-econômico-comercial-financeiro de viabilidade, seriam detalhados diversos itens estratégicos, tais como plano de investimentos para aceleração do negócio via franquias e investidores e estratégia de divulgação e prospecção.

Por estar seguro da viabilidade da empresa no *business plan* inicial, eu já estava tomando uma série de medidas, como: levantar recursos para o investimento inicial na empresa; registrar a ideia; contratar equipes para a criação do plano de marcas, website, plataforma de suporte ao ensino digital e material didático para o ensino teórico e prático; identificar locais para a construção de filiais; buscar parcerias etc. Algumas dessas medidas dependiam da criação formal da figura jurídica, o que demandaria certo tempo. Tudo estava correndo muito bem.

Tinha consciência, no entanto, de que diversos obstáculos surgiriam. Para isso, era importante desenvolver meu lado protagonista, então estava muito empolgado com a aula de Maurício que estava prestes a começar.

— Boa tarde a todos e bem-vindos. Pelo "papo" inicial percebi que a grande maioria aproveitou esse mês para maturar suas ideias, outras pessoas já até começaram a colocá-las em prática. Parabéns a todos!

"Bom, ter a ideia é apenas um começo, mas imaginem a quantidade de desafios que vocês irão enfrentar para garantir que a inovação se faça. Não serão poucos e vocês precisarão ter resiliência, sabedoria e estratégia para lidar com eles. Adicionalmente, terão que se antecipar a tais desafios.

Mas também temos boas notícias. Novas oportunidades surgirão e vocês conseguirão aproveitá-las.

Para que vocês não desistam, para que maximizem suas oportunidades e façam acontecer suas ideias e seu plano estratégico pessoal ou empresarial, quero falar agora de um conceito importante chamado protagonismo.

Para começar, o que é protagonismo?

Vejamos a etimologia. Tendo sua origem no latim, a palavra é formada da junção de *protos* (principal) e *agonistes* (lutador).

Ou seja, é o foco principal (no teatro, cinema e TV, o protagonista é o personagem mais importante). Todo protagonista é um guerreiro por essência.

Protagonizar é ser o primeiro a fazer algo novo e importante, é chamar a responsabilidade para si e fazer acontecer.

Não basta termos a ideia, precisamos ser protagonistas para fazê-la se tornar realidade.

Como já dizia Thomas Edison:

Inovação é 99% transpiração e 1% inspiração.

Eu diria que o protagonista é o agente responsável por garantir a mudança e, como um guerreiro, deve estar revestido de uma armadura. Como diria Chun, uma pessoa que foi muito especial em minha vida, é preciso ter um corpo de tigre – em outras palavras, vestir uma roupagem ou armadura especial que lhe dê as características necessárias para fazer acontecer, tais como proatividade e resiliência.

Como vimos na última aula, não basta sermos protagonistas; precisamos também ter alma de fênix.

Para sermos vencedores precisamos, portanto, nos engajar de corpo e alma, ou melhor, *de corpo de tigre e alma de fênix*, rumo à vitória, às nossas metas, com visionarismo, protagonismo, estratégia e inovação.

Precisamos "vestir" sempre a nossa armadura, de forma que faça parte de nossa essência, de nosso "corpo", de nossa vida, de nosso dia a dia.

Por que precisamos desse "corpo"?

Porque os vencedores são desbravadores por natureza. De certa forma, se assemelham aos exploradores no período das grandes navegações. Eles partem para terras desconhecidas, expondo-se ao risco, aos perigos, sem saber exatamente o que encontrarão. Portanto, devem blindar-se – afinal, por melhor que seja o planejamento estratégico da missão, sempre há riscos envolvidos. É claro que quanto melhor realizado e mais fidedigno à realidade, menor o risco de ter que lidar com mares turbulentos demais, de se perder na rota, de fracassar e de ficar à deriva. Ainda sim, devemos estar preparados para tal.

E como fazemos isso?

Como falamos na aula sobre inovação, na minha opinião estamos predestinados a não apenas sermos visionários e inovar, mas a protagonizar estrategicamente, desde os primórdios.

Como vimos antes em relação à estratégia, ao visionarismo e à inovação, devemos aprender a ser assim e praticar continuamente até que seja algo natural em nossos pensamentos e em nossas ações.

Mas e se eu não quiser protagonizar?

É um direito seu, mas lembre-se de que tal escolha não lhe tira os deveres impostos pela escola da vida, e todos temos o dever de evoluir e estar no controle de nossa existência.

A omissão não é uma opção! Evoluir é uma obrigação.

Quais são as características do protagonista?

A atitude do protagonista está diretamente associada à sua saúde mental. Hoje em dia diversas doenças dificultam que pessoas vençam na vida, tais como a depressão e a ansiedade.

Devemos nos conscientizar da importância de cuidar da saúde mental, tal como o fazemos para qualquer outra parte do corpo humano. Sei que há muito preconceito:

E se acharem que sou doido? O que as pessoas vão pensar?

Deixe disso e procure ajuda para que se torne mentalmente saudável. Há psiquiatras, psicólogos e outros profissionais à sua disposição. Dê a você mesmo essa oportunidade e tenha a coragem de dar esse passo, se necessário.

Se for o caso, não tenha medo! Permita-se ser feliz!"

14.1. Proatividade estratégica

— Iniciemos pela proatividade.

"Em linhas gerais, as pessoas são reativas ou proativas mediante situações da vida. Eu diria que os reativos são que reagem a um estímulo qualquer da vida e o fazem porque foram obrigados. Os proativos são capazes de se antecipar aos acontecimentos e às oportunidades. Eles contribuem para a geração dos estímulos que orientam ou obrigam os reativos a se moverem.

Por essa razão, é comum que os reativos não gostem dos proativos, pois, vez ou outra, estes os tiram da inércia, os obrigam a se mover, a reagir.

Enquanto os reativos ficam esperando uma ordem, os proativos se antecipam a ela e quando alguém pensa em mandar já está feito.

Você é reativo? Quer mudar?

A boa notícia é que é possível modificar sua conduta.

Comece por coisas simples:

- Seus pais chegaram do supermercado e você depara com o porta-malas do carro repleto de bolsas. Não espere que alguém peça, tome a dianteira e carregue as sacolas para dentro de casa e ajude a arrumar a despensa.
- Alguém está carregando peso? Não se ofereça para ajudar, ajude. Não seja como aqueles que perguntam, mas não querem fazer (*você não precisa de ajuda não, né?*).
- Um colega está consertando algo e caiu um parafuso no chão. Pegue e entregue a ele.

- Vai subir uma escada? Antecipe-se ao perigo, segure o corrimão.
- Está modelando um negócio? Preveja o que pode acontecer, antecipe-se ao risco.
- No dia a dia, detectou um comportamento seu incompatível com protagonismo, tal como de coadjuvante, espectador ou vítima, tentando achar culpados por erros seus? Mude imediatamente de postura.
- Você recebeu uma determinação? Entenda a lógica por trás dela, raciocine, antecipe-se ao que está por vir.

Finalmente, não caia na síndrome do estudante: não deixe tudo para a última hora. Tome a dianteira, aprenda e se planeje.

As palavras de ordem são: preveja e faça!"

14.2. Perseverança, responsabilidade, raciocínio lógico e analítico e resiliência

— Todo protagonista deve ter altos níveis de perseverança, responsabilidade, raciocínio lógico e analítico e resiliência.

"Preveja a vitória e persevere!

Tenha força de vontade para chegar onde pretende!

Antes de mais nada, comecemos por uma premissa básica. É preciso concluir as coisas que começamos, exceto se elas se mostrarem inviáveis.

Vejo por aí muitas pessoas que são tudo, mas não são nada. Começaram o curso disso ou daquilo mas nunca concluíram. Sempre têm uma desculpa nas mãos para isso, mas, na maioria das vezes, explica mas não justifica. Portanto, planeje bem o que você quer e analise sua viabilidade continuamente.

Pessoas que começam as coisas e não terminam são vistas como não confiáveis.

Tenha responsabilidade!

O mesmo se aplica a promessas. Se prometeu, cumpra. Se não podia fazer, que tivesse dito não. Como não teve tal coragem, faça acontecer no prazo combinado. Isso conta muito para a construção de sua imagem de alguém confiável e eficiente.

Aprenda a dizer não e a se engajar com responsabilidade. Dizer não é uma arte. Muitas pessoas precisam aprender a fazê-lo. Seja claro, apresente seus argumentos e não é não. Diga não com objetividade, sem margem de contorno, mas sem ofender.

Dizer sim o tempo inteiro não é uma virtude, e sim uma dupla covardia. Além de prejudicar a si próprio, não ajuda o outro a se autodesenvolver.

Antes de ajudar alguém, por exemplo, garanta que pode executar o seu trabalho concomitantemente – do contrário, não ajude. É como o procedimento de despressurização de um avião: primeiro coloque a sua máscara e então preste ajuda a terceiros. Outra coisa: só ajude quem quer ser ajudado.

Desenvolva sua resiliência e seu raciocínio lógico!

Aprenda a lidar com as frustações da vida e com crises. Elas acontecerão, e você precisará decidir ainda sob pressão ou frustração. Isso não pode ser desculpa para a tomada equivocada de decisões.

Esteja preparado! Nem todos acertam de primeira!

Uma coisa é certa: você jamais errará se não tentar. Em contrapartida, jamais acertará ou evoluirá.

Para ter sucesso, inevitavelmente você terá tropeços. Não os tema. Recomece, persista! Perder batalhas não significa fracassar. Os verdadeiros fracassos são a desistência, a covardia e a omissão!

Henry Ford, o grande empreendedor do ramo automobilístico, faliu várias vezes antes de ter sucesso em seu negócio.

Obstáculos e problemas vão aparecer. Aprenda a solucioná-los com calma e de forma racional. Como?

É preciso aumentar a resiliência que é a capacidade que uma pessoa tem de, diante de uma adversidade, não apenas enfrentar a situação mas adaptar-se e aproveitar as oportunidades relacionadas.

Adicionalmente a isso, é necessário raciocínio lógico e analítico em qualquer situação, ainda que sob frustração ou pressão.

Aplique o que chamo da regra da matemática da vida. Ela é similar à matemática tradicional. O primeiro passo é se acalmar. Não tome decisões de cabeça quente. Uma vez calmo:

- Tal como em um problema de matemática, leia e interprete o enunciado. É muito comum interpretarmos errado o problema quando estamos sob pressão.

- Identifique com qual tipo de problema (ou problemas) você está lidando. Se perceber que se trata de mais de um, isole-os e trate-os separadamente.
- Veja quais variáveis você tem em mãos e qual a incógnita que você está procurando.
- Veja se o problema traz consigo oportunidades.
- Veja se conhece algum especialista ou alguém que já tenha feito algo similar. Se sim, consulte-o. É sempre bom ouvir a opinião de alguém de confiança, que tenha competência para resolvê-lo, pois verá o problema por outro ângulo. Apresente-lhe tudo aquilo que diagnosticou antes (enunciado, variáveis, etc.) para que consiga ajudá-lo a decidir racionalmente. E tenha sempre outras opiniões.
- Analise as alternativas e trace sua estratégia.

Vamos a um exemplo prático: *perdi meu emprego*. Vejamos uma lista não exaustiva de itens a considerar.

Primeiramente, entenda o que isso significa exatamente. Qual é o enunciado do(s) problema(s)?

Os primeiros enunciados são:

- De quais recursos disponho até que eu volte a me remunerar?
- Como os faço render o máximo de tempo possível, caso minha remuneração demore a voltar?

Há outras variáveis a considerar na tomada de decisão:

1. O que tenho a receber? (Indenização, fundo de garantia, salários atrasados, férias etc.)
2. Meus direitos foram pagos corretamente?
3. Tenho economias?
4. Tenho alguma fonte de renda extra ou posso fazer algum trabalho provisório enquanto não me recoloco?
5. Quais gastos posso cortar para lidar com esse momento?
6. A economia depende só de mim ou há mais pessoas envolvidas?
7. Quem poderia me ajudar nessa tarefa?

Os enunciados adicionais são:

- Como voltarei a me remunerar?
- Quais oportunidades estão associadas ao fato?

Há outras variáveis a considerar na tomada de decisão:
1. Quais são as minhas qualificações?
2. Quais são os meus diferenciais?
3. Quero continuar a ser empregado? Quero ser um empresário? Quero continuar a ficar no ramo em que estou? Eu era feliz onde estava?
4. O que preciso fazer para chegar aonde quero? Preciso me qualificar?
5. Conheço algum especialista?
6. Quem na minha rede de contatos pode me ajudar?

Mas e se o problema não tiver solução? Minimize seu impacto e aprenda a conviver com ele.

Por exemplo: *fiquei doente e não há cura conhecida no momento.*
- ✓ Como posso minimizar os efeitos da doença? Como me adaptar para conviver o melhor possível com ela?
- ✓ Devo mudar hábitos?
- ✓ Qual é o estado da arte em relação à doença? Há pesquisas em curso? Há tratamentos alternativos ou experimentais?
- ✓ Conheço algum especialista?
- ✓ Conheço alguém que conheça?

Certo, mas como aumentar a resiliência? Tal como qualquer outra característica, praticando e obrigando-se a agir de uma maneira predeterminada. Problemas não faltarão. Pratique com os mais simples e esteja mais preparado quando os mais complexos vierem.

Tal como acontece com os músculos do corpo, que quanto mais os exercitamos mais eles que suportam carga, faça como os atletas: planeje e treine exaustivamente tudo o que dissemos aqui. Isso minimizará seus erros e maximizará suas decisões corretas.

Após muita prática e dedicação, você desenvolverá uma espécie de "memória muscular", ou seja, começará a utilizar esses métodos de forma instintiva."

14.3. Fé, autoestima e autodesenvolvimento

— Vejamos agora outros aspectos, tais como a fé, a autoestima e o autodesenvolvimento.

"Para chegar onde se quer, fé é essencial. A fé em si mesmo e em Deus; ou seja lá qual nome você queira dar àquele que você recorre nos momentos de dificuldade, tristeza e frustração.

Primeiramente, ter fé em você é essencial. Se nem você acredita em si mesmo, quem acreditará? Mas é preciso acreditar de verdade e não apenas fingir.

A autoconfiança está diretamente associada à autoestima. Esta reflete a opinião que cada pessoa tem sobre si mesma. A ausência desta nos faz perder inúmeras oportunidades na vida.

Não me aprofundarei no tema. Como já disse, há uma vasta gama de profissionais disponíveis. Tenho apenas alguns pontos a ponderar:

- Aprenda a se conhecer, na alegria e na tristeza.
- Cair é normal, mas aprenda a se levantar o mais rápido possível.
- Não se importe tanto com aquilo que pensam de você, não são os outros que pagam suas contas. Por outro lado, se todos estão errados e só você está certo, talvez seja hora de se questionar a respeito.
- Veja se o ambiente em que está vivendo não está afetando sua autoestima – se há humilhações constantes, frustração e insegurança.
- Permita-se errar. Perdoe-se. Todo mundo erra. O importante é aprender com os erros e ter a coragem de recomeçar.
- Lembre-se de que todos têm um diferencial. Todos são bons em algo. Se não é bom no que faz, procure encontrar algo em que você é bom. Seja autoconfiante com responsabilidade. Conheça suas limitações.
- Conserve o pensamento positivo.
- Não tenha medo de buscar ajuda especializada.

Quero falar ainda sobre o medo. Medo de recomeçar, medo do medo, medo da dor, medo da mudança, medo... medo... medo...

O medo é saudável quando está relacionado a nosso instinto de sobrevivência, pois nos obriga a ser precavidos, a nos proteger, a planejar.

Mas quando o medo o impede de viver, de aproveitar as boas oportunidades e o paralisa, ele não é saudável. Esse medo nos impede de protagonizar, nos faz deixar "a vida nos levar", nos impede de avançar. Tenha a coragem de enfrentar seus medos e de pedir ajuda se não conseguir superá-los sozinho. Não é vergonha recorrer a auxílio.

Porém, tenha cuidado com o excesso de autoconfiança ou com a ausência do medo. Não seja irresponsável. Não se comprometa com aquilo que ainda não está pronto. Às vezes é melhor esperar um pouco mais para ter uma promoção do que ser rebaixado.

Tal como em tudo na vida, precisamos de equilíbrio. Excesso para mais ou para menos prejudica.

Ainda em relação à fé, ela é muito mais importante do que a religião. Esta é apenas o meio; é a fé que o conduz a se conectar com Deus e a receber as boas energias que o universo tem a oferecer.

Fortaleça sua fé em Deus!

A fé ajuda você a se equilibrar espiritualmente, o que é tão importante quanto o equilíbrio mental. Aproxime-se de Deus e busque ajuda quando necessário. Procure dirigentes espirituais de boa índole; por certo eles o ajudarão a fortalecer a sua fé.

Assuma as rédeas de sua vida e a responsabilidade pela sua evolução, pelo seu autodesenvolvimento.

Busque a excelência sempre. Mas cuidado com a armadilha entre o bom e o ótimo. Primeiro faça o bom, daí o aperfeiçoe até o ótimo. Muitos perseguem o ótimo e nada executam. Seja racional e eficiente.

Seja um líder de sua própria vida!

Aproveitaremos esse gancho para seguir com um assunto importante: a liderança."

14.4. Liderança vencedora

— O que é liderança?

"Eu diria que é o processo de inspirar, desenvolver e conduzir pessoas, tirando o melhor de cada um através de estratégia, valores e princípios comuns, rumo a um mesmo objetivo.

O tópico é vasto. Existem inúmeros livros e pesquisas sobre o tema e convido-os a se aprofundar neste tópico.

Aqui pretendo apenas fazer algumas ponderações sobre o tipo de liderança que considero o mais eficaz: a liderança vencedora, aquela que herda os atributos do vencedor, de que tanto falamos em nossos bate-papos aqui na fundação.

Na minha opinião, todo protagonista é, por princípio, um líder – afinal, ele se posiciona como líder de sua trajetória pessoal e profissional, de sua vida. Portanto, como liderar terceiros se você não é capaz de liderar sua própria vida?

O oposto, infelizmente, não é verdadeiro. Nem todo líder tem postura protagonista. Há vários líderes por direito que se comportam como vítimas e coadjuvantes.

Quer queira, quer não, o protagonista será provavelmente líder de outras pessoas. A razão para isso é que sua postura diferenciada tende a fazer dele um exemplo a ser seguido. Logo, ainda que este não seja um gestor, um chefe por direito, será um líder de fato.

Inicio, portanto, nosso papo desmistificando a palavra "liderança". Ela não está associada ao fato de gerir formalmente uma equipe, um projeto ou uma organização. A palavra significa conduzir, guiar.

Um dos sinônimos da palavra "líder" é "mentor". Portanto, um líder não é um "chefe", cuja autoridade tenha sido determinada por um terceiro, seja ele quem for; o líder é um mentor que exerce influências sobre outrem em sua vida ou carreira. Querem um exemplo simples?

Ao observar um grupo de crianças brincando em uma partida de futebol é possível ver ao menos uma que se destaca e é seguida pelas outras. Quer esta criança saiba ou não, ela é uma líder. Salvo ela ser a dona da bola, isso ocorre porque, além de ter características de liderança, ela foi eleita pelas demais crianças.

Eleita?

Exatamente. Eleita líder.

Não se enganem: os verdadeiros líderes não são impostos, eles são eleitos. Basta observar as organizações para perceber quantas e quantas vezes temos alguém que foi nomeado gestor em um departamento e que não é seguido por seus colaboradores. Se observarem atentamente verão, no entanto, que eles provavelmente seguem alguém. Alguém que lhes inspira confiança no desempenho de suas atividades profissionais. Um colaborador como eles, mas que foi eleito líder, ainda que informalmente. E digo mais: líderes impostos, mais cedo ou mais tarde, de uma forma ou de outra, são depostos de seu "trono" por seus "súditos". A história mostra vários exemplos disso – que o digam Luís XVI e Maria Antonieta, antigos líderes da família real francesa.

Um líder de fato deve ser não apenas capaz de inspirar e dar o exemplo, mas de transmitir confiança a seus liderados. O líder deve ser um protagonista. Afinal, quem não deseja ser liderado por alguém que faça acontecer? Que tome a frente das batalhas com seu "exército" e não se esconda atrás dele?

Os líderes eleitos são percebidos como vencedores. Ou você seguiria alguém que saiba que vai levá-lo ao fracasso? Se ele não conseguiu conquistar a vitória para si mesmo, conseguiria para os outros?

Portanto, todas as características que aqui atribuímos aos vencedores se aplicam, tais como a de ser um visionário-protagonista estratégico e inovador.

Dentre o que conversamos, quero destacar que um líder depende de seus liderados para atingir seus objetivos. Ser um protagonista não significa ser autoritário e prepotente. É preciso trabalhar em equipe.

Saber priorizar, definir metas e traçar estratégias é fundamental, mas lembre-se de que você não está sozinho nessa. É preciso ouvir ativamente a equipe e estabelecer metas, estratégias e objetivos em conjunto, de forma a garantir o engajamento de todos.

Dessa forma, uma característica muito importante de um líder é saber recrutar e desenvolver a sua equipe. Mais que isso, ele deve saber identificar, explorar e unir os pontos fortes dos liderados, bem como desenvolver seus pontos fracos, através de estratégia única, rumo a um objetivo comum. Fomentar a participação ativa de uma equipe é obrigação do líder. As decisões devem ser uma espécie de interseção entre os diversos aspectos discutidos em conjunto.

A equipe deve compartilhar dos mesmos objetivos, assim como da estratégia, dos princípios e dos valores necessários a atingi-los. É fácil entender isso fazendo uma analogia com uma equipe de futebol. Teria ela êxito sem tais características?

É preciso saber explorar os pontos fortes de cada liderado, pois juntos serão sempre mais vigorosos e mais completos. O conhecimento e a característica que um não tem podem ser supridos por outro. Assim, os membros de uma equipe devem ser complementares. A equipe certa para o desafio e bem gerida são aspectos fundamentais para o sucesso.

É preciso desenvolver pessoas em relação aos aspectos comportamental e curricular, além de desenvolver o vencedor que há dentro de cada uma delas. Não guarde seus conhecimentos, divulgue-os. A divulgação não ameaça sua posição de líder, pelo contrário.

Além disso, ser um líder é compartilhar os desafios com seus liderados de forma similar a um casamento: "na saúde e na doença, na riqueza e na pobreza". Em momentos de crise, não queira ser "o salvador da pátria" – às vezes a ajuda vem de onde menos se espera... e em momentos de alegria, não pense que tudo foi apenas graças a você. Além disso, seja um mentor. Esteja sempre presente quando precisarem de você e faça com que isso seja percebido. Em outras palavras, esteja acessível, saiba ouvir, inclusive críticas, e mantenha um canal de comunicação confiável e constante com sua equipe.

Responsabilize pessoas. Não queira resolver tudo sozinho. Delegar é um dever de um líder eficiente – mas delegue com responsabilidade e estratégia. Oriente, dê e receba *feedback*. Não tenha medo de mudar, seja em processos ou atitudes. Evolua com o ambiente e com sua equipe.

Não vou me alongar mais neste tema, pois, como disse, há vasta literatura disponível de qualidade que descreve o perfil de um líder completo.

Leiam, aprendam, autodesenvolvam-se.

Quero apenas fazer algumas colocações: a primeira é que é possível desenvolver sua liderança; portanto, mãos à obra. Outra coisa: lembre-se de que seus colaboradores devem seguir as orientações do líder ou mentor, mas atender às necessidades dos clientes. Não confundam as coisas.

Caro líder: em uma corporação, seus liderados não são seus escravos. Eles devem atender às expectativas do mercado e dos respectivos *stakeholders*, e não às suas. É muito comum empresas falirem mesmo com colaboradores eficientes, pois, no afã de atender aos desejos de seu líder, esquecem daqueles cuja necessidade deveria ter sido atendida: os clientes. Portanto, o líder deve servir a seus liderados, que devem servir aos clientes e demais *stakeholders*.

Quero enfatizar que a principal função de um líder não é chefiar, mas servir.

Servir? Sim, isso mesmo. É preciso aprender a servir para liderar. É preciso atender às necessidades de seus liderados, dotando-os de recursos, sejam eles de que tipo forem, que maximizem seu desempenho rumo ao sucesso.

Mas não esqueça: servir é diferente de ser um escravo... a necessidade de alguém não é necessariamente o que ele deseja...

Não entendeu? Ótima oportunidade para pesquisar e aprender!

Finalmente, você quer empreender?

Ótimo! Exerça sua liderança na criação de novos negócios benéficos ao seu sucesso e à sociedade. Seja um líder empreendedor!

Por falar nisso, o que é mesmo empreendedorismo?"

14.5. Empreendedorismo

— Ao longo de nossas aulas temos dado várias informações relacionadas ao empreendedorismo. Não me adentrarei no assunto, mas gostaria de fazer algumas considerações que julgo importantes.

"A palavra "empreendedor" pode ter diferentes abordagens, de acordo com quem a define. No nosso caso, me valerei da visão de Louis Jacques Fillion, que define "empreendedor" como "uma pessoa que imagina, desenvolve e realiza visões". E eu acrescentaria: "com protagonismo, inovação e estratégia".

Dessa forma, na minha opinião, para maximizar as chances de ser um empreendedor de sucesso, o candidato deve desenvolver um comportamento visionário-protagonista estratégico e inovador, reunindo as características mencionadas ao longo de nosso curso.

Se você possui essas características, preparou cuidadosamente seu *business plan* e quer se tornar um empreendedor, aí vão algumas dicas.

Se está começando uma empresa do zero, aproveite a oportunidade de formar uma cultura diferenciada. Cultive vencedores, pessoas comprometidas e que fazem acontecer. Além disso, coloque um pouco de seu toque pessoal na construção dessa cultura. É importante que a empresa tenha "a sua cara". Saiba que, consciente ou inconscientemente, isso provavelmente ocorrerá. Faça isso de forma estratégica, alinhando a percepção das pessoas às suas expectativas.

Nesse processo de criação da cultura, uma coisa importante e subestimada por muitos é a formalização de um código de ética e de regras de conduta e de vestimenta. Cuidado com a frase "é uma questão de bom senso". O que é adequado para você pode não ser para terceiros e vice-versa. Além disso, a ética está associada a princípios e valores, e estes diferem de pessoa para pessoa. Assim sendo, formalize o que é ético na sua organização. Aceitar uma caneta de um terceiro é ético? Depende do valor? Depende de quem? Depende das circunstâncias?

Veja a quantidade de processos que se amontoam nos tribunais. Não tenha medo deles, mas mitigue os riscos agindo de forma correta e propiciando um ambiente de trabalho onde a confiança predomine. Além disso, entenda de leis. Todas as pessoas devem entender um pouco de lei, ainda mais empreendedores. Conheça as leis trabalhistas, o direito do consumidor, tributário, societário etc.. Muitas vezes achamos que estamos fazendo o certo e estamos agindo involuntariamente contra a lei. Cuidado com acordos informais. Na relação empregado-empregador, aplica-se a mesma brincadeira acerca do casamento: pode começar com "meu bem" e terminar em "meus bens". Escolha bem seus colaboradores, mas, sobretudo, aplique a lei e tenha provas de que o está fazendo. Formalize.

Na fase de criação de sua empresa você receberá muitos conselhos de colegas e amigos. Não os refute, avalie todos, mas adote apenas os conselhos que passarem em seu filtro analítico (avalie a fonte, raciocine, conteste, pesquise).

Preste ainda mais atenção ao ouvir sugestões e comentários de seus clientes. Aprenda a ver isso como uma oportunidade. Nem sempre o cliente se expressa quando vê algo errado, mas sempre age – seja não voltando ao estabelecimento ou fazendo propaganda negativa do negócio. Encare como se fosse um serviço de consultoria gratuito, mas de grande valor. Pode ser uma oportunidade única para corrigir procedimentos, mudar percepções e explorar oportunidades, tais como criar novos produtos e serviços que atendam às necessidades destes e de outros clientes do nicho.

Porém, esqueça a máxima de que o cliente sempre tem razão. É sua obrigação analisar e raciocinar tudo o que escuta, vê, lê ou percebe, sempre, independentemente da fonte. Afinal, se os clientes quiserem todos os seus produtos de graça...

Atenção ao marketing e às divulgações externas, seja através de propaganda (paga – ex.: comerciais, *outdoor*, etc.) ou publicidade (não paga – ex.: exposições espontâneas na imprensa). Comece utilizando coisas simples, como a fachada de sua empresa, uniformes, mídias sociais, sites na web, *folders*, cartões de visitas etc.

Em contatos com a imprensa, não abra mão de uma boa assessoria de comunicação. Não se arrisque. Exposições negativas podem destruir seu negócio.

Leve a sério a construção da identidade visual da empresa. Isso envolve a escolha do nome fantasia e a concepção da marca. Quanto maior a ambição para a empresa, maior a importância deste item. Sugiro contratar profissionais para tal tarefa. No entanto, informe-se sobre as melhores práticas. Pesquise: qual é o tamanho do nome recomendado? Cabem nomes compostos? Em outros idiomas? Quais são as cores apropriadas? Preciso de um *slogan*?

Informe-se. Antes de escolher que tipo de empresa quer abrir, uma assessoria é recomendada. Há vários tipos: microempresas, limitadas e sociedades anônimas. Uma delas com certeza se adequará ao seu negócio. O erro na escolha pode gerar custos desnecessários.

Avalie ainda os regimes de tributação e isenção fiscal vigentes e maximize as oportunidades de sua empresa.

Além disso, escolha bem o seu banco. Eis um assunto a que poucos dão atenção, mas que é de grande valia. O banco empresarial, além de oportunidades de empréstimos, investimentos e seguros, pode oferecer serviços muito importantes para o dia a dia de sua empresa, tais como pagamento de funcionários e emissão de contracheques, serviços de gestão financeira e consultoria tributária e empresarial. Verifique ainda as taxas envolvidas.

Acesse o site do Sebrae e veja seus serviços, principalmente se estiver criando uma pequena ou microempresa. Lá há uma vasta gama de informações que podem ser muito úteis.

Bom, por hoje é só. Dúvidas? Comentários?"

15. O vencedor em mim

Após a aula, Clara e eu fomos jantar. O assunto ainda girava em torno da aula.

— Nossa, a aula foi muito boa – disse Clara – amor, você anota tudo o que Maurício fala! Aluno exemplar, hein!

— Sim, e gravei todas as aulas e conselhos também, com a autorização dele, claro.

— Que legal! Por que não transforma suas anotações em um livro? Quanto mais sua mensagem for reproduzida melhor, não? Você já fará isso na I9mentor, mas o livro ampliaria mais os horizontes, não?

— Sem dúvidas, falarei com ele. E falando nele, olha quem vem chegando...

Maurício achou a ideia sensacional e pediu que eu escrevesse. Ele não fazia qualquer questão de autoria, queria apenas que seu conhecimento fosse disseminado.

Além do livro, deu a sugestão de criarmos um canal na web para divulgação contínua do conceito. Por sugestão de Maurício e Janaína, o chamaremos de Canal do Vencedor.

Nele daremos palestras, exibiremos documentários, entrevistas, animações, publicaremos artigos e utilizaremos outras formas criativas para garantir a divulgação contínua e a massificação dos conceitos da metodologia *Insight Driven* de Maurício.

Fiz questão, no entanto, de sua revisão e participação ativa em relação ao nome do livro. Maurício era uma felicidade só.

Quanto ao nome, Maurício apenas sugeriu que eu fizesse uma homenagem a Chun, pois parte do que ele é e do que é o seu método ele deve a ela.

De pronto eu disse: *Corpo de Tigre e Alma de Fênix!*

— O título traz um pouco de você (tigre) e de Chun (fênix), além de retratar o conceito de vencedor, um visionário-protagonista estratégico e inovador.

— Excelente!

Apesar de sua alegria com Janaína, com quem fora inclusive honesto em relação a Chun, sentia que sua felicidade não era plena. Para que fosse verdadeiramente feliz, ele precisava finalizar seu assunto mal resolvido com Chun e se libertar.

Sentia-me na obrigação de ajudar meu então amigo e sócio, que tanto fizera por mim.

Conversamos sobre muitas coisas no jantar, mas eu permanecia aéreo, pensando em como poderia ajudar.

Resolvi escrever para Chun falando de Maurício.

Ao chegarmos no quarto, empenhei-me em pesquisar. Na verdade, a coisa foi mais complicada do que eu pensava, mas achei algumas pistas.

No dia seguinte, após muita pesquisa e algumas ligações em inglês, lá estava eu diante do e-mail de Chun.

Não tinha a intenção de fazê-los reatar. Queria apenas promover uma videoconferência ou um encontro que lhes permitisse dissolver suas mágoas e culpas.

Passei o dia trabalhando no plano de negócios, mas à noite dediquei-me a escrever o e-mail junto com Clara. Depois de horas procurando as palavras certas, ele estava pronto.

Não nos alongamos muito: retratei a Chun o Maurício que ela não conhecia – o homem que havia mudado a minha vida – e enfatizei o quanto ele a estimava. Falei de suas obras na fundação e até mesmo do livro que eu escreveria sobre eles.

Pedi apenas uma oportunidade para conversarem. Frisei ainda que ele já estava se envolvendo com outra pessoa, então seria apenas uma conversa. Finalmente, se quisesse me contatar, deixei meu telefone.

Meu trabalho estava feito. Agora o e-mail estava pronto para ser enviado.

Precisava promover o reencontro do Tigre e da Fênix e para isso não mediria esforços.

Fui dormir com isso na cabeça, mas não antes de rezar por meu amigo e pelo sucesso de minha nova missão chamada Chun.

Na manhã seguinte falei com Janaína sobre meus planos. Com a sabedoria de sempre, ela entendeu minhas intenções. Pedi segredo em relação a Maurício, pois não gostaria de frustrá-lo caso Chun não aceitasse falar com ele.

Após seu aceite, finalmente cliquei em enviar. Agora era rezar para que o e-mail a motivasse.

Só restava esperar.

...

As estações passaram, o verão acabara de chegar, inclusive no Rio Grande do Sul. Estávamos às vésperas do natal de 2013.

Muita coisa tinha avançado.

A I9mentor estava pronta para ser lançada no mercado, assim como o Canal do Vencedor.

Clara estava trabalhando como pesquisadora em uma universidade em Santa Maria. Vivíamos entre o Rio Grande do Sul e o Rio de Janeiro, afinal Estella preferia as praias do Rio de Janeiro. Minha relação com elas nunca foi tão boa.

Eu tinha avançado muito em meu planejamento estratégico pessoal. Já estava com meu peso ideal, por exemplo, e tinha reformado minha rede de amizades. A reaproximação com minha família de sangue era iminente.

Estella havia organizado nossa viagem de mochilão à China. Iríamos no réveillon.

Estávamos todos muito felizes, exceto pelo fato de não termos tido nenhuma resposta de Chun, apesar de ter reenviado o e-mail algumas vezes e feito contato telefônico. Aparentemente, havia falhado em minha missão, mas não desistiria. Estava disposto a ir aos Estados Unidos falar com ela.

O livro estava quase pronto, só faltava o capítulo final.

Maurício tinha avançado com as disciplinas técnicas de seu curso, tais como marketing, economia e finanças. Confesso que abri mão destas, pois tinha formação específica e queria me dedicar totalmente à I9mentor, mas Clara e eu fazíamos questão de assistir sua última aula do ano, que ocorreria naquela manhã.

O tópico não podia ser melhor para finalizar o curso: **o vencedor**.

A maioria das pessoas do curso estava com seus negócios de pequeno, médio ou grande porte planejados ou com sua estratégia de progressão de carreira pronta para ser colocada em prática.

Teríamos a palestra e uma confraternização. A fundação estava toda enfeitada com guirlandas e outros enfeites de natal. Tínhamos comprado um presente coletivo para Maurício e Janaína, que se casariam no início do ano.

Clara e eu havíamos dado um presente pré-lua de mel aos pombinhos. Demos a eles passagens aéreas e hospedagem em nosso hotel em Shenzhen. Passariam o réveillon conosco. Ao mesmo tempo em que seria um presente para eles, seria para nós também, pois amávamos sua companhia, inclusive Estella. Janaína estava sendo a peça fundamental de minha reaproximação com Estella.

Ho! Ho! Ho! – era Maurício fazendo graça com seu gorro de Papai Noel.

— Olá, meus amigos e amigas!

"Nosso curso está chegando ao fim. Hoje teremos o nosso último bate-papo, mas a amizade que desenvolvemos aqui durará. Por certo, interagiremos seja em eventos, seja na vida pessoal ou profissional.

Antes de começar, quero agradecer à Janaína, minha amiga, minha amada, alguém cada vez mais especial em minha vida e que, com sabedoria, me ajudou a preparar a aula de hoje.

O que é um vencedor?

Alguém que venceu ou sempre vence, certo?

Mas para vencer é preciso ganhar, certo? Então:

- Ganhamos o quê?
- De quem?
- Para quê?
- Podemos ter mais de um ganhador ao mesmo tempo?

O nosso conceito de vencedor é diferenciado, pois competimos conosco mesmo, através de nosso autodesenvolvimento e corrigindo nossas imperfeições constantes, rumo às nossas metas de evolução e sucesso.

Cada vez que estamos equilibrados (corpo, mente e alma), portanto felizes, e concluímos uma etapa de autodesenvolvimento em nossa vida, seja ela moral, intelectual, material ou espiritual, temos uma vitória. E essa vitória vem acompanhada de uma satisfação diferenciada de missão cumprida.

Quando conseguimos fazer isso continuamente, nos superando a cada dia, nos tornamos vencedores.

Assim, cada indivíduo tem suas próprias trajetórias, suas próprias conquistas, suas próprias vitórias. Todos podem e devem ganhar ao mesmo tempo.

E vencedor significa ser milionário?

Não necessariamente. Afinal, considero Gandhi um grande vencedor. Tudo depende daquilo que buscamos, daquilo que nos equilibra, que nos completa, nos faz feliz. Cada um de nós tem uma missão própria e, consequentemente, anseios diferentes.

Adicionalmente, tenha ambição, desde que seja sadia e que o torne sempre feliz com o que já conquistou.

Ser um vencedor não significa ser perfeito, mas ser equilibrado e estar em constante evolução, entendendo que assim também são seus semelhantes e está disposto a ajudá-los, desde que queiram ser ajudados.

Como disse o Padre Fabio de Melo:

O dia em que você quiser que o outro seja perfeito, você já esqueceu todas as regras do amor... Porque o amor nasce das imperfeições.

E será que é fácil ser um vencedor?

Na verdade, não. Você terá que lidar com diversos desafios e armadilhas a cada dia, inclusive as impostas por aqueles que têm inveja de sua trajetória. Aqueles que, além de não quererem se autodesenvolver, não querem que os outros o façam, pois querem ganhar sem mérito. Mas a vida é justa, é uma escola paciente, e um dia aprenderão. A você, cabe adquirir cada vez mais resiliência e seguir em frente.

E, caro vencedor, cuide da saúde do corpo, da mente e da alma. Como já disse anteriormente, não tenha vergonha, medo ou preconceito.

Há pessoas que têm medo de fazer *checkups* e exames, por exemplo. Mas qual é a lógica? Eles não produzem doenças, apenas as diagnosticam. Deixe de medo, faça *checkups* periódicos de corpo, mente e alma. Previna-se e cure coisas no começo. Tenha coragem!

Em relação à saúde mental, é pior ainda. As pessoas acham que é um absurdo cuidar de sua mente indo a um psicólogo ou a um psiquiatra, por exemplo.

Você pensa assim?

Ok. Façamos então uma analogia. Quando temos uma deficiência visual, usamos óculos, que nos ajudam a ver o mundo de forma mais clara. Quando temos uma deficiência visual qualquer, vemos o mundo de forma embaçada. Quanto mais sério o problema, por exemplo, uma catarata, mais embaçado enxergamos.

Em qualquer dos casos, não é o mundo que está distorcido, mas nossa visão. E quando utilizamos óculos apropriados ou retiramos a "catarata", passamos a ver o mundo da forma como ele é.

Se é tão simples de compreender com a visão e tantas e tantas pessoas utilizam óculos e lentes de contato, por que isso não pode se aplicar a eventuais distúrbios mentais?

Por que um distúrbio mental não pode estar fazendo você ver o mundo de forma embaçada, por exemplo? Por que não se tratar nesse caso? Por que é mais fácil achar que o "embaçado" é normal ou se conformar com ele por medo, insegurança, preconceito e outras razões?

Pense nisso. Se precisar, procure um psicólogo ou psiquiatra, assim como procuraria um oftalmologista. Dê a você mesmo a oportunidade de ver a vida como ela é. Pode ser mais simples do que imagina! Coragem!

Falei antes que não devemos ajudar outras pessoas se não estivermos em condição para tal. Por exemplo, se não tivermos terminado nossa própria tarefa. Quero agora, no entanto, frisar um outro ponto, mas em relação à empatia.

Seja empático, não uma esponja!

Não absorva problemas alheios. É comum que vítimas, coadjuvantes e espectadores da própria vida se aproximem dos vencedores para pedir conselhos, mas não se iluda: nem sempre elas estão dispostas a mudar. Se a pessoa não quiser, você jamais a fará mudar. O que ela quer é despejar seu "lixo" nas dependências alheias.

Sabe aquele amigo ou aquela amiga que chega e começa a falar sem parar? Mais parece uma crise de vômito do que um desabafo, totalmente fora de controle. Eles falam dos outros, falam de você, ofendem e por aí vai. No final você está um trapo, pois passou a carregar todo aquele "lixo" enquanto eles saem bem, visto que desabafaram e "transferiram" o problema. E você fica lá, pensando nos problemas alheios e cheio daquela energia complicada.

Não estou pregando que não ajude as pessoas, mas que o faça sem se envolver emocionalmente, sem tomar os problemas para você. Sem absorver os problemas alheios feito uma esponja.

A regra é simples: só ajude e aconselhe se tiver condições para tal. Em outras palavras, apenas se estiver equilibrado, pronto a não se envolver emocionalmente e se estiver capacitado a ajudar.

Além disso, não seja muleta de ninguém. Não deixe que o usem dessa forma. Em outras palavras, não seja o "guru faz-tudo" das pessoas. Toda vez que tiverem um problema, você decidirá por elas. Se for assim, como aprenderão? Como evoluirão? Ajude, mas não faça pelos outros. Não seja muleta e não procure muletas para você. Sou a favor de ensinar a pescar e não de dar o peixe, a não ser em casos muito específicos.

Deixe cada um exercer a sua missão. Ajude, mas não a desempenhe a função de ninguém; afinal, a meritocracia é quesito obrigatório na escola da vida.

E como reconhecemos um vencedor?

Já falamos de várias características que citei do visionário-protagonista estratégico e inovador. Citarei mais duas que o fará reconhecer vencedores ou futuros vencedores (eles podem ainda não estar totalmente capacitados):

- **Elã:** é o brilho nos olhos, a energia, o entusiasmo com que alguém se engaja em uma missão.
- **Paz de espírito:** é o reflexo do equilíbrio.

Vamos a algumas recomendações finais:

- Viva a vida, evolua, aproveite suas oportunidades. Uma das piores coisas do universo é o arrependimento.
- Leve a vida a sério, mas viva-a com alegria e bom humor.
- Comemore suas conquistas. Temos a mania de apenas nos queixar na derrota. Celebre cada vitória, por menor que seja. Faça festas, confraternize!
- Faça amigos. Evite fazer inimigos por nada. Elogie, além de criticar. Faça as pessoas sorrirem, melhore seus dias! Quanto maior a corrente de pessoas que o querem bem, mais terá energias para lutar nas provações da vida.
- Respeite o próximo e construa relacionamentos. O *networking* estratégico é fundamental para o sucesso, pois, por maiores que achamos que somos, dependemos uns dos outros.
- Seja sincero, mas com sabedoria. Não confunda sinceridade com grosseria.

- Tenha fé em Deus e em você.
- Deixe herdeiros para a sua causa. Não precisa ser filhos, mas prepare pessoas para dar continuidade e aperfeiçoar a sua obra. A bananeira morre deixando frutos e um herdeiro para continuar sua obra. Essa é outra maneira de viver eternamente.
- Tenha a coragem de se permitir ser feliz e de lutar por sua felicidade

Muito obrigado a todos, por tudo! E vamos para a nossa ceia! Mas, antes, Janaína, ponha aquela música que você ama!"

Janaína colocou para tocar a canção "Pensamento Positivo", que me emocionou quando fazia meu planejamento estratégico e que agora o fazia a todos na plateia. Mais apropriada para o momento impossível. Sua letra resume tudo aquilo que Maurício acabara de falar.

Conversei com cada um dos meus colegas. Àquela altura já tinha certa intimidade com a maioria deles.

Aproveitava ainda a ceia maravilhosa quando meu telefone tocou. Alguém falava ao telefone em português, mas com um sotaque diferente. Em poucos segundos ela se identificou: era Chun.

Mal podia acreditar. Saí do ambiente em que estava para conversar com ela. Pelo visto a proximidade do Natal mexeu com seu coração. Ela falou de seu último encontro com Maurício e que, após receber meu e-mail, havia refletido muito e queria mesmo encontrá-lo, mas queria que fosse uma ocasião especial. Sugeriu que eu também estivesse na ocasião junto, pois, segundo ela, pela coragem que tive em procurá-la, eu devia ser um amigo de verdade. Sugeriu que fôssemos aos Estados Unidos, mas logo dei uma contraproposta que foi aceita. Nós nos encontraríamos no réveillon, em Shenzhen.

Ela queria mesmo visitar membros de sua família que há muito não via e lá seria o local ideal para o que pretendia. Pediu-me que não falasse a ninguém, pois queria fazer uma surpresa.

Prontamente concordei e nos despedimos.

Nem podia acreditar! Contava os dias para o réveillon!

O Réveillon

Fui acordado pela comissária servindo o café da manhã. O anúncio de bordo indicava que estávamos em procedimento de descida para Shenzhen. Clara e Estella estavam despertas e felizes como nunca. Definitivamente éramos de novo uma família.

Por questão de disponibilidade de assentos, Maurício e Janaína foram em outro voo, que chegaria algumas horas depois do nosso.

Iríamos nos encontrar no hotel.

Estella tinha organizado tudo. *Mas acho que seu espírito de mochileira estava um tanto sofisticado,* me divertia. Eu estava disposto a abdicar desse conforto, mas ela adorou a ideia.

Adentramos o hotel e, apesar de já ter me hospedado lá, pela primeira vez o apreciei. Era um hotel espanhol, todo decorado em vermelho. Magnífico! Os atendentes estavam em trajes típicos espanhóis e falavam inglês fluentemente. Entre seus vários restaurantes, havia um brasileiro. Nele, Estella reservou uma mesa para nós no jantar de réveillon.

O jantar seria das 20:00h às 22:30h. Achei um tanto estranho, mas era esse o costume do local. No jantar finalmente encontraríamos Chun, segredo que guardava a sete chaves.

Após o jantar, seguiríamos para o *Window of the World* (janela do mundo). Lá assistiríamos à queima de fogos na virada, em meio às réplicas dos monumentos mais famosos do mundo. Tudo isso em família, com nossos amigos – e quem sabe com Chun! O que poderia ser melhor?

Estella e Clara estavam deslumbradas com o local. Era um luxo só. Foi difícil fazê-las parar de tirar fotos para subirmos até os nossos quartos. Como já era de costume, ficamos em um quarto separado de Estella, que amava a sua independência.

O quarto era lindo e tinha uma enorme banheira de hidromassagem dupla. Dela, Clara e eu podíamos ver a enorme caravela, em tamanho real, que "invadia" a piscina do hotel. Sob espuma e com água quentinha, abraçado ao meu amor, recebi uma bela surpresa. Sim, Clara estava grávida!!!

Todos sabiam, menos eu! Ela estava guardando a surpresa para um momento especial. Nosso bebê já tinha quase três meses dentro daquela linda barriguinha que eu não parava de beijar!

Nossa, como estava feliz!

Deitamos um pouco para nos recuperarmos do *jet lag*, aquele efeito que ocorre com a mudança drástica de fuso horário.

Acordamos com Estella, que batia à nossa porta. Quase perdemos a hora. Fomos nos arrumar correndo e partimos para o jantar. Clara e Estella estavam lindas em seus vestidos brancos que separaram para a ocasião. Vesti-me todo de branco também.

Às 20:30h, pontualmente, encontramos Maurício e Janaína, que chegaram horas antes ao hotel. Eles estavam muito felizes.

Eu estava um tanto tenso, aguardando a chegada de Chun, mas pude apreciar a comida. Não chegava nem sequer perto do que é a verdadeira comida brasileira, mas tinha o seu charme, dada a mistura da culinária nacional e condimentos chineses. Estava tudo uma delícia!

O ambiente era finamente decorado, e o restaurante tocava músicas em português. Algumas de cantores de Macau e outras de cantores brasileiros. Tocavam canções populares em meio a músicas de réveillon.

Já passava das 21h quando, para o espanto de todos, Chun chegou com uma amiga. Quase não a percebemos, pois todos os olhares se voltaram para Chun. Maurício estava meio que em estado de choque.

Coube a mim quebrar o clima e explicar a situação. Falei que decidi promover aquele encontro para que brindássemos ao livro, que seria em homenagem aos dois.

Passado o choque, e graças ao apoio de Janaína – eles se entendiam no olhar –, Maurício estava mais solto (na medida do possível).

Chun era uma simpatia, e se apresentou a todos na mesa, assim como a Victoria, sua acompanhante. Em poucos minutos era íntima de todos.

Minutos depois fiquei preocupado, pois Chun pediu para conversar com Maurício na varanda. Teria eu tido a atitude certa em promover aquele encontro?

De onde estava podia ver seu rosto tenso de nervoso e que a conversa não parecia muito agradável. No entanto, o pior ainda estava por vir, quando vi Maurício aos prantos.

Se arrependimento matasse... estraguei o réveillon de todos... todos à mesa tentavam disfarçar, mas estavam mais preocupados do que eu. Quando voltaram chorando, previ o pior.

Até que Maurício abraçou fortemente Victoria sob o sorriso emocionado de Chun. Assim passou alguns minutos com aquela jovem, que correspondia às lágrimas.

Recomposto, tratou de explicar: Victoria era sua filha!

Foi gerada naquela linda noite no Pontal do Atalaia!

Seu nome, Victoria (aquela que vence), fora atribuído como uma espécie de mantra vivo, pois, por ela renasceria das cinzas e haveria de vencer na vida!

No dia fatídico Chun ia lhe contar, mas tamanha foi a decepção que optou por não fazê-lo.

Viveu com aquele segredo por anos. Nas diversas vezes que Victoria perguntou por ele, sempre disse que havia perdido contato com seu pai. Ela até quis procurá-lo no Brasil. Sua mãe, no entanto, a desanimava, pois seria como encontrar uma agulha em um palheiro. Na verdade, Chun não queria voltar a vê-lo.

Quando o reencontrou no aeroporto, estava decidida a falar a verdade, pois achava que estaria mais maduro, mudado, mas, ao constatar o homem que se tornou, mudou de ideia.

Ao receber meu e-mail, pensou muito no assunto e em desfazer o mal que agora percebia que havia feito a ele e a sua filha. Temia pela reação de Maurício, cuja manifestação de prantos expressava apenas a alegria pela notícia.

A verdade é que sua maturidade foi exemplar. Janaína, como sempre, mostrou muita sabedoria ao apoiá-lo.

Maurício, por sua vez, só queria saber de conhecer Victoria. Ambos monopolizaram as atenções da mesa. Como era bom ver todos sorrindo!

Maurício se empolgou ainda mais ao saber de seus planos para ir morar no Brasil. Ela, agora com 23 anos, acabara de se especializar em empreendedorismo, após ter se formado em Administração de Negócios anos antes. Ela ficou empolgadíssima em saber da I9mentor, pois sempre quis fazer algo na área da educação. Ela cursou uma célebre universidade na Inglaterra. Não quis estudar nos Estados Unidos, pois, além de sempre ter sido um sonho estudar naquela universidade, queria desenvolver sua independência. Ainda que tivesse condições financeiras diferenciadas, pois os negócios de Chun prosperavam, decidiu trabalhar, em tempo parcial, em uma escola de idiomas e se sustentar.

Chun contava orgulhosa o quanto sua filha era aplicada – foi presidente da incubadora de empresas da universidade e graduou-se com conceito máximo. Criou ainda negócios experimentais pelos quais foi premiada internacionalmente. Era ainda campeã de xadrez, exímia estrategista.

Definitivamente, tinha herdado as melhores qualidades de seus pais.

Maurício agora poderia passar seus conhecimentos para Victoria. Janaína estava entusiasmada. Finalmente teria uma "filha", já que biologicamente não poderia, dada sua doença. Na verdade, Victoria jamais imaginaria que receberia tanto carinho dos dois. Ambos não paravam de paparicá-la. Foi tanto que Chun até brincou que estava com ciúmes, para a descontração de todos.

Quanto a mim, estava muito alegre! Eu teria uma "agregada" de peso nos negócios, e Maurício estava feliz como nunca! A noite não podia ser melhor!

No restaurante, ouvíamos, na voz de Simone e Ivan Lins, a música "Começar de Novo", composição de Ivan Lins e Vitor Martins.

A letra retratava bem o momento de recomeço e libertação de Maurício.

Engraçado que todos cantaram a música juntos emocionados. Janaína quebrou o gelo ao dizer que aquela seria a música deles.

Seguimos para o *Window of the World* a pé.

Clara e eu fomos abraçados com Estella. Janaína e Maurício, com Chun e Victoria. Naquele clima de descontração e carinho, ficamos até os últimos minutos do ano de 2013.

Garrafas de champanhe em mãos, contagem regressiva e eu refletia sobre o nome da filha de Maurício e Chun... Victoria, aquela que vence... a vencedora!

E que nome poderia ter a filha do Tigre e da Fênix, do Protagonista e da Visionária, senão esse?

...

Agora tenho todos os elementos para finalizar o livro!

Olhando o sorriso de felicidade de todos, pensei...

Depois de tanta luta, tanto aprendizado, eis que tudo se encaixou em seu devido lugar para todos nós. Depois de muito suor e dor...

Se não fosse assim, que graça teria?

Afinal, sem suor e dor não há vitória – ou seria Victoria?!

5, 4, 3, 2, 1!

Feliz ano novo!

Feliz réveillon!

Feliz despertar, vencedores!

Acesse o QR Code abaixo e assista a um vídeo com a mensagem final do autor para você!

Epílogo

Caro leitor, espero que a obra tenha sido agradável e de valia para a sua vida.

E então, chegamos ao fim?

Não, isso foi apenas um começo. Agora cabe a você escrever a sua trajetória rumo ao sucesso.

É seu dever ainda se autodesenvolver. Buscar mais e mais conhecimento. É claro que você pode fazer isso sozinho, mas, caso deseje, ainda podemos interagir...

O pioneirismo deste livro transcende tudo aquilo que mencionamos na sinopse e no prólogo e que você pôde constatar na sua leitura.

O livro foi baseado em empresas e canais web reais. Eles foram apresentados ao leitor como uma espécie de estudo de caso ao longo da história e servirão como referências contínuas da obra.

Apesar de o livro ser uma obra de ficção, e portanto qualquer semelhança com nomes, pessoas, fatos ou situações terá sido mera coincidência, as empresas que constam na história agora existem e estão à sua disposição. Isso foi feito para demonstrar ao leitor a exequibilidade dos conceitos abordados e para garantir a continuidade do seu aprendizado, pois poderá vir a estudar, incubar seus negócios, trabalhar, ser parceiro e se manter atualizado.

As empresas I9mentor e Incubare e o Canal do Vencedor serão lançadas no mercado concomitantemente à publicação desta obra. A primeira tem o mesmo nome (I9mentor). As demais se chamam I9creation e I9minds, respectivamente.

Assim, o leitor poderá aperfeiçoar os conhecimentos adquiridos neste livro através de nossas empresas – e, inclusive, estender tal oportunidade a seus filhos.

Enfim, caso queira, você poderá ser cliente, espectador ou parceiro de uma dessas iniciativas, seja adquirindo uma franquia da I9mentor (www.I9mentor.com.br), candidatando-se a ser um mentor ou tutor de uma de nossas unidades, usufruindo do conteúdo, participando ou anunciando na I9minds, (www.I9minds.com.br) acelerando seu próprio negócio na I9creation (www.I9creation.com.br) etc.

Bem entendido, não há qualquer obrigatoriedade do leitor em frequentar a I9mentor ou de ser nosso parceiro. Pelo contrário, em todo o livro pregamos o autodidatismo e a independência.

Mas se achou o conteúdo do livro interessante e se quiser interagir mais conosco, incubar seu negócio ou dar uma educação diferenciada para seus filhos, estaremos à sua inteira disposição.

Finalmente, estamos confiantes de que fizemos o nosso melhor para colocar à disposição uma abordagem fim-a-fim de diversos conceitos fundamentais para o vencedor.

Agora desejamos, de coração, que tenha a coragem de rever conceitos, romper paradigmas, raciocinar e fazer parte dessa família de vencedores, com Corpo de Tigre e Alma de Fênix.

Até a próxima!

Bibliografia

Livros

BERGAMINI, Cecilia Whitaker. **Psicologia Aplicada à Administração de Empresas**. São Paulo: Atlas, 2005.

BODIE, Zvi; MERTON, Robert C. **Finanças**. Porto Alegre: Bookman, 2002.

BRIDOUX, Denis C.; MERLEVEDE, Patrick E. **Dominando o Mentoring e o Coaching com Inteligência Emocional.** Rio de Janeiro: Qualitymark, 2008.

BRODBECK, Felix C.; CHHOKAR, Jagdeep S.; HOUSE, Robert J. **Culture, Leadership and Organizations:** the GLOBE book in-depth studies of 25 societies. Thousand Oaks, CA: Sage Publications, 2007.

CIALDINI, Robert B. **As Armas da Persuasão:** como influenciar e não se deixar influenciar. Rio de Janeiro: Sextante, 2012.

COVEY, Stephen R. **Os 7 Hábitos das Pessoas Altamente Eficazes**. Rio de Janeiro: Best Seller, 2004.

DORFMAN, Peter W.; GUPTA, Vipin; HANGES, Paul J.; HOUSE, Robert J.; JAVIDAN, Mansou. **Culture, Leadership and Organizations:** the GLOBE study of 62 societies. Thousand Oaks, CA: Sage Publications, 2004.

DRUCKER, Peter. **Inovação e Espírito Empreendedor:** prática e princípios. São Paulo: Cengage Learning, 2008.

DRUCKER, Peter. **The Essential Drucker**. New York, NY: Harper Business, 2008.

FARIA, A. Nogueira de. **Organização e Métodos**. Rio de Janeiro: Livros Técnicos e Científicos, 1984.

FARIA, A. Nogueira de; SUASSUNA, Ney. **A Comunicação na Administração.** Rio de Janeiro: Livros Técnicos e Científicos, 1982.

FRANK, Milo O. **How to get your point across in 30 seconds or less**. New York: Simon and Schuster, 1986.

FRAZIER, Greg; GAITHER, Norman. **Administração da Produção e Operações**. São Paulo: Pioneira Thompsom Learning, 2005.

GOLEMAN, Daniel. **Inteligência Emocional.** Rio de Janeiro: Objetiva, 2001.

GOLEMAN, Daniel. **O Cérebro e a Inteligência Emocional**. Rio de Janeiro: Objetiva, 2012.

HITT, Michael A.; HOSKISSON, Robert E; IRELAND, R. Duane. **Administração Estratégica**. São Paulo: Pioneira Thompsom Learning, 2005.

HUNGER, J. David; WHEELEN, Thomas L. **Strategic Management and Business Policy.** Upper Saddle River, NJ: Pearson Education, 2008.

HUNTER, James C. **O monge e o executivo.** Rio de Janeiro: Sextante, 2004.

KORIATH, John J.; MCANALLY, Kimcee; UNDERHILL, Brian O. **Coaching Executivo para Resultados**. São Paulo: Novo Século, 2010.

KOTLER, Philip. **Administração de Marketing**. São Paulo: Pearson Education, 2000.

KOUZES, James M.; POSNER, Barry Z. **O Novo Desafio da Liderança.** Rio de Janeiro: Campus Elsevier, 2008

LODI, João Bosco. **Governança Corporativa.** Rio de Janeiro: Elsevier, 2000.

LOVELOCK, Christopher; WRIGHT, Lauren. **Serviços:** marketing e gestão. São Paulo: Saraiva, 2004.

MAQUIAVEL, Nicolau. **O Príncipe.** São Paulo: Hunter Books, 2011. (Coleção O Essencial da Estratégia)

MUSASHI, Miyamoto. **O Livro dos Cinco Anéis.** São Paulo: Hunter Books, 2011. (Coleção O Essencial da Estratégia)

NASAJON, Claudio; MARIANO, Sandra; SALIM, Helene; SALIM, Cesar Simões. **Administração Empreendedora**. Rio de Janeiro: Elsevier, 2004.

NEVES, Ricardo. **Ruptura:** o desafio de inovar para reinventar a política. Rio de Janeiro: Singular, 2010.

PORTER, Michael E. **Estratégia Competitiva:** técnicas para análise da indústria e concorrência. Rio de Janeiro: Elsevier, 2004.

POTTER, Richard E.; TURBAN, Efraim. **Administração de Tecnologia da Informação.** Rio de Janeiro: Elsevier, 2005.

PRINCE 2. **Managing Successful Projects with PRINCE 2**. London: Office of Government Commerce, 2005.

PROJECT MANAGEMENT INSTITUTE. **Guide du Corpus des Connaissances en Management de Projet.** 3. ed. Newtown Square, PA: PMI, 2004.

PYZDEK, Thomas. **The Six Sigma Handbook.** New York, NY: McGraw Hill, 2003.

QUENK, Naomi L. **Essentials of Myers-Briggs Type Indicator Assessment.** Hoboken, NJ: John Willey & Sons, 2009.

ROBBINS, Stephen P. **A Verdade sobre Gerenciar Pessoas... e Nada Mais que a Verdade.** São Paulo: Pearson Financial Times, 2003.

RYAN, M. J. **O Poder da Autoconfiança.** Rio de Janeiro: Sextante, 2009.

SENGE, Peter M. **A Quinta Disciplina.** New York, NY: Doubleday, 1990.

SUASSUNA, Ney. **É Proibido ter ideias novas.** Rio de Janeiro: SESAT, 1978.

TOLEDO, Fabio (coord.). **Desvendando as Redes Elétricas Inteligentes:** smart grid handbook. Rio de Janeiro: Brasport, 2012.

TOLEDO, Fabio. **Guide International du Comptage Intelligent.** Paris: Lavoisier, 2012.

TOLEDO, Fabio. Redes Elétricas Inteligentes e a Ruptura de Paradigmas Tecnológicos do Setor Elétrico. *In:* ROCHA, Fabio Amorim da. **Temas Relevantes no Direito de Energia Elétrica.** Rio de Janeiro: Synergia, 2013.

TOLEDO, Fabio. **Smart Metering Handbook.** Tulsa, OK: PennWell, 2013.

TZU, Sun. **A Arte da Guerra.** São Paulo: Hunter Books, 2011. (Coleção O Essencial da Estratégia)

WATKINS, Michael. **Negociação.** Rio de Janeiro: Record, 2004. (Série Harvard Business Essentials)

YOUNG, James Webb. **A technique for producing ideas.** New York, NY: McGraw-Hill Professional, 2003.

Notas de aula

DJEDDOUR, Mohamed. Slides e notas de aula do curso de Strategic Management. Reino Unido: MBA LSBF e Université de Grenoble, 2008.

NASCIMENTO, Kedma Mano. Slides, apostila e notas de aula do Programa de Desenvolvimento da Liderança administrado pela FDC na Light. Brasil: Fundação Dom Cabral, 2012.

Artigos da internet

ADMINISTRADORES.COM. Disponível em: <http://administradores.com.br/>. Acesso em: 09 jun. 2014.

AGÊNCIA NACIONAL DE ENERGIA ELÉTRICA. **Manual do Programa de pesquisa e desenvolvimento tecnológico do setor de energia elétrica.** Brasília: ANEEL, 2012. Disponível em: <http://www.aneel.gov.br/arquivos/PDF/Manual-PeD_REN-504-2012.pdf>. Acesso em: 09 jun. 2014.

BANCO CENTRAL DO BRASIL. **Caderno de Educação Financeira:** gestão de finanças pessoais (conteúdo básico). Brasília: Banco Central do Brasil, 2013. Disponível em: <http://www.bcb.gov.br/pre/pef/port/caderno_cidadania_financeira.pdf>. Acesso em: 09 jun. 2014.

BIBLIA ONLINE. Disponível em: <http://www.bibliaonline.com.br>. Acesso em: 09 jun. 2014.

CAMARGO, André Moreira de; SILVA, Eni Leide Conceição; NAKAMOTO, Francisco Yastami; ALMEIDA FILHO, João Jaime. **Seminário Teaching Engineering:** Wankat e Oreovicz. Disponível em: <http://disciplinas.stoa.usp.br/pluginfile.php/5040/mod_resource/content/1/cap1213.ppt>. Acesso em: 09 jun. 2014.

CASTOR, Orlando. Os mistérios da Pedra da Gávea no Rio. **Fato e farsa!**, 12 fev. 2013. Disponível em: <http://fatoefarsa.blogspot.com.br/2013/02/os-misterios-da-pedra-da-gavea-no-rio.html?m=1>. Acesso em: 09 jun. 2014.

CHINA.ORG.CN. Disponível em: <http://www.china.org.cn>. Acesso em: 09 jun. 2014.

CRUZ, André. 9 Hábitos de Líderes Altamente Produtivos. **Professores do Sucesso**, 19 abr. 2012. Disponível em: <http://www.professoresdosucesso.com.br/9-habitos-de-lideres-altamente-produtivos.html>. Acesso em: 09 jun. 2014.

FONOAUDIOLOGIA EMPRESARIAL. **Importância da Comunicação.** Disponível em: <http://fonoempresarial.no.comunidades.net/index.php?pagina=contactos>. Acesso em: 09 jun. 2014.

FUNDAÇÃO ANGELO BOZZETTO. Disponível em: <http://www.angelobozzetto.com.br>. Acesso em: 09 jun. 2014.

GRANDES FELINOS. **10 Curiosidades sobre os Tigres Incríveis.** Disponível em: <http://www.grandesfelinos.com/2013/02/curiosidades-sobre-tigres.html?m=1>. Acesso em: 09 jun. 2014.

KD FRASES. Disponível em: <http://kdfrases.com/>. Acesso em: 09 jun. 2014.

MAGALHÃES, Marcelo Almeida. **Estratégia Empresarial.** Slides. Disponível em: <http://www.slideshare.net/brunocgbarros/fgv-estratgia-empresarial>. Acesso em: 09 jun. 2014.

MANDARIM WEL. **Chun – Primavera.** Disponível em: <http://mandarimwel.blogspot.com.br/2010/02/chun-primavera.html>. Acesso em: 09 jun. 2014.

MOREIRA, Michel. **Planejamento Estratégico Pessoal.** 28 jan. 2009. Disponível em: <http://www.slideshare.net/michel.m/planejamento-estratgico-pessoal-presentation>. Acesso em: 09 jun. 2014.

NOVA PALMA ENERGIA. Disponível em: <http://www.novapalmaenergia.com.br>. Acesso em: 09 jun. 2014.

ORIGEM DA PALAVRA. Disponível em: <http://www.origemdapalavra.com.br>. Acesso em: 09 jun. 2014.

PENSADOR. Disponível em: <http://pensador.uol.com.br/>. Acesso em: 09 jun. 2014.

PREFEITURA DA CIDADE DE ARMAÇÃO DOS BUZIOS. Disponível em: <http://www.buzios.rj.gov.br>. Acesso em: 09 jun. 2014.

PREFEITURA DE FAXINAL DO SOTURNO. Disponível em: <http://www.faxinal.com>. Acesso em: 10 jun. 2014.

RIZZO, Cláudia Michepud. 13 Dicas: Vamos "Fazer Acontecer". **Sabedoria Universal**, 22 jul. 2010. Disponível em: <http://sabedoriauniversal.wordpress.com/2010/07/22/13-dicas-vamos-fazer-acontecer%E2%80%9D/>. Acesso em: 09 jun. 2014.

RS VIRTUAL. Disponível em: <http://www.riogrande.com.br>. Acesso em: 10 jun. 2014.

RUIC, Gabriela. Inventor conta a história por trás do lendário Post-it. **Exame**, 04 jun. 2012. Disponível em: <http://exame.abril.com.br/tecnologia/noticias/inventor-conta-historia-por-tras-do-lendario-post-it>. Acesso em: 10 jun. 2014.

S., Carolina. Reaprendendo a Respirar. **Como vencer a Síndrome do Pânico?**, 09 mar. 2013. Disponível em: <http://goodbyepanico.blogspot.com.br/2013/03/reaprendendo-respirar.html>. Acesso em: 10 jun. 2014.

SAUDE ANIMAL. Disponível em: <http://www.saudeanimal.com.br>. Acesso em: 10 jun. 2014.

SEBRAE. Disponível em: <http://www.sebrae.com.br>. Acesso em: 10 jun. 2014.

SHENZHEN GOVERNMENT ONLINE. Disponível em: <http://english.sz.gov.cn/>. Acesso em: 10 jun. 2014.

SHIRONAYA. **Como o Tigre se Tornou Parte do Horóscopo Chinês.** 29 nov. 2011. Disponível em: <http://casadecha.wordpress.com/2011/11/29/como-o-tigre-se-tornou-parte-do-horoscopo-chines/>. Acesso em: 09 jun. 2014.

SIGNIFICADOS.COM.BR. Disponível em: <http://www.significados.com.br>. Acesso em: 10 jun. 2014.

VAZ JÚNIOR, Carlos André. **A Teoria do Fogo.** Disponível em: <http://www.eq.ufrj.br/docentes/cavazjunior/teo1pi.pdf>. Acesso em: 10 jun. 2014.

VOLTOLINI, Ramon. Qual é o perfil do profissional do futuro? **Tecmundo**, 18 set. 2013. Disponível em: <http://www.tecmundo.com.br/m/44642.htm>. Acesso em: 10 jun. 2014.

WIKIHOW. **Como Determinar seu Tipo de Personalidade Usando Myers Briggs.** Disponível em: <http://pt.m.wikihow.com/Determinar-Seu-Tipo-de-Personalidade-Usando-Myers-Briggs>. Acesso em: 10 jun. 2014.

WIKIPÉDIA. Disponível em: <http://pt.m.wikipedia.org/>. Acesso em: 10 jun. 2014.

Você está preparado para os novos tempos?

i9mentor
formação de vencedores

Você já parou para pensar na velocidade com que o mundo evolui? A cada dia que passa, o mundo está mais moderno e dinâmico! No entanto, as pessoas chegam ao mercado de trabalho cada vez mais despreparadas.

Diante desse novo cenário, a escola prepara academicamente, mas quem prepara você e seus filhos para a vida, para o sucesso?

Ao contrário do que muitos pensam, os principais fatores que nos conduzem ao sucesso são comportamentais e não acadêmicos. Formações, especializações e demais recursos curriculares são apenas ferramentas. Se não forem aliadas a pessoas antenadas, multidisciplinares, diferenciadas e que saibam aliar a teoria à prática, não produzem o efeito desejado.

Mas, afinal, qual é o perfil do profissional dos novos tempos?

Não se engane: o profissional do século XXI não pode ser um mero usuário de informática e tecnologia. Se quiser assegurar seu sucesso, ele precisa não apenas aprender a usar, mas a *criar* os seus próprios programas e dispositivos!

Ele deve saber ainda gerir e empreender! É preciso desenvolver competências diferenciadas como protagonismo, inovação, liderança, estratégia, gestão de projetos e equipes, gerenciamento de conflitos e crises e multidisciplinaridade. E, mais do que isso, não basta aprendê-las na teoria, é preciso praticar.

Para garantir tudo isso criamos a **i9mentor**!

Nossa metodologia inovadora complementa o ensino tradicional. Ofereceremos formações a distância e presenciais, inclusive através de cursos *in-school* e *in-company* ministrados em instituições de ensino primário, médio e superior e em empresas através de um estilo de parceria ganha-ganha; não vendemos cursos às instituições parceiras – estas funcionam de forma similar a subfranquias, e seus professores são treinados para se tornarem tutores da i9mentor.

Não temos professores, mas mentores. Sob a orientação destes, nossos mentorandos aprendem sobre empreendedorismo, liderança, entre outras competências. Para colocar suas ideias em prática, também aprendem a criar projetos relacionados a programação audiovisual 2D e 3D. Podem desenvolver ainda sites, jogos, sistemas, *apps*, robôs, *drones* e até mesmo dispositivos de automação e telemetria para casas e cidades inteligentes. Mas não basta criar, é preciso implementar! Todos os projetos serão geridos de forma profissional e os produtos e serviços criados pelos mentorandos serão prototipados, apresentados a investidores e comercializados de fato!

E mais! O que acha de vender suas criações e ganhar dinheiro com isso?

Isso é possível! Além da i9mentor, criamos outros canais facilitadores dos quais nossos mentorandos podem participar! Caso seus projetos sejam selecionados, eles podem ser comercializados no canal i9buy. Nesse caso, seus autores ganham *royalties* sobre as vendas!

Além disso, temos outros canais! Na i9minds disponibilizamos gratuitamente documentários, animações, vídeos e estudos de caso relacionados aos tópicos aqui mencionados. No canal da i9creation é possível industrializar produtos e serviços ou até mesmo incubar ou acelerar um novo negócio. Mas, se preferir se candidatar a vagas em empresas, sem problemas! No canal da i9hunter inserimos profissionais no mercado de trabalho de forma diferenciada.

É importante frisar, ainda, que todos os serviços oferecidos nesses canais não são restritos a nossos mentorandos. Qualquer pessoa pode usufruir dos serviços dos canais do grupo i9, inclusive seus parentes e amigos! Isso garante maior *networking* e a massificação das ações.

Finalmente, os nossos mentorandos contam com uma plataforma de ensino diferenciada e customizada para as diferentes idades. Todos aprendem se divertindo com nossos personagens e através de dinâmicas inovadoras.

Vale ainda mencionar que já contamos com parcerias em outros países, inclusive na China, o mercado mais promissor do mundo. Logo teremos também filiais internacionais, o que possibilitará o ensino do multilinguismo profissional e o intercâmbio internacional de mentorandos.

Enfim, quem não quer ser bem-sucedido? Que pais ou responsáveis não sonham com o sucesso pessoal e profissional de seus filhos? E aí, vai ficar de fora dessa?! Não corra o risco de ficar obsoleto!

Se você tem uma escola, curso, empresa, ou mesmo se quer empreender ensinando em locais como o seu condomínio ou clube, que tal ser nosso parceiro nessa empreitada?

Nós da i9mentor estamos esperando você!

Saiba mais em www.i9mentor.com.br

A propósito, você sabe quem é Miguel de Germinare?

Impresso na Rotaplan Gráfica e Editora LTDA
www.rotaplangrafica.com.br
Tel.: 21-2201-1444